PETER TAYLOR
AUSSICHT AUF REGEN
ERZÄHLUNGEN
AUS DEM
AMERIKANISCHEN
ÜBERSETZT
VON KARIN POLZ

KLETT-COTTA

DAS GESCHENK DES VERLORENEN SOHNS

Ricky steht da unten auf meiner frisch abgespritzten Flußkies-Auffahrt. Ich habe sie vor sieben Uhr von meinem Hausdiener harken lassen — die Auffahrt. Sie sieht fast vollkommen aus. Ricky dort unten sieht auch fast vollkommen aus. Er sieht makellos und frisch gereinigt aus, als sei er sorgfältig geharkt und geglättet worden. Er trägt einen dreiteiligen Leinenanzug, wie mein anderer Sohn, da können Sie sicher sein, ihn zu keinem Anlaß anziehen würde. Und er hat ein teures gestreiftes Hemd an, mit offenem Kragen. Keine Krawatte natürlich. Sein dichter Haarschopf, gescheitelt und glattgestrichen, hat genau die gleiche bräunliche Farbe wie der Kies. Haar und Kies scheinen gleichermaßen sauber und gepflegt. Ricky sieht an diesem Morgen wahrhaftig so aus, als gäbe es für ihn keinen besseren Platz auf der Welt als dieses gesprengte glatte Stück Flußkies (das bis mittags wieder zertrampelt sein wird — ich habe mich damit abgefunden), sieht so aus, als fühlte er sich ganz zu Hause auf meiner Auffahrt dort unten, die so teuer in der Anlage war und so viel Pflege braucht.

Da man von hier, wo ich an einem Fenster im zweiten Stock stehe, seine Sommersprossen nicht sehen kann, sieht seine Haut sehr hell aus — fast durchsichtig. (Ricky ist beinahe rothaarig und nimmt darum nie Sonnenbäder. Helles Sonnenlicht verursacht bei ihm leicht Hautschäden.) Vom Fenster direkt über ihm kann ich die ganze Wirkung seiner Aufmachung genießen. Er sieht sehr männlich aus, wie er da unten steht, was zweifellos auch der Eindruck ist, den seine enganliegenden Kleider vermitteln sollen. Und Ricky *ist* sehr männlich, was sonst er auch sein mag oder nicht. Von hier oben fällt mir besonders auf, daß dort, wo sein Kragen offensteht und mehrere Knöpfe des Hemdes sorglos oder sorgsam nicht zugeknöpft sind, ein Dreieck dunkleren

Haares auf seiner Brust glitzert. Man kann sich mühelos vorstellen, vor wie kurzer Zeit er noch unter der Dusche stand. Mit einem Wort, er zeigt sich nach seiner Meinung von der allerbesten Seite. Und das sagt mir, daß Ricky zu mir kommt, weil er etwas von mir *will* oder *wegen* etwas.

Sein kleiner Sportwagen steht auf dem Wendeplatz hinter dem Haus, das ich gebaut habe, nachdem er und die anderen Kinder erwachsen waren, und nachdem ihre Mutter gestorben war. Ich weiß natürlich, daß für sie diese Besuche bei mir nicht wie ein wirkliches Nachhausekommen sein können. Rick muß es vorkommen, als besuchte er einen x-beliebigen alten Knaben, der zufällig sein Chef sein könnte und der sich nicht wohlfühlt und ein paar Tage nicht ins Büro geht. Aber gleich als ich ihn dort unten sah, wußte ich, daß etwas wirklich ernstlich nicht in Ordnung war. Von hier konnte ich mühelos seinen Gesichtsausdruck erkennen. Wenn ihn etwas beunruhigt, zieht er auf eine ganz bestimmte Art die Brauen zusammen und öffnet gleichzeitig die Augen sehr weit, als wollten sie ihm aus dem Kopf springen und er versuchte, sie mit den Brauen festzuhalten. Es ist ein Ausdruck, mit dem er sich schon als Kind verriet, wenn er Ärger in der Schule hatte. Wenn seine Mutter und ich diesen Ausdruck in seinem Gesicht sahen, wußten wir, daß ein, zwei Tage später wahrscheinlich einer seiner Lehrer anrufen oder vielleicht einen Besuch bei uns machen würde.

Gerade massiert sich Ricky mit seiner großen rechten Hand flüchtig das Gesicht, als wollte er den Ausdruck wegwischen. Und jetzt geht er eindeutig auf die Seitentür zu, die zur Auffahrt führt. Aber bevor er die Tür tatsächlich erreicht, bleibt er an einer Stelle stehen und scharrt mit seinen Wildlederschuhen auf dem Boden und bringt den glatten Kies durcheinander, wie ein junger Bulle in einem Pferch. Ich rufe ihm beinahe zu, er solle das lassen, solle meinen Kies nicht durcheinanderbringen, was selbst die Reifen seines Autos nicht geschafft haben — jedenfalls nicht so wie er mit seinen Wildlederschuhen. Ich rufe es ihm *beinahe* zu. Aber ich tue es natürlich nicht. Denn Ricky ist neunundzwanzig Jahre alt, hat bereits zwei Scheidungen hinter sich, und zweifellos wird die dritte bald folgen. Er hat das alles hinter sich, daneben hat er zwischen den Ehen mit einer Reihe von Frauen zusammengelebt, worüber ich im allgemeinen nicht einmal spreche.

Bevor er ins Haus kommt, bleibt Ricky eine Weile an dieser Stelle der Auffahrt. Während er dort steht, kommt es mir in den Sinn, daß er sich das Haus ansieht, als hätte er es bis jetzt nie richtig wahrgenommen. Unser altes Haus in der Wertland Street, wo er und die anderen Kinder aufgewachsen sind, hatte nicht annähernd soviel Stil und Komfort wie dieses. Es hatte mehr Platz, aber dieser Platz bestand hauptsächlich aus Korridoren und Nebenräumen, und es gab eine Vordertreppe und eine Hintertreppe und Dienstbotenräume im dritten Stock, zu einer Zeit, als kein Dienstbote es sich einfallen lassen würde, in einer Kammer auf dem Dachboden zu wohnen oder, was das betrifft, irgendwo sonst im Haus. Ich weiß natürlich, um wieviel besser das alte Haus an der Wertland Street war. Man hätte es nicht für das Doppelte von dem ersetzen können, was ich in diese kompakte und gutausgestattete Behausung hier draußen in Farmington gesteckt habe. Aber die Nachbarschaft hatte sich zu ihrem Nachteil entwickelt. Fast das ganze eigentliche Charlottesville besteht jetzt aus Geschäftshäusern oder ist von der Universität geschluckt worden. Man kann nicht mehr im Schatten von Mr. Jeffersons Akademischem Dorf leben. Und unser altes Haus in der Wertland Street ist jetzt ein Bestattungsunternehmen. Was es schon fünf Jahre bevor ich es verließ hätte sein sollen. Seit dem Tag, an dem meine Frau, Cary, starb, war das Haus wie eine Grabstätte. Ich wanderte die Treppen rauf und runter und durch die Räume, von einem Zimmer zum anderen, und manchmal grüßte ich mich selbst in einem von Carys Spiegeln, aus Einsamkeit oder weil ich dachte, das konnte doch nicht *ich* sein, mittags noch im Morgenrock und in Hausschuhen, oder von Kopf bis Fuß angezogen — Krawatte und alles — um drei Uhr morgens. Ich wußte ganz genau, daß es Zeit war zu verkaufen. Und außerdem wollte ich endlich die Erfahrung machen, etwas Neues herzustellen. Wir haben nämlich nie ein eigenes Haus gebaut, Cary und ich. Wir kauften immer, anstatt zu bauen, weil wir in einer bereits fest gegründeten Umgebung leben wollten, wissen Sie, wo es gute Tagesschulen für die Mädchen gab (das war, bevor St. Anne in einen Vorort umzog), wo es Straßenbahnen und Busse für die Dienstboten gab oder, noch besser, wo sie leicht zu Fuß zur Ridge Street gehen konnten.

Mein Vorhaben, ein neues Haus zu bauen, nachdem Cary gestorben war, erschien meinen drei älteren Kindern eine verrückte Idee. Sie versuchten, mir das auszureden. Sie sagten, ich tue es nur, weil ich nicht wüßte, womit ich mich beschäftigen sollte. Sie lachten und sagten, ich hätte mir für meine alten Tage eine ziemlich teure Art von Unterhaltung ausgesucht. Das war es, was sie *sagten*. Es war jedoch nicht alles, was sie *dachten*. Aber ich nahm ihnen nie übel, was sie dachten. Alle mutterlosen Kinder — ungeachtet des Alters — hegen solche Gedanken. Sie hatten die Vorstellung, ich spiele mit dem Gedanken, wieder zu heiraten. Ich! Dabei habe ich seit meinem Hochzeitstag keine andere Frau angesehen. Bis zu dieser Stunde nicht. Eines Abends jedenfalls, als wir beim Essen saßen und sie mir erklärten, welche Sorgen sie sich meinetwegen machten, und deutlicher als sonst aussprachen, was nach ihrer Meinung meine Pläne für die Zukunft sein sollten oder könnten, ergriff Ricky das Wort — Ricky, der sein Leben lang noch keinen Gedanken daran verschwendet hatte, was mit irgendwem außer ihm selbst geschah — und sprach genau das aus, was die anderen dachten. »Und wenn du auf die Idee kämest, wieder zu heiraten?« fragte er. Und ich begann, den Kopf zu schütteln, bevor er fertig war, wie all die anderen auch. Es war für sie ebenso unvorstellbar wie für mich. »Warum nicht?« beharrte Ricky, der natürlich Spaß daran hatte, allen anderen Unbehagen zu bereiten. »Es hat schon schlimmere Dinge gegeben, weißt du. Und ich ernenne die hübsche Mrs. Capers zur geeigneten Ehekandidatin.«

Ich *glaube*, er bezog sich auf eine gewisse gewöhnliche Frauensperson, die kurz zuvor in unserer alten Nachbarschaft eingezogen war. Man konnte sicher sein, daß Rick von ihr wußte und ihren Namen kannte. Während er mit mir sprach, blinzelte er mir zu. Dann stopfte er seinen großen Mund voll, und während er kaute, entblößte er mit Bedacht seine irgendwie übergroßen und übermäßig weißen Vorderzähne. Er sah mich unverwandt an, während er kaute, doch nur mit einem Auge; das andere, mit dem er mir zugeblinzelt hatte, hielt er fest geschlossen. Er glich aufs Haar einem alten Kater, der etwas Ekelhaftes gefunden hat, das ihm schmeckt und das er sich nicht wegnehmen lassen wird. Ich hätte ihn liebend gern von seinem Stuhl gekickt wegen seiner Worte und noch mehr wegen des ordinären Blicks, den er mir zuwarf. Ich wußte, daß er genausogut wie die anderen wußte, daß ich nie eine andere Frau als seine Mutter angesehen hatte.

Aber ich lachte mit den anderen, sobald ich merkte, daß sie lachten. Jemand wie Ricky zeigt man nicht, daß er einen in Wut gebracht hat — besonders wenn es der eigene Sohn ist, der in einer Klemme nach der anderen gesteckt hat, seit er erwachsen ist, und immer darauf zu warten scheint, es einem heimzuzahlen, daß man vielleicht eine tadelnde Bemerkung machte, während man versuchte, ihm aus einer seiner Eskapaden herauszuhelfen. Seit Carys Tod habe ich hauptsächlich versucht, die Verbindung zu ihm nicht abreißen zu lassen. Ich glaube, das hätte sie so gewollt — Rick also nicht auszuschließen, den Dialog mit ihm aufrechtzuerhalten. Cary sagte oft zu mir: »Vielleicht bist du der einzige Mensch, mit dem er über die Frauen sprechen kann, mit denen er sich einläßt. Mit mir kann er über solche Dinge nicht sprechen.« Cary dachte immer, es seien hauptsächlich die Frauen, die er im Kopf hatte und die ihn in Schwierigkeiten brachten. Ich war nie dieser Meinung. Jedenfalls glaube ich, Cary hätte sich vor allem anderen gewünscht, daß ich in Kontakt mit Rick blieb, hätte es sich sogar noch mehr gewünscht als eine Verwirklichung meiner wie auch immer gearteten Pläne für ein neues Haus für meine alten Tage.

Das Haus war ursprünglich *unser* Plan, muß man wissen, ihrer und meiner. Es war etwas, was wir den Kindern nie erzählten. Es schien keinen Grund zu geben, warum wir das sollten. Nicht darüber sprechen außer unter uns, war irgendwie Teil des Vergnügens. Und an jenem Abend, als Ricky über eine mögliche Wiederheirat von mir spekulierte, erzählte ich weder ihm noch den anderen, daß ich das Haus in der Wertland Street bereits verkauft hatte, daß ich bereits Blaupausen für das neue Haus hier in Farmington in meine Schreibtischschublade geschlossen hatte und daß ein Bauunternehmer schon darauf wartete, das Grundstück baureif zu machen.

Nun, im folgenden Frühjahr war mein neues Haus fertig. Inzwischen hatten alle Kinder eine echte Begeisterung für das Haus entwickelt — außer Rick. (Rick war es natürlich sowieso völlig egal.) Sie halfen mir, alle überflüssigen Möbel aus dem alten Haus wegzuschaffen. Die Mädchen kümmerten sich sogar um die Einzelheiten des Umzugs und wachten darüber, daß ich mich gut eingewöhnte. Sie wollten, daß ich mich hier draußen wohlfühlte. Und schon bald sahen sie, *daß* ich mich wohlfühlte. Es gab jetzt nichts mehr, was sie für mich tun konnten, wie in den letzten Jahren. Sie führten gute Ehen, die sie nicht vernachlässigen durften (das hätte Cary auch nicht gewollt), und sie achteten darauf, daß ich von keiner ihrer Unternehmungen ausgeschlossen wurde, an der ich gern teilnehmen wollte. Mit einem Wort, sie setzten ihr ausgefülltes Leben fort, und mein eigenes Leben schien ausgefüllt genug für einen Mann meines Alters.

Aufgebracht aber hat die anderen Kinder während der fünf Jahre, die seit meinem Hausbau vergangen sind, daß ihr Bruder Ricky mich weiter in fast regelmäßigen Abständen aufsucht mit Berichten von neuen Heimsuchungen dieser oder jener Art, die er gerade hat ertragen müssen. Sie sind der Ansicht, daß er mich nicht mit seinen abscheulichen und manchmal schmutzigen Affären belasten sollte. Ich glaube, besonders übel nehmen sie ihm, daß er mich hier zu Hause belästigt. Ich gehe immer noch ins Büro, müssen Sie wissen, zwei oder drei Tage in der Woche — wenn ich gerade Lust dazu habe oder wenn ich weder Golf noch Bridge spiele und auch nicht unterwegs bin auf einer kurzen Reise nach Sarasota (ich wohne im selben Gasthaus, in dem Cary und ich immer abstiegen). Und daher habe ich Ricky ziemlich regelmäßig im Büro gesehen. Er konnte dort jederzeit mit mir sprechen. Aber Rick hat nie zu denen gehört, die ihre persönlichen Probleme mit ins Büro bringen. Er hat sie immer mit nach Hause gebracht.

Auch seit meinem Umzug ist er immer *hierher* gekommen, zu meinem Haus, wenn er wirklich über irgend etwas mit mir sprechen wollte. Ich weiß nicht, ob es die beiden Dienstboten sind, die ich immer noch habe, oder einige meiner jungen Nachbarn in der Umgebung, die es ihnen erzählen, aber irgendwie erfahren die anderen Kinder es immer, wenn Ricky hiergewesen ist. Und natürlich ziehen sie ihre Schlüsse daraus. Es kommt dann sonntags beim Essen in einem ihrer Häuser heraus, oder im Club — in einem dieser kleinen privaten Speisezimmer. Es ist in Ordnung, wenn wir im großen Speiseraum essen, wo alle anderen auch essen. Ich weiß, daß ich dort in Sicherheit bin. Aber sobald ich merke, daß sie einen Raum nur für uns haben reservieren lassen, weiß ich, daß sie über Rickys neueste Eskapade reden wollen. Anfangs machen sie immer nur Andeutungen untereinander. Aber am Ende bin ich es, der mit Sicherheit die Katze aus dem Sack läßt. Weil ich einfach nicht den Mund halten kann, wenn sie es auf Rick abgesehen haben, wie sie alle ganz genau wissen. Häufig sind ihre Angaben nämlich falsch — vielleicht sind sie absichtlich falsch —, und ich fühle mich verpflichtet, das richtigzustellen. Dann wendet sich einer mir zu, täuscht schockierte Überraschung vor: »Wie konntest du das nur wissen? Hat *er* dich schon wieder mit seinen Problemen belästigt? In seinem Alter sollte man erwarten, daß er sich schämt! Irgendwer sollte ihn daran erinnern, daß er jetzt ein erwachsener Mann ist!« An dieser Stelle legt wahrscheinlich eines der Mädchen ihre Hand auf meine. Während sie weiterreden, höre ich ihre Liebe zu mir in ihren Stimmen und sehe sie in ihren Augen. Ich weiß dann, daß das Schicksal es gut mit mir meint. Ich möchte ihnen gern sagen, daß ihre Zuneigung mich für all den Kummer entschädigt, den Ricky mir bereitet. Aber es ist mir noch nie leichtgefallen, derartige Sprüche zu machen. Jedesmal wenn ich es fertiggebracht habe, so etwas zu sagen, bin ich mir hinterher irgendwie wie ein Heuchler vorgekommen. Jedenfalls reden wir dann noch eine Weile weiter, bis mir einfällt, daß ich mich in der Halle zum Bridge verabredet habe, um zwei Uhr. Oder ich erinnere mich daran, daß meine Golffreunde im Umkleideraum auf mich warten.

Ich habe nie versucht, Rick vor den anderen in Schutz zu nehmen. Was er tut, ist wirklich nicht zu rechtfertigen. Manchmal habe ich mich sogar dabei ertappt, wie ich Einzelheiten über eine seiner Eskapaden zum besten gab, die den anderen noch gar nicht bekannt waren, und sie aufrichtig schockierte — besonders weil sie von mir davon hörten. Einmal war er in eine Schießerei verwickelt, von der jeder in Farmington und im ganzen Landkreis wußte — das heißt, davon wußte, ohne das Tüpfelchen auf dem i zu kennen, das die ganze Sache schließlich zu einem öffentlichen Skandal machen sollte. Ich warne Sie, es ist eine häßliche Geschichte, wie eigentlich alle von Rickys Geschichten.

Er hatte einen anderen im Bett mit einer jungen verheirateten Frau gefunden, mit der er selbst herumzog. Natürlich war es eine skandalöse Angelegenheit, das Ganze. Aber das Mädchen, wie Rick sie mir später beschrieb, war auf gewisse Weise eine wirkliche Schönheit und, laut Rick, mit allen Wassern gewaschen. Rick zeigte mir sogar ein Bild von ihr, obwohl ich ihn natürlich nicht darum gebeten hatte. Sie hatte einen verkniffenen kleinen Mund und Augen, die sich einem — sogar auf jenem brieftaschengroßen Foto — ins Gedächtnis einbrannten. Sie gehörte zu jenen leidenschaftlichen und unbekümmerten Mädchen, auf die Ricky immer geflogen war. Ich habe manchmal auch Fotos von seinen anderen Mädchen gesehen, wenn er sie mir zeigen wollte. Und natürlich weiß ich, wie seine Frauen ausgesehen haben. Alle drei kamen aus guten Familien. Denn so mißraten er auch ist — Ricky gehört nicht zu denen, die den Rest der Familie in eine unangenehme Situation bringen, indem sie ein Flittchen *heiraten*. Aber selbst seine Ehefrauen neigten dazu, sich zu kleiden, wie meine eigenen Töchter es nie tun würden. Mit anderen Worten, ihre Kleider schienen entworfen, um die Aufmerksamkeit auf ihre weiblichen Formen zu lenken und nicht, wie bei meinen Töchtern, auf die Stellung und den Wohlstand ihrer Ehemänner. Da ich nun einmal ein schüchterner Mensch bin, ertappte ich mich selbst dabei, daß ich jedesmal, wenn ich mit Rickys Frau — welcher auch immer — sprach, mit Bedacht aus dem Fenster schaute, oder quer durch das Zimmer, jedenfalls weg von ihr, auf irgendeinen langweiligen Gegenstand da oder dort. Meine Frau, Cary, sagte immer, daß Ricky Pech habe mit seinen Frauen, daß, wie sich herausstellte, jede von ihnen genausogern ein Auge riskierte wie Ricky selbst. Ich bin mir nicht sicher, ob das für alle drei von Anfang an zutraf, oder ob es etwas war, das Ricky ihnen allen beibrachte.

Jedenfalls brachte der Vorfall mit der verheirateten jungen Frau, in deren Bett — oder Apartment — Ricky den anderen Burschen fand, Ricky fast noch mehr Schwierigkeiten als irgendeine seiner anderen Eskapaden. Der Bursche ergriff die Flucht, und Ricky verfolgte ihn hinaus auf den Flur und den Flur entlang bis zu einer Tür, die auf eine Außentreppe führte. Es war nämlich nicht hier in Farmington, sondern drüben an der Barracks Road, wo so viele von Ricks Freunden wohnen — in einem Neubaugebiet direkt am Rand der Pferdekoppeln. Der Bursche rannte die Außentreppe hinunter und über einen Parkplatz auf ein Weideland dahinter zu. Und Rick konnte, wie er sagte, der Versuchung nicht widerstehen, von dort oben auf der Treppe, wo er die Verfolgung aufgegeben hatte, auf ihn zu schießen. Er zielte gerade in dem Augenblick, als der Bursche den ersten Zaun erreichte und im Begriff war, hinüberzuklettern. Hinterher sagte Rick, es sei kaum möglich gewesen, sein Ziel zu verfehlen. Aber Rick verfehlt selten etwas, wenn er darauf zielt. Er traf den Burschen mit einer Schrotladung genau in den Hosenboden.

Ich werde nie erfahren, wie es kam, daß Rick eine Flinte bei sich hatte. Er sagte mir, daß er die junge Frau leidenschaftlich liebte und sie geheiratet hätte, wenn ihr Ehemann in eine Scheidung eingewilligt hätte. Meine anderen Kinder behaupten bis heute, daß es der Ehemann war, dem Rick mit seiner Flinte drohen wollte, dieser aber abwesend war, und daß Rick den Kopf verloren habe, als er statt dessen diesen anderen Burschen vorfand. Jedenfalls ging die Geschichte durch die ganze Stadt. Ich vermute, Rick trug selbst zu ihrer Verbreitung bei. Er fand es zuerst alles furchtbar komisch. Aber bevor die Sache erledigt war, wäre sie fast vors Gericht und in die Presse gekommen. Und das, weil es noch um etwas anderes ging, das die anderen Kinder und die Leute aus der Barracks-Road-Clique nicht wußten, wohl aber ich. Ich hatte mir deswegen schon von Anfang an Sorgen gemacht. Wissen Sie, Rick brachte den Burschen, den er angeschossen hatte, natürlich zu einem Arzt — einem jungen Arzt, mit dem sie befreundet waren —, und der entfernte die Schrotkugeln. Aber da er mit ihnen befreundet war, meldete der Arzt den Vorfall nicht. Ein Mitglied unserer Richterschaft hörte von den Einzelheiten und war der Ansicht, man sollte der Angelegenheit vielleicht nachgehen. Wir brauchten Monate, um das wieder in Ordnung zu bringen. Ricky verließ die Stadt für eine Weile, und der junge Arzt mußte schließlich ganz wegziehen — nach Richmond oder Norfolk, glaube ich. Ich beschreibe diesen Vorfall nur so ausführlich, um zu zeigen, in welch schlechter Gesellschaft Ricky immer verkehrt hat, selbst wenn er sich unter unseresgleichen zu bewegen schien.

Aber nicht all seine Schwierigkeiten hatten mit Frauen zu tun. Oder nicht in erster Linie. Und das habe ich auch immer zu Cary gesagt. Wie so viele Leute in Charlottesville hat Rick immer eine Schwäche für Pferde gehabt. Eine Zeitlang sah er sich als Polospieler. Er kaufte sich ein Polopferd und wurde dabei betrogen. Er kaufte es in einem Stall, in dem er auch ein anderes Pferd, das ihm gehörte, untergebracht hatte — kaufte es von dem Mann, dem der Stall gehörte. Nach ein oder zwei

Tagen stellte Rick fest, daß das Tier ein wertloser alter Klepper war. Es hätte nicht einmal den ersten Chukker durchgehalten, was für Ricky natürlich demütigend war. Er wagte nicht, das Pferd noch einmal auf das Spielfeld zu bringen. Es war gedopt gewesen, als er es kaufte. Ricky war außer sich. Anstatt einfach zu versuchen, sein Geld zurückzubekommen, wollte er sich an dem Mann rächen und *ihn* noch mehr reinlegen. Er überredete einen Freund, sich mit Rollkragenpullover und gelben Reithosen zu kostümieren und so zu tun, als komme er ganz zufällig an dem Stall vorbei, wo das Polopferd immer noch in seiner Box stand. Ricks Freund, verstehen Sie, sollte einen Mann spielen, der ein Anfänger beim Polo war und glaubte, er müsse genau dieses Pferd haben. Er fragte den Stallbesitzer, wem das Pferd gehöre, und bot, noch bevor er eine Antwort bekam, das Doppelte von dem an, was Rick gezahlt hatte. Er machte das Angebot sogar schriftlich — unter einem falschen Namen selbstverständlich. Er sagte, er lebe oben in Maryland und würde in zwei Tagen wiederkommen. Der Mann vom Stall rief Ricky natürlich an, sobald der Fremde mit den Reithosen gegangen war. Er sagte, zu seinem Verdruß habe er festgestellt, daß das Polopferd nicht in so guter Verfassung sei, wie er gedacht habe. Und damit es keine Verstimmung zwischen ihnen gäbe, sei er bereit, es zu dem Preis zurückzukaufen, den Ricky bezahlt hatte.

Ricky ließ sich am gleichen Abend sein Geld zurückgeben. Aber als der Fremde nicht wieder auftauchte und nicht ausfindig zu machen war, wußte der Mann vom Stall natürlich, was geschehen war. Rick ging mehrere Tage lang nicht zum Stall. Vermutlich, da er nun einmal so ist, wie er ist, war er dabei, die Geschichte in der ganzen Stadt zu verbreiten. Sein Bruder und seine Schwestern bekamen Wind davon. Und ich, schneller als mir lieb war. Am Sonntagabend kamen zwei Schläger und eine Frau, die Ricky kannte, deren Namen er aber nie preisgab — nicht einmal mir — zu ihm und überredeten ihn, sich zu ihnen in ihr vor dem Haus geparktes Auto zu setzen. Und dort schlugen sie ihn brutal zusammen. Er mußte fünf oder sechs Tage im Krankenhaus liegen. Sie brachen ihm den rechten Arm, und einer von ihnen — vielleicht war es die Frau — versuchte gerade, sein linkes Ohrläppchen abzubeißen, als Rickys derzeitige Frau, die — ohne seine Begleitung — auf einer Party gewesen war, in die Auffahrt neben dem Haus einbog. Die drei Angreifer stießen den armen Ricky übel zugerichtet, blutend und mit gebrochenem Arm, aus dem Auto. Dann rasten sie in dem Leihwagen die Straße hinunter davon. Rickys Frau und ihr Begleiter merkten sich die Zulassungsnummer, aber der Wagen war unter einem falschen Namen gemietet worden — demselben Namen, eine Art Scherz, nehme ich an, den Rickys Freund in den Breeches bei dem Mann vom Stall benutzt hatte.

Da Ricky bei einer Gegenüberstellung behauptete, er könne seine beiden Angreifer nicht wiedererkennen, und da er sich weigerte, die Frau zu identifizieren, konnte wenig unternommen werden. Ich weiß nicht, ob er außer mir irgendwem gestanden hat, daß er die Frau kannte. Es fiel mir nicht schwer, mir vorzustellen, wie sie aussah. Obwohl ich es weder gegenüber Ricky noch sonst jemandem zugegeben hätte: Während der folgenden Wochen sah ich in der City hin und wieder eine Frau von einem bestimmten Typ — mit einem verkniffenen kleinen Mund und brennenden Augen — und stellte mir vor, daß genau sie es sein könnte. Am Ende konnten wir in der jämmerlichen Angelegenheit nichts anderes tun, als dafür zu sorgen, daß der Stall geschlossen wurde und der Mann an einen anderen Ort ziehen mußte (er ging hinunter nach North Carolina), um sein Gewerbe dort zu betreiben.

Es gibt noch eine andere Gelegenheit, wo Ricky in der Klemme saß, und ich muß sie erwähnen, weil sie mir immer noch besonders deutlich vor Augen steht. Diese Sache wird in ihrer Art und dem ganzen Drum und Dran noch altmodischer erscheinen als die anderen Vorfälle. Vielleicht haftet sie deshalb so in meinem Gedächtnis. Die Geschichte hätte fast jedem der rauhbeinigen Burschen zustoßen können, die ich kannte, als ich heranwuchs.

Ricky, das wird nicht überraschen, spielt gern. Seit er ein kleiner Junge war, versuchte er häufig, eines der anderen Kinder zu verleiten, mit ihm zu wetten, wie durchgebraten sein Steak beim Dinner sein würde. Er hatte es gern noch etwas blutig, und wenn seine Portion kam, hielt er einen Bissen auf seiner Gabel hoch und fragte, um die Wette zu entscheiden, alle Anwesenden, wie braun das Fleisch sei. Alle Farbvorschläge machte er selbst. Und eines Abends waren seine Vorschläge so derb und gemein, daß seine Mutter ihn ohne Essen aus dem Zimmer schicken mußte. Manchmal versuchte er, die anderen Kinder zu überreden, mit ihm zu wetten, wie viele Minuten die Predigt des Pastors am Sonntag dauern oder wie oft er die Wörter »Hölle« oder »Verdammnis« oder »Ehebruch« benutzen würde. Seit er erwachsen ist, sind es natürlich Rennen — Pferderennen, das versteht sich von selbst, doch auch so primitiver Zeitvertreib wie Hunderennen und Autorennen. Seine größte Neigung aber gilt den Hahnenkämpfen, die es in unserer Gegend immer gegeben hat. Und vor einigen Jahren hat er sich zwölf Meilen südlich der Stadt eine kleine Farm gekauft, wo er seine eigenen Kampfhähne züchten konnte. Ich fand das damals ganz in Ordnung. Dann baute er dort eine achteckige Scheune mit einem Kampfplatz, wo die Kämpfe stattfinden sollten. Ich war ein wenig besorgt, als er das tat. Aber es hat hier schon immer Hahnenkämpfe gegeben. Die Vögel sind eigentlich schöne Kreaturen, wenn sie natürlich auch keinen Verstand haben. Der Kampf selbst ist ein echtes Spektakel und nicht schlimmer als manches andere, was den Leuten gefällt. Auf Rickys Drängen fuhr ich sogar zwei- oder dreimal zu solchen Kämpfen hinunter zu ihm. Ich wettete nicht, weil ich wußte, daß die Einsätze sehr hoch waren. (Außerdem ist es das Wetten, was illegal ist.) Und ich erzählte den anderen Kindern nicht, daß ich dort war. Aber dies war nach Carys Tod, verstehen Sie, und ich dachte, sie hätte es vielleicht gern gesehen, wenn ich Rickys wegen gegangen wäre, obwohl sie es nie zugegeben hätte. Ziemlich bald kamen ansehnliche Mengen von Zuschauern zu den Kämpfen an Wochenendabenden. Überall auf der Weide vor dem

Pächterhaus und auf dem Hof waren Autos geparkt. Rick hätte ebensogut unten an der Pforte, wo der Weg zur Farm von der Straße abzweigte, ein Schild aufstellen können.

Was ich sagen will: jedermann wußte von den Hahnenkämpfen. Zu Ricks häufigsten Besuchern und wagemutigsten Wettern gehörte einer der Vertrauten des Sheriffs. Ich fürchte, Rick muß damit geprahlt haben, als er die Kämpfe Freunden schmackhaft machen wollte — Freunden, die sonst etwas zurückhaltender mit ihren Besuchen gewesen wären. Und während der Kämpfe ging er durch die Zuschauermenge, blinzelte den Leuten zu und flüsterte: »Der Hilfssheriff ist heute abend hier.« Ich nehme an, das war seine Art, den Leuten zu versichern, alles sei in Ordnung. Ich weiß nicht, ob seine Redseligkeit etwas mit der Razzia zu tun hatte oder nicht, jedenfalls war der Hilfssheriff an dem Abend anwesend, als die Beamten der Bundespolizei mit ausgeschalteten Scheinwerfern und mit Durchsuchungsbefehlen in den Taschen leise den Weg zur Farm heraufgefahren kamen. Der Hilfssheriff bekam als erster Wind von der Anfahrt der Bundespolizisten. Er hatte einen seiner Kumpel als Posten vor der Scheune aufgestellt. Vielleicht hatte er jedesmal, wenn er kam, jemanden draußen postiert. Vielleicht hatte er die ganze Zeit einen Fluchtplan für einen solchen Notfall bereit. Rick war dieser Meinung — hinterher. Jedenfalls wußte der Mann des Hilfssheriffs draußen vor der Tür sofort, was die mit ausgeschalteten Scheinwerfern näherkommenden Wagen zu bedeuten hatten. Der Hilfssheriff erfuhr es früher als irgendwer sonst, aber Ricky, typisch für ihn, sah sofort, wie er Anstalten machte, sich zu verdrücken. Und das würde er sich nicht gefallen lassen. Er setzte ihm nach.

Der Wachmann des Hilfssheriffs blieb und war bereit, es darauf ankommen zu lassen. (Er war nicht einmal ein Polizist. Wahrscheinlich arbeitete er nur in der Dienststelle.) Ich denke, er war bereit, eine Nacht im Gefängnis zu verbringen, falls erforderlich, und zu zahlen, was auch immer es an Strafgeld zu zahlen gab, weil seine Anwesenheit erklärte, warum einer der Dienstwagen des Sheriffs auf der Weide geparkt war.

Aber der Hilfssheriff selbst lief durch das Wäldchen auf Rickys Grundstück in Richtung Landstraße hinter dem Anwesen davon. Ricky, wie ich sagte, wollte sich das nicht gefallen lassen. Da der Hahnenkampf auf seiner Farm stattfand, gab es für ihn keine Möglichkeit, sich aus der Affäre zu ziehen. Aber er dachte, es könne ihm zumindest nicht schaden, wenn der Hilfssheriff zusammen mit allen anderen erwischt würde. Überdies hatte der Hilfssheriff während der letzten Wochen bei den Kämpfen beträchtliche Summen verloren und Ricky gegenüber angedeutet, er habe den Verdacht, daß einige der Hähne irgendwie behandelt worden seien. (Was mich betrifft: ich glaube nicht, daß Ricky so etwas dulden würde.) Ricky konnte nicht wissen, ob nicht eine Absprache zwischen dem Hilfssheriff und den Beamten der Bundespolizei bestand. Er sah, wie der Mann des Hilfssheriffs diesem von der Scheunentür einen Blick zuwarf, und er beobachtete, wie der Hilfssheriff sich davonmachte. Ricky heftete sich ihm sofort an die Fersen. Er holte ihn kurz vor dem Wäldchen ein. Glücklicherweise war der Hilfssheriff nicht bewaffnet. (Ricky duldete es nicht, daß jemand eine Waffe mit in die Scheune brachte.) Und glücklicherweise war Ricky in dieser Nacht auch nicht bewaffnet. Sie rauften ein wenig miteinander in der Nähe der Pforte zum Waldstück. Der Hilfssheriff, doppelt so alt wie Rick, war ihm nicht gewachsen und schnell überwältigt. Ricky zerrte ihn zurück zur Scheune und widerstand — wie er später aussagte — allen Versuchen des Hilfssheriffs, ihn zu bestechen, und stellte sich und seinen Gefangenen den Beamten der Bundespolizei.

Ricky aus dieser Affäre herauszuwinden und die Sache wieder in Ordnung zu bringen, war eine lange und komplizierte Angelegenheit. Das Schlimmste fing für Rick eigentlich erst an, als die Gerichtsverhandlungen abgeschlossen und alle Geldstrafen bezahlt waren (niemand bekam eine Gefängnisstrafe), denn von seinem letzten Erscheinen vor Gericht an konnte er den Wagen im Vorort, wo er wohnt, kaum einen Block weit fahren, ohne einen Strafzettel zu bekommen. Es war vielleicht gar nichts Krummes dabei, denn Ricky ist ein aggressiver Fahrer, um es milde auszudrücken. Jedenfalls wurde ihm nach kurzer Zeit der Führerschein für ein Jahr entzogen. Nicht mehr fahren zu dürfen war für ihn außerordentlich lästig und zudem demütigend. Gegen den Hilfssheriff, der nach Rickys Überzeugung mit den Beamten der Bundespolizei zusammengearbeitet hatte, konnten wir nichts anderes unternehmen, als ihn nach der nächsten Wahl zu feuern.

Das Ergebnis der Gerichtsverhandlung war, daß Ricky eine sehr hohe Geldstrafe zahlen mußte. Außerdem versuchte man, den ganzen Viehbestand auf seiner Farm und die landwirtschaftlichen Maschinen zu beschlagnahmen. Die Beschlagnahmung wurde ihm durch einen besonderen Umstand erspart, der ihm jedoch nur eine Art Pyrrhussieg bescherte. Es stellte sich nämlich heraus, daß die Farm nicht auf Rickys Namen, sondern auf den der Frau seines jungen Pächters eingetragen war. Ich habe sie nie gesehen oder hätte es nicht gewußt, wenn ich sie gesehen haben sollte. Später versuchte ich mich zu erinnern, ob ich nicht eine junge Frau gesehen hatte, als ich dort war, um mir die Hahnenkämpfe anzuschauen — eine, die zu meiner Vorstellung von ihr paßte. Aber meine Phantasie spielte mir Streiche. Manchmal dachte ich, ich erinnerte mich an das Gesicht oder die Figur eines jungen Mädchens, das ich dort gesehen hatte und das die Gesuchte hätte sein können. Doch dann erinnerte ich mich plötzlich an ein anderes Mädchen und dachte, vielleicht sei sie es, die Rechtsanspruch auf Rickys Farm hatte. Ich war mir nie sicher.

Als Ricky gerade eben vor meinem Fenster auftauchte, hatte ich schon einen sehr schlimmen Vormittag hinter mir. Die Schleimbeutelentzündung in meiner rechten Schulter hatte mich vor Morgengrauen geweckt. Schließlich stand ich auf und zog mich an, was in sich schon eine Tortur war. (Meine rechte Hüfte machte sich auch bemerkbar.) Als endlich die Köchin kam, wollte sie mich massieren, bevor sie überhaupt begann, das Frühstück zuzubereiten. Cary hätte ihr nie erlaubt, diesen Fehler zu begehen. Eine Massage ist das Schlimmste, was man bei meiner Art von Schleimbeutelentzündung machen kann. Was ich wollte, war Frühstück. Und ich wußte, daß Meg eine Dreiviertelstunde brauchte, um das Frühstück auf den Tisch zu bringen. So zog ich mich wieder aus und setzte mich vorsichtig in ein heißes Bad, wobei ich die ganze Zeit so laut stöhnte, daß Meg zweimal an die Tür kam und fragte, ob alles in Ordnung sei. Ich sagte, sie solle sich einfach nur um das Frühstück kümmern. Nach dem Frühstück wartete ich, bis es mir nicht mehr zu früh für einen Anruf schien, und sagte einem meiner Golf-Partner, daß ich heute nicht spielen könne. Es ist dieses feuchte Herbstwetter, das einem so zusetzt. Du kannst nur herumsitzen und darüber nachdenken, daß du den ganzen Winter vor dir hast, und dich fragen, ob du es wohl schaffst, dich an einen Ort wie Sarasota abzusetzen.

Während ich an einem der Vorderfenster saß und auf den Postboten wartete (er bringt sonnabends nur Wurfsendungen und Kataloge; alle wichtige Post geht an das Büro und wird von jemand anderem geöffnet), dachte ich an all die Dinge, die ich nicht tun konnte, und an all die Leute, die tot sind und an die ich nicht denken sollte. Ich versuchte, mich ein wenig zusammenzunehmen — das heißt, an etwas Fröhliches zu denken. Es gab doch eine Menge Dinge, die mich fröhlich stimmen *konnten,* oder? Mindestens drei meiner Kinder würden mich heute mit Sicherheit anrufen — alle außer Ricky, und wenn er mich anrief, waren es sicherlich keine guten Nachrichten. Und ein paar meiner Enkelkinder würden wahrscheinlich auch anrufen. Morgen würde ich dann mit einigen von ihnen zu Mittag essen, wenn ich in der Stimmung dazu war. Plötzlich fielen mir die Tabletten ein, die ich vor dem Frühstück hätte nehmen sollen und vergessen hatte: das Inderal und das Kalium und das Hydrochlorothiazid. Ich erhob mich von meinem Stuhl und setzte mich dann wieder hin. Es spielte eigentlich keine Rolle. Ich hatte kein Leiden, bei dem sich das Weglassen einer Tagesdosis verhängnisvoll auswirken würde. Und dann gab ich mich aus vollem Herzen dem alten Thema, dem alten Rätselraten hin: Wie viele Tage wie dieser, wie viele

Jahre wie dieses lagen noch vor mir? Und endlich, ich konnte nicht widerstehen, ließ ich mich in noch größere Tiefen hinunter und dachte an vergangene Zeiten, nicht mit Behagen, sondern indem ich mich daran erinnerte, wie ich mir in der Vergangenheit immer gesagt hatte, daß ich eines Tages mit Vergnügen auf die sogenannten guten alten Zeiten zurückblicken würde, was an sich schon darauf hinwies, daß sie irgendwie nicht gut genug gewesen waren — nicht gut genug nämlich, um unabhängig für sich selbst zu sprechen. Wenn die alten Zeiten so verdammt gut waren, warum mußte ich mich dann immer fragen, wie gut sie eines Tages im Rückblick erscheinen würden? Ich war gerade zu der Stelle gekommen, wo ich zu der Ansicht gelangte, daß sie ganz in *Ordnung* waren und daß ich zufrieden sein sollte, war gerade bei dem Punkt angekommen, an dem ich mir ins Gedächtnis rufe, daß ich meine Frau geliebt habe und von ihr geliebt wurde, daß ich meine Kinder liebe und von ihnen geliebt werde, daß nicht sie es sind oder mein Leben, mit dem etwas nicht in Ordnung ist, sondern daß *ich* es bin — war gerade zu diesem unvermeidlichen logischen Schluß gekommen, zu dem ich immer komme, als ich durch die Ankunft der letzten Samstagvormittagspost abgelenkt wurde. Sie wurde hereingebracht, wurde mir von einem Paar schwarzer Hände überreicht, und natürlich war nichts von Bedeutung dabei. Aber ich nahm sie mit nach oben in mein Wohnzimmer. (Damit auch der Dienstbote nicht sah, daß nichts von Bedeutung dabei war.) Ich hatte gerade die Tür geschlossen und meine Tabletten herausgeholt, als ich Rickys Auto auf der Auffahrt hörte.

Er fuhr so langsam, daß die Reifen seines Autos kaum den Kies durcheinanderbrachten. Das war in sich schon ein bedenkliches Zeichen. Er näherte sich langsam und leise. Er wollte mich nicht vorzeitig wissen lassen, was mich erwartete. Mein erster Impuls war, die Tür abzuschließen und es abzulehnen, ihn hereinzulassen. Ich fühlte mich an diesem Vormittag Rick einfach nicht gewachsen! Aber ich sagte mir: »Das ist etwas, was ich noch nie getan habe, obwohl ich es vielleicht schon vor Jahren hätte tun sollen, gleichgültig, was Cary sagte. Er wird mit Sicherheit meinen Blutdruck hochjagen.« Ich spielte mit dem Gedanken, den Telefonhörer abzunehmen und eines der anderen Kinder zu bitten, herzukommen und mich vor diesem Monster von einem Sohn und seinen wie auch immer gearteten neuesten Schwierigkeiten zu beschützen.

Aber in diesem Augenblick entdeckte ich ihn unten auf der Auffahrt. Ich gab mich der Illusion hin, daß er das Haus bewundere. Gleich darauf wurde mir diese Illusion natürlich genommen. Er zögerte dort unten nur, weil er sich fürchtete, mich zu sehen. Aber er sagte sich, daß er mich sehen *müsse*. Es würde keine andere Lösung für sein Problem geben, als mit dem Alten zu sprechen. Ich wußte, was er dachte, weil ich die Geste, die er mit der linken Hand machte, kannte. Es ist merkwürdig, wie man auf den Gedanken kommt, daß die eigenen Kinder wie man selbst sind, nur weil sie die gleichen Gesichtszüge haben und die gleichen Gesten machen, wenn sie mit sich selbst sprechen. Es bedeutet gar nichts! Es ist nur eine Illusion. Auch heute noch überrasche ich mich dabei, daß ich bei Selbstgesprächen mit den Händen gestikuliere, wie ich es manchmal bei meinem eigenen Vater beobachtete, wenn wir zusammen spazierengingen und beide seit einer halben Stunde oder so kein Wort gesprochen hatten. Es ging mir immer auf die Nerven, wenn Vater das tat: die Hand fast unmerklich ausstreckte und seine langen Finger spreizte. Ich weiß nicht, warum es mir so auf die Nerven ging. Aber jedenfalls habe ich mir nie träumen lassen, daß ich eine solche Geste erben könnte — und noch viel weniger, daß einer meiner Söhne es könnte. Und doch steht Ricky dort unten auf der Auffahrt und macht genau die gleiche Geste. Und es hat nie drei Männer mit unterschiedlicheren Charakteren gegeben als meinen Vater, mich und mein jüngstes Kind. Ich beobachte Ricky, wie er in der Auffahrt steht und die Geste mehrere Male macht. Und jetzt dreht er sich plötzlich um, als wollte er wieder zum Wagen gehen. Ich trete zurück vom Fenster und hoffe, daß er mich nicht bemerkt hat und wegfährt. Aber nachdem ich ihn einmal da unten gesehen habe, kann ich das natürlich nicht machen. Ich muß ihn empfangen und mir anhören, was er zu sagen hat. Ich öffne das Schiebefenster und rufe hinunter: »Komm rauf, Ricky.«

Er schaut zu mir herauf, lächelt schuldbewußt und zuckt mit den Schultern. Dann geht er zum Seiteneingang. Während er durch das Haus geht und die Treppe heraufkommt, versuche ich, ruhiger zu werden. Ich sehe unten den aufgewühlten Kies, wo seine Wildlederschuhe ihren Schaden angerichtet haben, und sage mir, daß es gar nicht so schlimm ist, und bringe es sogar fertig, über meine Altjüngferlichkeit zu lächeln. Dann kommt er ins Wohnzimmer. Wir begrüßen einander mit dem üblichen Händedruck. Ich kann seine Rasier-Lotion riechen. Oder vielleicht ist es etwas, das er sich ins Haar tut. Wir setzen uns an den Kamin, in dem ein Feuer angelegt, aber in dieser Jahreszeit natürlich nicht angezündet ist. Er beginnt, über Gott und die Welt zu reden, nur nicht über das, was ihn beschäftigt. Das ist das normale Vorgehen bei solchen Gesprächen zwischen uns. Schließlich schaut er in den Kamin, als ob das Feuer angezündet wäre und wir in die niedrigbrennenden Flammen starrten. Ich kann kaum ein Lächeln unterdrücken, als er sagt: »Ich habe ein kleines Problem — eigentlich gar nicht so verdammt klein. Es ist eine Sache, die außer Kontrolle geraten ist.«

Und ich sage: »Das habe ich mir gedacht.«

In solchen Augenblicken darf man Ricky nicht den kleinen Finger reichen, verstehen Sie. Er würde einen ausnutzen. Sehr bald wird er die ganze Last der Frage, wie er da herauszuholen sei, auf meine Schultern verlagert haben. Ich warte darauf, daß er weiterspricht, und ich glaube, er ist gerade im Begriff, dies zu tun. Aber bevor er anfängt, wendet er die Augen ab von den trockenen Holzscheiten und dem nicht entzündeten Anlegeholz und sieht sich im Zimmer um, genauso, wie er sich draußen umgesehen hat. Es kommt mir wieder so vor, als sehe er sich mein Anwesen zum allerersten Mal an. Aber ich glaube nicht, daß er das wirklich tut. Seine Gedanken beschäftigen sich, wie üblich, mit ihm selbst. Dann konzentrieren sich seine Blicke auf einmal ganz offensichtlich auf etwas hinter meiner Schulter. Er fährt sich mit der Zunge über die Oberlippe, dann über die Unterlippe, als putze er sich die Zähne. Unwillkürlich blicke ich über meine Schulter. Dort, auf dem Büchertisch hinter mir, den ich meinen Schreibtisch nenne, stehen mein Kristallglas und drei Schachteln mit Tabletten — mein Hydrochlorothiazid, mein Inderal und mein Kalium. Aus irgendeinem Grund habe ich vorhin vergessen, sie in die Schreibtischschublade zurückzulegen. Als ich nach hier oben kam, hatten meine trübsinnigen Gedanken mich so abgelenkt, daß ich vergaß, sie wegzuräumen, jedermann aus den Augen. (Ich will nicht einmal die Dienstboten wissen lassen, welche Medikamente und wie viele ich nehme.) Ohne daß wir ein Wort gewechselt hätten, und trotz der Schmerzen in Schulter und Hüfte ziehe ich mich aus meinem Sessel hoch und schiebe die Schachteln und auch das Glas in die Schreibtischschublade. Ich wende Ricky eine Minute lang den Rücken zu, bis ich des Grimassierens Herr geworden bin, das ich nie unterdrücken kann, wenn diese Schmerzen mich packen. Doch dann wende ich mich wieder ihm zu und sehe, daß er sich erhoben hat. Ich achte nicht besonders darauf. Ich setze mich vorsichtig in meinen Sessel und sage: »Ja, Ricky.« Mit bewußt harter Stimme frage ich: »Du hast ein Problem?« Er sieht mich kalt an, ohne eine Spur des Verständnisses, das jedes der anderen Kinder gezeigt hätte, weil alle wissen, wie auch er mit Sicherheit weiß, daß ich Schmerzen habe. Und er spricht zu mir, als sei ich ihm völlig unbekannt, als empfinde er nichts für mich, sei aber gerade noch menschlich genug, diesen Unbekannten nicht quälen zu wollen. »Mann«, sagt er — schon die Idee, *mich* so anzureden! — »Mann, du hast selbst genug Probleme. Auch der größte Armleuchter der Welt kann das sehen. Eins ist sicher, du brauchst dir nicht noch *meine* Scheiße anhören.«

Ich bin so schnell auf den Beinen, daß niemand denken würde, ich hätte auch nur die leisesten Schmerzen. »Sprich nicht in dieser Gossensprache zu mir, Ricky!« sage ich. »Du bist nicht in irgendwelchen

Slums jenseits von Vinegar Hill aufgewachsen!« Er dreht sich nur um und starrt wieder in den Kamin. Ich nehme an, wenn ein Feuer in Gang wäre, würde er in diesem Augenblick hineinspucken. Dann schaut er wieder zu mir und fährt sich noch einmal mit der Zunge über die Zähne. Und dann geht er auf die Tür zu, ohne sich zu entschuldigen oder auch nur »Wenn du gestattest« zu sagen. »Komm sofort zurück, Ricky!« befehle ich. »Wage nicht, das Zimmer zu verlassen!« Während er immer noch auf die geschlossene Tür zugeht, blickt er über die Schulter zu mir zurück, ein breites, hartes Grinsen im Gesicht, und zeigt einen Mund voll weißer Zähne, als sei mein Befehl das Komischste, was er je gehört hat. An der Tür legt er seine große rechte Hand auf den Glasknauf, und der Knauf verschwindet völlig. Dann dreht Rick seinen Oberkörper herum, scheinbar nur aus den Hüften, und sieht mich an. Gleichzeitig hebt er die linke Hand und kratzt sich an dem Dreieck dunklen Haares, wo sein Hemd offen ist. Es sieht aus, als mache er eine schmutzige Geste. Ich sage mir: »Er ist wirklich irgendwo nicht mehr ganz Mensch. Trotz all der Schwierigkeiten und Klemmen, in denen er gesteckt hat, hat er nie unter Gewissensbissen gelitten oder gelernt, was Reue bedeutet. Ich hätte ihn hängen lassen sollen«, sage ich mir, »an seinen eigenen wunderschönen Locken.«

Doch fast gleichzeitig höre ich mich laut sagen: »Geh bitte nicht, Rick. Geh noch nicht, Sohn.« Ja, ich flehe ihn an, und ich meine, was ich sage, mit ganzem Herzen. Seine rechte Hand ruht noch immer auf dem Türknauf, und er hat ihn einmal gedreht. Unsere Blicke treffen sich über den Raum hinweg, direkt, wie sie es nie zuvor in Rickys ganzem Leben oder in meinem getan haben. Ich glaube, wir könnten beide niemandem sagen, was jeder von uns in den Augen des anderen sieht, es sei denn ein Bedürfnis jenseits jeder Beschreibung, deren einer von uns fähig wäre.

Endlich sagt Rick: »Du mußt dir meine Scheiße nicht anhören.«

Und ich höre mich mit verwirrter Stimme sagen: »Doch . . . doch.« Und: »Geh nicht, Rick, mein Junge.« Sogar meine Augen haben sich verschleiert. Aber ich begegne immer noch seinen Blicken über den jetzt zu stillen Raum hinweg. Er sieht mich mit dem denkbar größten Mitgefühl an. Ich glaube nicht, daß eines meiner Kinder mich jemals so angesehen hat. Oder vielleicht sieht er mich nicht wirklich mit Mitgefühl an, sondern mit dem plötzlichen, befriedigenden Wissen, daß es letzten Endes doch keine so einseitige Angelegenheit ist, diese Angelegenheit zwischen uns. Er läßt seine rechte Hand noch ein paar Sekunden länger auf dem Türknauf ruhen. Dann höre ich die Tür einschnappen und weiß, daß er losgelassen hat. Inzwischen sehe ich, wie seine linke Hand die vertraute Geste macht, die Finger gespreizt, die Hand vor- und zurückkippend. Ich habe mich jetzt aus meinem Sessel erhoben. Ich gehe zum Schreibtisch und hole zwei Danlys-Zigarren aus einer anderen Schublade, die ich auch immer abschließe. Er ist bereit für meine Gabe, als ich mich umdrehe. Er nimmt die Zigarre entgegen, ohne zu lächeln, und ich gebe sie ihm auch, ohne zu lächeln. Wir sitzen uns wieder gegenüber, und jeder zündet seine Zigarre selbst an.

Und dann beginnt Ricky. Was wird es diesmal sein, denke ich. Ich fiebere vor Erwartung. Was es auch sein wird, ich weiß, es ist alles, was mir irgendein Mensch heute noch geben kann — vielleicht das meiste, was irgend jemand einem Mann wie mir jemals geben konnte. Während Ricky beginnt, versuche ich, an all das Gute zu denken, was die anderen Kinder durch die Jahre hindurch für mich getan haben, und an ihre Zuneigung, und an die meiner Frau. Aber es scheint, als sei dies das einzige, was je da war. Ich vergesse meine Schmerzen und meine Pillen und das abgesagte Golfspiel und die bedeutungslose Post von heute morgen. Ich stelle fest, daß ich fast nicht ruhig in meinem Sessel sitzen kann, weil ich so darauf warte, daß Ricky weiterspricht. Hat er wieder die Pistole geschwungen? Oder den Hilfssheriff bei Mitternacht über ein Feld gezerrt? Und hat er in seiner Brieftasche vielleicht das Bild von einem anderen Mädchen mit einem verkniffenen kleinen Mund und Augen, die brennen? Wird sie in seiner abscheulichen Geschichte eine Rolle spielen? Und wird das die Geschichte vielleicht erklären, wobei das Mädchen in gepriesenes Dunkel gehüllt bleibt? Als Ricky beginnt, stelle ich fest, daß ich nicht nur mit gebannter Aufmerksamkeit zuhöre, sondern mit meinem ganzen Sein . . . Ich höre ihn beginnen. Ich höre zu. Ich höre dankbar allem zu, was er mir über sich selbst erzählen wird, über jedes Leben, das nicht mein eigenes ist.

DER ALTE FORST

Ich war mit dem Mädchen, das ich heiraten wollte, schon offiziell verlobt, wie wir sagten. Aber immer noch zog ich manchmal mit einer anderen Sorte Mädchen durch die Stadt. Und gerade in der Woche vor dem für die Hochzeit festgelegten Termin im Dezember wurde ich in einen Autounfall verwickelt, als ich in Begleitung eines dieser Mädchen war. Es war eine Katastrophe — nicht der Unfall an sich, bei dem niemand ernstlich verletzt wurde, sondern der Unfall in Verbindung mit der Anwesenheit des Mädchens.

Tatsächlich war es in jenen Tagen — vor vierzig und einigen mehr Jahren — für einen wohlerzogenen jungen Mann wie mich nicht ungewöhnlich, bis zum Abend vor der Hochzeit seine Bekanntschaft mit einem Mitglied der, wie wir sie im Scherz und ziemlich arrogant nannten, Demimonde von Memphis aufrechtzuerhalten. (Es bedeutete lediglich, mit einem Mädchen, das nicht zu den Debütantinnen von Memphis gehörte.) Ich bin mir nicht einmal sicher, wie viele von uns wußten, was das Wort »Demimonde« besagte oder andeutete. Aber nachdem es einmal auf diese Mädchen angewendet worden war, fiel es uns schwer, es aufzugeben. Wir gewöhnten uns sogar an, sie individuell als Demimondaines zu bezeichnen — was wir später zu Demimondamen verballhornten. Die Mädchen waren natürlich nicht annähernd so raffiniert, wie dies alles klingt, obwohl sie ganz gewiß gescheite Mädchen waren, und einige von ihnen sogar hochintelligent. Sie lasen Bücher, sie sahen sich Bilder an, und man konnte damit rechnen, daß sie jedes Konzert oder Bühnenstück, das nach Memphis kam, besuchten. Als die alte San Carlo Opera Company in der Stadt auftauchte, konnte man sicher sein, daß bestimmte Mädchen der Demimonde in ihrem Sitzreihenblock saßen, oft mit einer Partitur in der Hand. Man wird dem entnehmen, daß sie gewiß nicht zu den unschuldigen, naiven Mädchen gehörten, die wir im allgemeinen zum Tanz im Country Club von Memphis ausführten und die eines Tages zu heiraten wir erwarteten.

Die Mädchen, von denen ich spreche, sagten häufig und sehr offen zu uns, daß der MCC (so nannten wir den Club immer) der letzte Ort sei, an den sie sich gern von uns einladen lassen würden. Ein Mädchen im besonderen, nicht so clever wie einige der anderen vielleicht und gewiß weniger zurückhaltend in der Art, wie sie sich lustig machte über die Welt, in der wir Jungs lebten, ein Mädchen, das kein Blatt vor den Mund nahm, war am lautstärksten von allen in ihrer Geringschätzung des Country Clubs. Ich erinnere mich an einen Abend, in einem dieser Biergärten, die in den späten Dreißigern in Memphis beliebt wurden, als dieses Mädchen plötzlich einer Gruppe von uns verkündete: »*Ich* habe im MCC nichts verloren, darauf könnt ihr Boys die letzte Hose eurer Daddys setzen.« Wir waren vier oder fünf Paare — um einen dieser großen Biergartentische aus Holz und mit einem Schirm in der Mitte versammelt, und als sie das sagte, bekamen alle anderen Mädchen in der Runde einen wahren Lachkrampf. Es war ein für sie ungewöhnliches Kichern. Die Jungen in der Runde lachten natürlich auch, aber wir waren erstaunt, wie lange die Mädchen untereinander weiterkicherten. Wir hatten zu der Zeit das College hinter uns und bildeten uns ein, daß wir uns recht gut auskannten in der Welt; die meisten von uns hatten zwei oder drei Jahre in den väterlichen Firmen gearbeitet. Aber wir verstanden nicht, was so besonders komisch an diesem Witz sein sollte. Vermutlich war er uns zu derb. Und nach all diesen Jahren gibt es keine Möglichkeit festzustellen, ob er zu derb für unsere behüteten Gemüter war, oder ob die anderen Mädchen über den ordinären Ton des Mädchens lachten. Sie war nämlich ein wenig ungehobelter als die übrigen Mädchen, und ich vermute, sie lachten über ihre Ausdrucksweise. Für uns Jungen jedenfalls war es erfreulich, daß die Ansichten der Demimondaines über den Nicht-Besuch des MCC so unbeschwert waren, weil es der letzte Ort war, an den die meisten von uns sie gern mitgenommen hätten. Unsere *anderen* Mädchen hätten zu schnell gewußt, wer sie waren, und ihre Anwesenheit nicht bereitwillig oder mit Anstand akzeptiert. Eines dieser Mädchen mit in den Club zu bringen, hätte auf jeden Fall einen viel kühneren und freieren Geist erfordert, als ich es mit dreiundzwanzig war.

Den liberaleren jungen Leuten von heute mag dieser ganze Aspekt unseres früheren Lebens korrupt erscheinen — nicht so sehr unser Snobismus als vielmehr der Umstand, daß wir uns mit diesen Demimonde-Mädchen bis zu unserem Hochzeitstag weiter trafen. Und doch habe ich den Verdacht, daß im Memphis von heute das übliche Verhalten beim ernsthaften Werben um ein Mädchen und das Verhalten bei einer heimlichen Liebesaffäre sich nicht völlig geändert haben. Autounfälle zum Beispiel kommen dort immer noch vor, und die Berichte darüber in den Zeitungen erwähnen den Namen der »Begleiterin« des Fahrers nicht, so wie der Bericht über meinen Unfall es nicht tat. Ist der Fahrer ein »Sprößling einer prominenten Familie unserer Stadt«, dessen Verlobung bereits bei einer MCC-Party wie auch in der Sonntagszeitung bekanntgegeben worden ist, dann wird in dem Bericht über die Kollision wahrscheinlich nur von seiner »Begleiterin« die Rede sein. Einige Leser könnten, wie ich weiß, annehmen, daß damit die Verlobte des jungen Mannes gemeint sei. Das ist beabsichtigt, nehme ich an — für den Durchschnittsleser. Aber das wäre fast mit Sicherheit nicht der Fall gewesen im Memphis, Tennessee, von 1937.

Das Mädchen, das bei dem Unfall bei mir war, war ein Mädchen, über dessen Herkunft niemand etwas wußte. Aber sie war ein absolut anständiges Mädchen, das auf eigenen Füßen stand, in einer ordentlichen Pension wohnte und eine ordentliche Arbeit hatte. Es war eines dieser Mädchen, bei denen die Zeitungen von Memphis sich verpflichtet fühlten, mit der größten Vorsicht vorzugehen, wenn sie es aus irgendeinem Grund in ihren Spalten erwähnten. Es war, als wären sie ihre besonderen Schützlinge. Ein solches Mädchen mußte vor dem grellen Licht der Öffentlichkeit geschützt werden. Ein solches Mädchen durfte nicht leiden unter dem ungebührlichen Verhalten eines Mannes oder einer Gruppe von Männern aus Memphis — selbst wenn es Zeitungsverleger waren. Das war natürlich schön für das Mädchen, und wer könnte irgend etwas dagegen haben? Es war großartig für das Mädchen, aber ich, der Fahrer des Autos, mußte allein wegen der Anwesenheit eines solchen Mädchens in meinem Wagen einiges erleiden, und noch mehr erleiden wegen ihres Verhaltens danach. Darüber hinaus sollte die Reaktion bestimmter älterer Männer aus der Stadt auf das nachfolgende Verhalten des Mädchens mich noch mehr erdulden lassen und meine Leiden um einige Tage verlängern. Diese Männer waren die Herausgeber der zwei Tageszeitungen der Stadt und die Anwälte, die mein Vater hinzugezogen hatte für den Fall, daß ich vor Gericht erscheinen müßte. Dann waren da mein Vater selbst, der Vater meiner Verlobten und *sein* Anwalt (aus welchem Grund auch immer) und schließlich kein Geringerer als der Bürgermeister von Memphis — von allen hätte man normalerweise angenommen, ihnen wären die Kaprizen eines solchen Mädchens gleichgültig. Es waren die führenden Bürger und Handelsherren der Stadt. Sie beschäftigten sich mit wichtigen Dingen. Sie waren, gelinde gesagt, eine beeindruckende Versammlung in den Augen eines jungen Mannes, der erst im vergangenen Jahr in der Baumwollmaklerfirma seines Vaters angefangen hatte, eines jungen Mannes, der noch lernte, sich in der Hackordnung des männlichen Establishments von Memphis zurechtzufinden.

Der Name des betreffenden Mädchens war Lee Ann Deehart. Sie war ein recht hübsches Mädchen mit hellem Haar und haselnußbraunen Augen, von lebhaftem Wesen und gewiß keineswegs dumm. Das, was sie tat und was die Aufmerksamkeit der Stadtväter auf sich zog, änderte um ein Haar auch meinen Lebenslauf völlig. Ich kannte Lee Ann zu dem Zeitpunkt seit etwa zwei Jahren und wußte, daß sie vernünftiger und zurückhaltender und selbstbeherrschter als die meisten ihrer Freundinnen unter den Demimondaines war. Ich hätte ihr Verhalten an jenem

Winternachmittag unmöglich voraussehen können. Unmittelbar nach dem Zusammenstoß riß sie die Tür an ihrer Seite auf, stieg aus und flüchtete in den Wald vom Overton Park, in dem der Unfall sich ereignete. Und von dem Zeitpunkt an und während der folgenden vier Tage hörte niemand von den Leuten, die sie befragen und beschützen wollten, von ihr. Während dieses endlos erscheinenden Zeitraums von vier Tagen wußte niemand mit Sicherheit, wo Lee Ann Deehart sich aufhielt.

Die Einzelheiten des Unfalls waren ziemlich kompliziert. Der Zusammenstoß ereignete sich kurz nach drei Uhr an einem sehr kalten Samstagnachmittag — dem vierten Dezember. Obwohl ich damals schon in der Baumwollfirma meines Vaters arbeitete, hatte ich dennoch — und das mag merkwürdig erscheinen — ein lateinisches Seminar draußen am nördlich vom Overton Park gelegenen Southwestern College belegt. (Wir lasen die *Oden* von Horaz!) Am Samstagnachmittag fand kein Seminar statt, aber ich war auf dem Weg zum College, weil ich mich auf eine Prüfung vorbereiten wollte, die für Montag angesetzt war. Mein Interesse an Latein wurde von meinem Vater und meiner Mutter als eine meiner »Anomalien« betrachtet — einem Überbleibsel vieler »Anomalien«, mit denen ich sie geärgert hatte, als ich heranwuchs und es einige Anzeichen dafür gab, daß ich mich nicht »gut entwickeln« würde. Zu diesem Zeitpunkt schien ich mich natürlich doch »gut entwickelt« zu haben, wenn man davon absah, daß keiner in der Familie und keiner von meinen Freunden verstand, warum ich weiter dieses Interesse an Latein zeigte. Ich konnte es ihnen nicht erklären, ebensowenig wie ich es mir selbst erklären konnte. Es hatte eindeutig nichts mit irgend etwas sonst in meinem Leben zu jener Zeit zu tun. Überdies zeichnete ich mich nicht aus im Seminarraum und unter den strengen Augen unseres Altsprachenprofessors, eines rundlichen, schnurrbärtigen kleinen Mannes, kaum eineinviertel Meter groß (er mußte ein dickes lateinisches Wörterbuch auf den Stuhl legen, wenn er an seinem Tisch bequem sitzen wollte). Ich mußte oft verlegen zugeben, daß Professor Bartlett im Recht war, wenn er sich beklagte, daß ich vor dem Seminar nicht einmal einen Blick in die aufgegebenen Oden geworfen hätte. Manchmal wurden andere Teilnehmer am Seminar, die mir draußen im Flur bei der Übersetzung halfen, dabei erwischt, wenn Professor Bartlett seinen Seminarraum für uns aufschloß. Meine Vernachlässigung der Aufgaben, die dieser ernsthafte und bewundernswerte kleine Gelehrte uns gestellt hatte, war eigentlich nur damit zu entschuldigen, daß zu viele Stunden meines täglichen Lebens von meiner Arbeit in Anspruch genommen wurden, von meinem Umwerben des Mädchens aus der großen Gesellschaft, das ich heiraten wollte, und von meiner alten schlechten Gewohnheit, mich mit meinen Freunden von früher in der Stadt herumzutreiben und mich mit Mädchen wie Lee Ann Deehart zu treffen.

Trotzdem machte ich den ganzen Herbst hindurch weiter mit dem Horazseminar (gegen den Rat fast aller, Professor Bartlett eingeschlossen). An jenem frostigen Dezembernachmittag hatte ich beschlossen, mich zu bessern als Student. Ich beschloß, meinen Horaz zu nehmen und mich in Professor Bartletts Seminarraum im College zu begeben und mich dort mit Hilfe seines dicken Wörterbuchs auf die Prüfung am Montag vorzubereiten. Wir alle waren gedrängt worden, das zu tun, und uns war versprochen worden, daß die Tür immer unverschlossen sein würde. Wie sich herausstellte, war es mir nicht bestimmt, die Prüfung am Montag zu machen oder Professor Bartletts Seminarraum jemals wieder zu betreten.

Kurz bevor ich an jenem Nachmittag von zu Hause losfuhr, dachte ich plötzlich mit Schrecken an die Stille und die eigentümliche Isolation eines College-Gebäudes an einem Wochenendnachmittag. Ich rief meine Verlobte an und bat sie, mich zu begleiten. Am anderen Ende der Leitung brach Caroline Braxley in Gelächter aus. Sie sagte, offenbar habe ich keine Vorstellung von all den vielen Dingen, die sie innerhalb der nächsten sieben Tage noch zu tun hätte, bevor wir heirateten. Ich sagte, vermutlich sollte ich in irgendeiner Weise helfen, obwohl sie mich bis jetzt noch nicht einmal gebeten habe, beim Schreiben der Adressen für die Einladungen zu helfen. »Nein, kommt nicht in Frage«, sagte meine zukünftige Frau, »ich möchte alles selbst machen. Anders möchte ich es gar nicht haben.«

Caroline Braxley, meine tüchtige und hübsche zukünftige Frau, war ein sehr bemerkenswertes Mädchen, wie sie mir auch heute, mit sechzig, eine sehr bemerkenswerte Frau scheint. Sie und ich sind jetzt seit einundvierzig Jahren miteinander verheiratet, und ihr gesundes Urteilsvermögen in allen Dingen, die unsere Ehe betreffen, hat sie noch nie im Stich gelassen — oder uns. Sie hatte schon vor jenem Samstagnachmittag zu mir gesagt, eine gute Ehe hänge zum Teil davon ab, daß beide Partner im Lauf ihres Lebens eine gewisse Anzahl von unterschiedlichen Interessen entwickeln und aufrechterhalten. Sie war durchaus dafür, daß ich weiter Golf spiele, auf die Jagd ging und fischte. Und im Gegensatz zu meiner eigenen Familie sah sie keinen Grund, warum ich mein seltsames Interesse für Latein nicht weiter pflegen sollte, obwohl sie zugeben müsse, daß es das Komischste sei, was sie je von einem Mann wie mir gehört habe.

Caroline schätzte jede Art von Individualismus bei Männern. Aber ich kannte sie bereits gut genug, um einzusehen, daß es keinen Sinn hatte, sie zu überreden zu versuchen, mich ins College zu begleiten. Ich wünschte mir, sie würde mich begleiten, oder vielleicht wünschte ich mir sogar noch mehr, sie würde versuchen, mich zu überreden, zu ihr hinüberzukommen und ihr bei irgendwelchen Vorbereitungen für die Hochzeit zu helfen. Nachdem ich den Hörer aufgelegt hatte, kam es mir sogar in den Sinn, einfach zu ihnen hinüberzufahren und mich vor ihrer Eingangstür einzufinden. Aber ich wußte, was ihr Gesicht ausdrücken würde, und ich konnte mir sogar vorstellen, was ungefähr sie sagen würde: »Kein Mann wird dieses Haus heute nachmittag betreten, Nat Ramsey! *Ich* heirate am

Samstag, falls du das vergessen haben solltest. Außerdem kommst du heute abend doch zum Essen, oder? Und nächste Woche sind jeden Abend Partys!«

Diese Caroline Braxley, mein Mädchen, war sehr hochgewachsen. (Tatsächlich war sie damals größer als heute. Wir haben uns neulich gemessen und festgestellt, daß wir beide zweieinhalb Zentimeter kleiner sind als früher.) Man hatte oft das Gefühl, man blicke zu ihr auf, obwohl sie *so* groß natürlich auch nicht war. Carolines Größe und ihre anmutige Haltung gehörten zu den Dingen, die sie als erstes anziehend für mich machten. Heute kommt es mir so vor, als seien es immer große Mädchen gewesen, die mir anziehend erschienen — das heißt, wenn eine Möglichkeit bestand, sich zu verlieben. Und ich glaube, das war zum Teil der Tatsache zuzuschreiben, daß ich schon als Junge halb verliebt war in die beiden unverheirateten Schwestern meines Vaters, die jede gut einen Meter achtzig maßen und sich immer mehr um mich als um die anderen Kinder in der Familie kümmerten.

Jedenfalls hatte ich an jenem Sonnabend kaum den Hörer aufgelegt, saß immer noch mit meiner Hand auf dem Telefon da und spielte vage mit dem Gedanken, zu Caroline hinüberzueilen, als der Apparat unter meiner Hand zu läuten begann. Vielleicht, dachte ich, war es Caroline, die zurückrief, um mir zu sagen, daß sie ihre Meinung geändert habe. Statt dessen war es Lee Ann Deehart. Sobald sie meine Stimme hörte, erklärte sie mir, daß sie sich zu Tode langweile. Könnte ich mir nicht etwas Lustiges einfallen lassen, was sie und ich an diesem trüben Winternachmittag unternehmen könnten? Ich lachte laut auf. »Was für eine schamlose Person du bist, Lee Ann!« sagte ich.

»Schamlos? Wieso das denn?« fragte sie mit vorgetäuschter Unschuld.

»Als wüßtest du nicht genau«, belehrte ich sie, »daß ich heute in einer Woche heirate!«

»Was hat das mit dem Preis von Eiern in Arkansas zu tun?« Sie lachte. »Denkst du, alter Nat, ich wollte dich heiraten?«

»Nun«, erklärte ich, »ich bin gerade auf dem Weg zum College, um für eine Lateinprüfung am Montag zu pauken.«

Ich hörte ihr Lachen am anderen Ende. »Gibt dein Daddy dir Urlaub für die Lateinprüfung?« fragte sie ironisch. Es war üblich unter diesen Mädchen, sich so über unsere Abhängigkeit von unseren Vätern lustig zu machen.

»O ja«, sagte ich nachsichtig.

»Und am nächsten Samstag gibt er dir auch Urlaub«, fuhr sie fort, »lange genug für eine Hochzeit?«

»Hör mal«, sagte ich. »Ich habe eine Idee. Komm doch mit zum College und sieh dich dort ein bißchen um, während ich mich mit meinem Latein beschäftige.« Vermutlich bildete ich mir nicht ein, daß sie tatsächlich mitkommen würde, aber ich hatte plötzlich wieder an die Abgeschiedenheit von Dr. Bartletts Seminarraum an einem Samstagnachmittag gedacht. Ich wollte wirklich weiterkommen dort draußen. Es war etwas, wozu ich mich irgendwie verpflichtet fühlte. Meine Beschäftigung mit dem Studium lateinischer Dichtung mag, so wenig erfolgreich meine Bemühungen auch waren, Ausdruck eines perversen Wunsches gewesen sein, die Isolation kennenzulernen, die ich gleichzeitig fürchtete, oder Ausdruck einer Neigung zum Morbiden, die noch aus der Zeit meines Heranwachsens stammte. Heute kann ich mir erlauben, über all das nachzudenken, damals aber wäre es mir nicht in den Sinn gekommen.

»Na ja«, sagte Lee Ann Deehart nach einer kurzen Pause zu meinem Erstaunen und Entzücken, »da draußen kann es auch nicht langweiliger sein als das Herumsitzen hier in meinem Zimmer.«

»Ich hole dich in einer Viertelstunde ab«, sagte ich schnell. Und ich legte auf, bevor sie es sich vielleicht noch anders überlegte. Dreißig Minuten später fuhren wir auf dem Weg zum College durch den Overton Park. Wir hatten die Gemäldegalerie hinter uns gelassen und fuhren hügelabwärts auf das tiefgelegene Gebiet zu, wo sich der See befindet. Vor uns, an der linken Seite, waren die Tore zum Zoo. Und weiter vorn lag die Stelle, wo die Straße die Straßenbahngleise kreuzte und in ein dicht bewaldetes Gebiet führte, das letzte noch existierende Stück des Urwalds, der einst bis unmittelbar hinauf zu den Steilufern über dem Mississippi reichte. Hier gibt es Riesen-eichen und Tulpenbäume, die älter als die Erinnerung der frühesten weißen Siedler sind. Einige von ihnen müssen sicher schon ausgewachsene Bäume gewesen sein, als Hernando de Soto hier vorbeikam, und waren wirklich sehr alte Bäume, als General Jackson, General Winchester und Richter John Overton dieses Land erwarben und die Stadt Memphis planten. Zwischen der Gemäldegalerie und dem See erstreckte sich in meiner Jugend ein schmaler Dickichtstreifen fast ganz bis zu dem, was vom alten Forst noch übrig war. Und gerade als ich zu diesem Dickicht kam, mit Lee Ann neben mir, sah ich einen Lastwagen, der sich uns auf der falschen Seite der vereisten Fahrbahn näherte. Der Boden war recht tief verschneit, und die Straßen im Park waren, gelinde gesagt, nur mangelhaft geräumt worden. Auf der eis- und schneeglatten Fahrbahn hatte der Fahrer offensichtlich die Kontrolle über sein Fahrzeug verloren. Als er noch etwa fünfundzwanzig Meter von uns entfernt war, sagte Lee Ann: »Fahr von der Straße runter, Nat!«

Lee Ann war auf eine außerordentlich feminine Art schön. Sie sah zart und zerbrechlich aus, und als ich sie an jenem Tag abholte, fiel mir auf, daß sie in ihrem Mantel mit Pelzkragen, ihrer Strickmütze und ihren Gummistiefeln noch kleiner schien als gewöhnlich. Und ich war erstaunt über die Autorität in der Stimme dieser kleinen Person, deren winzige Gestalt und deren Rolle in meinem Leben es mir nicht in den Sinn hätten kommen lassen, ihre Ratschläge beim Autofahren zu befolgen — oder bei sonst etwas. Ich weiß noch, daß ich ungefähr gedacht habe: Dies ist eine Nervenprobe, die ich auf meine Weise bestehen muß und bestehen will. Es war, als sitze

Professor Bartlett persönlich in dem sich nähernden Lastwagen. Es schien meine Pflicht zu sein, keinerlei Schwäche in meiner eigenen Position zuzugeben. Zumindest *dachte* ich, daß es das sei, was ich empfand.

»Fahr von der Straße runter, Nat!« drängte Lee Ann von neuem. Und ich entgegnete unglaublicherweise: »Er ist auf *meiner* Seite der Straße! Außerdem dürfen Lastwagen im Park gar nicht fahren!« Als Antwort gab Lee Ann nur ein lautes Kichern von sich.

Ich glaube, im letzten Moment versuchte ich doch noch, den Wagen auf den Seitenstreifen zu lenken. Aber das nächste, an das ich mich wirklich erinnere, war der heftige Zusammenprall der beiden Fahrzeuge.

Es war ein verhältnismäßig harmloser Zusammenstoß, oder erschien im Augenblick als solcher. Da der Fahrer des Lastfahrzeugs, das in Wirklichkeit eine umgebaute Oldsmobile-Limousine war — und eine recht alte dazu —, so vernünftig war, nicht auf die Bremse zu treten und den Motor abzustellen, verlief der Aufprall weniger schlimm, als er hätte sein können. Darüber hinaus wurde es, da ich ein wenig zur Seite gefahren *war,* kein Frontalzusammenstoß. Man sollte jedoch erwähnen, daß der Zusammenstoß genügte, um den Wagen, den ich fuhr, endgültig außer Gefecht zu setzen, und es war nicht mein eigener Wagen (mein Wagen befand sich in der Werkstatt und wurde für die Hochzeitsreise aufpoliert), sondern ein alternder Packard meiner Mutter, den sie, wie ich wußte, eigentlich gern in den Ruhestand versetzt sähe. Ich kann mich überhaupt nicht mehr daran erinnern, daß ich ausgestiegen bin, und ich kann mich nicht an Lee Anns Aussteigen erinnern. Die Polizei jedoch erfuhr vom Fahrer des Lastwagens, daß Lee Ann innerhalb einer Sekunde nach dem Zusammenstoß ihre Tür aufgerissen habe, auf den schneebedeckten Seitenstreifen gesprungen, über den Graben dahinter gehüpft, den Abhang hinauf und in das Dickicht gelaufen sei. Der Bericht des Lastwagenfahrers wurde bestätigt von zwei Schlittschuhläufern auf dem See, die auch sahen, wie sie zwischen den blattlosen Bäumen des Dickichts hindurch und weiter über ein kleines Stück des öffentlichen Golfplatzes lief, der das Dikkicht vom alten Forst trennt. Sie stimmten darin überein, daß sie, wenn man bedenkt, wie tief der Schnee auf dem Boden war, und daß sie diese Gummistiefel trug, bemerkenswert schnell vorankam.

Ich merkte nicht einmal, daß sie das Auto verlassen hatte, bis ich zur anderen Seite kam und die aufstehende Tür sah und ihre Spuren im Schnee, die die Böschung hinunter führten. Ich war vermutlich zu verwirrt, um ihren Spuren mit den Augen bis zum Graben und weiter den Abhang jenseits des Grabens hinauf zu folgen. Ich muß mehrere Sekunden lang dort gestanden und mit leeren Blicken auf die Spuren gestarrt haben, die sie gleich neben der Wagentür hinterlassen hatte. Ich blickte auf zum Lastwagenfahrer, der vor mir stand. Ich weiß jetzt, daß er mit den Augen Lee Ann gefolgt sein muß. Endlich wandte er sich mir zu, und ich sah ihm an, daß ich keinen erfreulichen Anblick bot. »Sind Sie am Kopf schwer verletzt?« fragte er. Ich fuhr mir über die Stirn, und als ich mir die Hand ansah, war sie voller Blut. Das war der Augenblick, in dem ich das Bewußtsein verlor. Als ich wieder zu mir kam, wollten sie mich nicht aufstehen lassen. Außer dem Lastwagenfahrer beugten sich zwei Polizisten und die beiden Schlittschuhläufer über mich. Sie sagten, daß ein Unfallwagen auf dem Weg sei.

Im Krankenhaus vernähte der Arzt die Wunde auf meiner Stirn mit vier Stichen, und das war alles. Ich ging nach Hause und legte mich ein paar Stunden hin, wie man mir empfohlen hatte. Meine Eltern, meine beiden Brüder, meine kleine Schwester und selbst die Dienstboten waren sehr besorgt um mich. Sie hingen um mich herum in einer Weise, wie ich sie es nie zuvor hatte tun sehen, nicht einmal, wenn jemand schwerkrank war. Ich vermute, weil ein Unfall dieser Art, mit Körperverletzung, in jenen Jahren etwas sehr Ungewöhnliches in unserem ruhigen Memphis war. Es beunruhigte sie auch, wie mir bald klar wurde, daß ich so still dalag auf der Bettcouch im oberen Wohnzimmer, und im besonderen, daß ich keinerlei Bereitschaft zeigte, über den

Unfall zu sprechen. Mir gingen andere Dinge durch den Kopf. Immer wieder dachte ich an die Spuren von Lee Anns Stiefeln im Schnee. Und ich fragte mich, wo sie jetzt sein könnte. Da ich keine Gelegenheit gefunden hatte, sie anzurufen, konnte ich nur vermuten, daß sie es irgendwie geschafft hatte, wieder zurück in ihre Pension zu gelangen. Ich hatte niemandem von ihrer Anwesenheit im Auto erzählt. Und während ich dort auf der Bettcouch lag und die Familie und die Dienstboten kamen und gingen und sich erkundigten, wie ich mich fühlte, fragte ich mich manchmal, wie und ob oder ob nicht ich Caroline Braxley erzählen konnte, daß Lee Ann an jenem Nachmittag mit mir im Auto gesessen habe. Am nächsten Tag — oder, genau genommen, am Montagmorgen — stellte sich heraus, daß der Lastwagenfahrer den beiden Polizisten und später dann jemandem, der ihn von einer Zeitung anrief, von einem Mädchen bei mir im Auto berichtet hatte. Ich erfuhr auch schon am Abend des Unfalltages davon, aber als ich während des Nachmittags dort im oberen Wohnzimmer lag, wußte ich es noch nicht.

Kurz vor fünf traf Caroline Braxley bei uns ein, um einen richtigen Krankenbesuch zu machen, aber auch in der Absicht, mich zum Dinner mit ihren Eltern und ihren beiden jüngeren Schwestern abzuholen. Unmittelbar nachdem sie das obere Wohnzimmer betrat und fast bevor wir uns begrüßt hatten, kam der Hausboy und zeitweilige Chauffeur meiner Mutter herein und brachte mir meinen Horazband. Weil meine Mutter dachte, es könnte mich aufmuntern, hatte sie den Boy hinunter zur Werkstatt geschickt, in die das Autowrack gebracht worden war, damit er mir das Buch holte. Teilnahmsvoll lächelnd legte er es auf einen Tisch neben der Couch und verließ das Zimmer. Mit einem Lächeln, das eine Mischung aus Mitgefühl und Vorwurf ausdrückte, sagte Caroline: »Hoffentlich siehst du jetzt ein, wie töricht deine Beschäftigung mit lateinischer Dichtung ist.« Und in diesem Augenblick erschien mir das Buch auf dem Tisch plötzlich wie ein Fremdkörper. Zurückblickend kommt es mir so vor, als sei mir in dem Moment klargeworden, daß ich das Buch nie wieder aufschlagen würde.

Ich ging an jenem Abend zum Dinner im Haus der Braxleys, mit noch verbundenem Kopf. Die Familie behandelte mich mit einer Fürsorge, die der in meinem Elternhaus entsprach. Bei Tisch bot der Diener mir an, den Teller für mich zu füllen, als sei ich ein krankes Kind. Ich hätte das alles sehr genießen können, glaube ich, weil liebevolle häusliche Fürsorge schon immer nach meinem Geschmack war — wenn ich mir nicht die ganze Zeit Sorgen und Gedanken wegen Lee Ann gemacht hätte. Während ich mich beim Essen und direkt danach vor dem lustig brennenden Kaminfeuer am Ende des langen Wohnzimmers angeregt mit der Familie unterhielt, hatte ich ständig die Abdrücke von Lee Anns Stiefeln im Schnee vor Augen. Und dann sah ich meine eigene blutige Hand, als ich mein Gesicht berührt hatte, bevor ich in Ohnmacht gefallen war. Ich erinnere mich noch deutlich, wie ich, während ich dort im Schoß der Familie Braxley saß, das Gefühl hatte, es sei nicht nur meine blutige Hand gewesen, die mich in Ohnmacht fallen ließ, sondern meine blutige Hand zusammen mit den Spuren im tiefen Schnee. Irgendwie ist es merkwürdig, daß ich all diese Eindrücke nach vierzig Jahren noch in so lebhafter Erinnerung habe, denn ich habe seitdem keineswegs ein ereignisloses Leben geführt. Meine Erfahrungen im Zweiten Weltkrieg sind wohl das, was ich am besten in Erinnerung haben sollte — diese und den Tod meiner beiden jüngeren Brüder im Koreakrieg. Noch schlimmer war eigentlich der Tod meiner Eltern in einem schrecklichen Feuer, das unser Haus in der Central Avenue vernichtete, als sie schon ziemlich alt waren; meine Mutter sprang aus einem Fenster im zweiten Stock, mein Vater erstickte innerhalb des Hauses. Und ich kann nur mit Mühe den Unfalltod erwähnen, der Caroline und mir zwei unserer Kinder nahm, als sie nicht viel älter als dreizehn waren, ohne von Schmerz überwältigt zu werden. Man sollte denken, daß mit den Erinnerungen an soviel Unglück in der Familie, dazu die verschiedenen geschäftlichen und beruflichen Krisen, die ich zu durchstehen hatte, ich kaum in der Lage wäre, mir dieses frühere Ereignis ins Gedächtnis zu rufen. Aber ich glaube, ganz abgesehen davon, daß es in dieser für Eindrücke so empfänglichen Periode meines Lebens stattfand, und von der Tatsache, daß man sich an Dinge aus der eigenen Jugend eben einfach besser erinnert, läßt sich nicht leugnen, daß das Leben in jenen Zeiten anders *war.* Was ich sagen will — all diese späteren, schrecklichen Ereignisse fanden in einer Welt statt, in der Akte des Terrors uns, sozusagen, von allen Seiten umgeben — alltägliche Ereignisse — und uns hörbar und im Bild über Radio und Fernsehen fast jede Stunde ins Haus geliefert werden. Ich behaupte nicht, daß einige dieser scheußlichen Akte des Terrors nicht hätten stattfinden müssen oder daß sie nicht von unserer Welt, wie sie in jenen Tagen aussah, herbeigeführt wurden. Aber ich behaupte, daß die Umgebung anders war. In unsere friedliche Welt des gehobenen Mittelstandes von 1937 drängte sich der Rest der Welt nicht so emsig herein. Und wenn sich etwas hereindrängte, das nur ein wenig unschön war, oder wenn wir, oft unbewußt, danach griffen, schienen die Gegensätze um so schärfer. Nicht nur im Haus der Braxleys oder in dem meiner eigenen Familie schien alles ruhig und wohlgeordnet und unwandelbar. Die Häuser befanden sich in einander ähnlichen Umgebungen. Mag es genügen, wenn ich sage, obwohl das Haus der Braxleys in Memphis am East Parkway und unser Haus an der Central Avenue mindestens zwei Meilen quer durch die Stadt voneinander entfernt lagen, konnte ich mich in jenen Tagen völlig sicher fühlen, und *war* verhältnismäßig sicher, wenn ich so manche Nacht um zwei Uhr morgens zu Fuß von Carolines Haus zu unserem ging. Nur wenn wir jungen Leute in Memphis uns mit den unternehmungslustigeren Mädchen der Demimonde hinauswagten, kamen wir in Berührung mit den unsicheren Bezirken von Memphis. Und es gab natürlich noch unternehmungslustigere Mädchen, in deren Begleitung einige meiner Altersgenossen in die allergefährlichsten Bezirke gerieten. Aber wir betrachteten es eben so, betrachteten die Mädchen als diejenigen, die die Unternehmungslustigen waren, denen wir folgten oder nicht folgten.

Jedenfalls während wir am Kamin saßen, das Porträt von Carolines

Großvater väterlicherseits vom Kaminsims auf uns herunterschaute und ihr Vater in seinem Zweireiher mit breiten Revers auf der marmornen Kaminplatte stand und gelegentlich mit einem Schürhaken aus Messing in den Holzscheiten stocherte oder einem Scheit mit der Spitze seiner Wingtip-Schuhe einen Stoß versetzte, wurde ich plötzlich von dem schwarzen Diener, der den Teller für mich hatte füllen wollen, ans Telefon gerufen. Er ging mir durch das Wohnzimmer hindurch voraus und führte mich dann fürsorglich durch die Halle zum Telefon in der Bibliothek und hätte, glaube ich, die Hand stützend unter meinen Ellbogen geschoben — als sei ich wirklich ein Invalide —, wenn ich es zugelassen hätte. Während wir durch die Halle gingen, warf ich einen Blick durch eines der breiten, geätzten Seitenfenster neben der Eingangstür und sah den Schnee draußen. Es war noch kälter geworden. Es hatte nicht noch mehr geschneit, aber selbst mit einem flüchtigen Blick sah man, wie verharscht die Oberfläche des alten Schnees war. Der Diener neben mir sagte: »Ihr Daddy ist am Telefon. Sicher will er wissen, wie Sie sich jetzt fühlen.«

Aber ich wußte im Grunde, daß es nicht das war. Es war, als habe der Blick durch das Seitenfenster der Eingangstür mir gesagt, was es war. Als ich den Hörer aufnahm und hörte, wie mein Vater meinen Namen sprach, wußte ich fast wörtlich, was er sagen würde. Er sagte, daß sein Freund, der Herausgeber der Morgenzeitung, ihn angerufen und ihm mitgeteilt habe, ich hätte ein Mädchen mit mir im Auto gehabt, und obwohl sie natürlich nicht vorhätten, ihren Namen zu nennen, wahrscheinlich die Geschichte vor Montag gar nicht drucken würden, müßten sie ihren Namen *wissen*. Und müßten sich vergewissern, daß sie bei dem Unfall nicht verletzt worden sei. Und daß sie unversehrt gewesen sei, nachdem sie den Ort des Geschehens verlassen hatte. Ohne zu zögern nannte ich meinem Vater Lee Ann Deeharts Namen und auch ihre Anschrift und Telefonnummer. Aber ich gab Vater keine weiteren Erklärungen, und er bat mich nicht darum. Ich sagte nur noch, daß ich demnächst nach Hause kommen würde. Daraufhin schwieg

Vater einen Augenblick. Dann fragte er: »Ist alles in Ordnung mit dir?«

Ich sagte: »Mir geht's ausgezeichnet.«

Und er sagte: »Schön. Ich bleibe auf, bis du kommst.«

Ich legte den Hörer auf, und mein erster Gedanke war, ich müsse, bevor ich mich heute abend verabschiedete, Caroline sagen, daß Lee Ann bei mir im Auto gesessen habe. Dann wählte ich, fast ohne nachzudenken, die Nummer von Lee Anns Pension. Die Inhaberin der Pension sagte, Lee Ann wäre noch nicht zurückgekommen, seit sie am Nachmittag mit mir weggefahren sei.

Als ich durch die weitläufige Halle zurückging und noch einen Blick auf den Schnee draußen warf, kam mir zum erstenmal die Frage in den Sinn: *War* Lee Ann etwas zugestoßen in diesem Wald? Mehr als die Dichte des Unterholzes, mehr als die Nähe zum Zoo, wo häufig gewisse unangenehme Typen herumhingen, waren es irgendwie die Größe und das Alter der Bäume und die alten Geschichten, daß hier einst weiße Siedler von Irokesen in den Hinterhalt gelockt worden seien, die mir das Gefühl gaben: wenn dem Mädchen etwas zugestoßen sein sollte, dann war es hier geschehen. Und gleich darauf fragte ich mich zum erstenmal, ob all dies am Ende dazu führen könnte, daß meine schöne, schlanke Caroline Braxley unsere Verlobung löste. Ich ging ins Wohnzimmer zurück, und beim Anblick von Carolines hochgewachsener Gestalt, zwischen der ihrer Mutter und der ihres Vaters, am anderen Ende des Zimmers, kam ich zu der festen Überzeugung, daß ich ihr von Lee Ann erzählen müßte, bevor wir uns an diesem Abend trennten. Und als ich näher zu ihr trat und mich immer noch fragte, ob Lee Ann dort draußen im alten Forst etwas Scheußliches zugestoßen sei, sah ich den bestürzten und sogar mißtrauischen Ausdruck in Carolines Gesicht und entdeckte dann einen ähnlichen Ausdruck in den Gesichtern ihrer Eltern. Und in dem Augenblick begann die Frage an mir zu nagen, die mich einige Tage begleiten sollte: Was genau würde Caroline als hinreichende Herausforderung betrachten, um unsere Verlobung zu lösen? Ich hatte wirklich keine Ahnung. Würde es schon genügen, daß ich zum Zeitpunkt des Unfalls eine von jenen namenlosen »weiblichen Begleitern« bei mir im Wagen gehabt hatte? Ich wußte von Verlobungen wie unserer, die aus offensichtlich geringerem Anlaß gelöst worden waren. Oder würde es der verdächtig aussehende Umstand sein, daß Lee Ann aus dem Wagen gesprungen und durch den Schnee davongelaufen war? Oder würde es die letzte, schlimmste der in Frage kommenden Möglichkeiten sein — war die zierliche kleine Lee Ann Deehart tatsächlich einem Verbrechen zum Opfer gefallen in jenem wenig besuchten, aus Unterholz und hochragenden Bäumen bestehenden Waldstück?

Gelöste Verlobungen waren ein Thema von allgemeinem und beträchtlichem Interesse für Mädchen wie Caroline Braxley. Während eine Generation vorher eine gelöste Verlobung fast ein Skandal war — eine Verlobung, heißt dies, die offiziell auf einer Gesellschaft und in der Zeitung verkündet worden war —, war das zu unserer Zeit nicht notwendigerweise so. Denn sehen Sie, selbst zu unserer Zeit bedeutete eine Verlobung etwas ganz anderes als einst. Es gab schließlich keinen schriftlichen Vertrag, und sie war in keiner Hinsicht so unabänderlich bindend wie zur Zeit unserer Eltern. Bei uns wurde es nicht als absolut schändlich betrachtet, wenn einer der Verlobten sein Wort zurücknahm, nur weil er oder sie es sich anders überlegt hatte. Da von dem jungen Mann nicht länger erwartet wurde, daß er den Vater buchstäblich um die Hand des Mädchens bat (wenn man wahrscheinlich auch von ihm erwartete, daß er es der Form halber tat, wie ich es bei Mr. Braxley getan hatte), handelte es sich nicht mehr um einen Vertragsbruch zwischen Familien. Es gab ganz gewiß keine Mitgift mehr — nicht in Memphis —, und nur selten gab es eine Vermögensregelung, außer in Fällen, in denen beide Familien außerordentlich reich waren. Der Gedanke gefiel mir — die Leichtigkeit nämlich, mit der eine Verlobung beendet werden konnte. Zum Teil vermutlich einfach, weil ich mich auf eine solche Möglichkeit vorbereitete. Und dort in dem langgestreckten Wohnzimmer der Braxleys, unter den Augen von Caroline und Mr. und Mrs. Braxley, gab ich mich einer wunderlichen Träumerei hin, einer Träumerei, in der Caroline unsere Verlobung gelöst hatte und ich mich recht gut hielt, sogar Trost in den Armen, sozusagen, einer wohlbehalten zurückgekehrten Lee Ann Deehart suchte.

Aber auf einmal fühlte ich mich so schuldig wegen meiner heimlichen Taktlosigkeit, daß ich zum erstenmal in Gegenwart meiner zukünftigen Schwiegereltern den Arm um Caroline Braxleys Taille legte. Und ich sagte ihr, die Ereignisse des Nachmittags hätten mich so ermüdet, daß ich jetzt wohl besser nach Hause ginge. Sie und ihre Eltern stimmten sofort zu. Und sie stimmten untereinander darin überein, daß jeder von ihnen gerade eben für sich gedacht habe, wie erschöpft ich aussähe. Mrs. Braxley meinte, daß sie unter den Umständen Robert bitten sollte, mich nach Hause zu fahren. Ich nahm das Angebot an. Kein anderer Vorschlag wäre mir so willkommen gewesen. Robert war derselbe Diener, der mir angeboten hatte, beim Dinner den Teller zu füllen, und der mich so fürsorglich zum Telefon geführt hatte, als mein Vater anrief. Beinahe sofort nachdem ich mich auf den Beifahrersitz neben ihm hatte fallen lassen — er in seiner dunklen Chauffeuruniform und Mütze —, schlief ich ein. Er mußte mich wecken, als wir vor der Seitentür unseres Hauses vorfuhren. Ich weiß noch, wie herzlich ich mich bei ihm fürs Nachhausebringen bedankte und ihm sogar die Hand schüttelte, was damals recht ungewöhnlich war. Ich fühlte mich sehr erfrischt und völlig wiederhergestellt und war Robert persönlich dafür dankbar. Es gab in jenen Tagen in Memphis keine Zeit oder Gelegenheit, da man sich behüteter und entspannter fühlte als dann, wenn man sich vollständig der Obhut und dem Schutz der schwarzen Dienstboten ausgeliefert hatte, die uns umgaben und die den größten Teil jenes Luxus schufen und aufrechterhielten, der das Leben, das wir lebten, von dem Leben, das wir heute leben, unterschied. Sie taten das für uns, was auch ihre Motive gewesen und wie erniedrigend unsere Forderungen und unsere Hinnahme ihrer Fürsorge ihnen erschienen sein mögen.

Jedenfalls fühlte ich mich nach meinem Schläfchen im Beifahrersitz neben Robert so weit wiederhergestellt, daß ich meinem Vater (und seiner Kenntnis von Lee Anns Anwesenheit in dem Auto) mit einem gewissen Grad von Gleichmut gegenübertreten konnte. Und bevor ich das Haus der Braxleys verließ, hatte ich in der Halle eine Gelegenheit gefunden, Caroline schonend beizubringen, daß ich am Nachmittag nicht allein im Auto gesessen hätte. Zu meiner großen Überraschung eröffnete sie mir nach kurzem Zögern, daß sie das bereits wisse. Ihr Vater hatte es, wie mein Vater, von einem der Zeitungsherausgeber erfahren — nur hatte er es mehrere Stunden früher als mein Vater erfahren. Während wir einander gute Nacht sagten, kam mir zum Bewußtsein, daß sie, zusammen mit ihren Eltern, den ganzen Abend gewußt hatte, daß Lee Ann bei mir gewesen und in den Wald des Overton Parks geflohen war — ja, daß sie, Caroline, die ganze Geschichte gekannt hatte, als sie zu uns kam, um mich zum Dinner abzuholen. »Wo ist Lee Ann jetzt?« fragte sie mich schließlich, während sie meine Hände hielt und mir direkt in die Augen sah. »Ich weiß es nicht«, sagte ich. Da sie schon so viel wußte, kam ich zu dem Schluß, daß ich ihr auch den Rest erzählen mußte, ohne etwas zu verschweigen. Ich hatte das Gefühl, daß ich eine neue Seite meiner Verlobten entdeckt hatte, und daß ein Teil dieser neuen Seite mir vielleicht nicht enthüllt werden würde, wenn ich ihr nicht die volle Wahrheit erzählte. »Ich habe versucht, bei ihr anzurufen, nachdem ich heute abend von meinem Vater angerufen worden war. Aber sie war nicht in ihrem Zimmer und gar nicht mehr aufgetaucht, seitdem ich sie um zwei Uhr abgeholt hatte.« Und ich erzählte Caroline von Lee Anns Anruf (nachdem Caroline und ich am frühen Nachmittag miteinander gesprochen hatten) und von meiner Aufforderung, mich ins College zu begleiten. Dann lieferte ich ihr meine unzensierte Version des Unfalls, einschließlich des Anblicks von Lee Anns Fußspuren im Schnee.

»Wie hörte sie sich am Telefon an?« fragte Caroline.

»Wie meinst du das?« fragte ich ungeduldig. »Ich habe dir doch gerade erzählt, daß sie nicht zu Hause war, als ich anrief.«

»Ich meine vorher — als sie dich anrief.«

»Aber warum interessiert dich das? Es spielt doch keine Rolle, oder?«

»Ich meine, hörte sie sich deprimiert an? Aber im Augenblick spielt es keine Rolle.« Sie hielt immer noch meine Hände. »Du weißt doch, nicht wahr«, fuhr sie fort, »daß du Lee Ann *finden* mußt? Und wahrscheinlich wirst du Hilfe brauchen.«

Plötzlich hatte ich das Gefühl, Caroline Braxley sei zwanzig Jahre älter als ich, doch ähnelte sie weniger meinen oder ihren Eltern, sondern eher einem oder dem anderen meiner Lehrer im College — sogar Dr. Bartlett, der mir einmal gesagt hatte, ich würde Nachhilfe brauchen, wenn ich mit der Klasse Schritt halten wolle. Um mich zu beruhigen, nehme ich an, legte ich den Arm wieder um Carolines Taille und zog sie an mich. Aber in unserem Gutenachtkuß lag eine gewisse Zurückhaltung ihrerseits, oder ein Element, das ich nur als »eingeschränkt« oder möglicherweise »auf Bewährung« definieren konnte. Trotzdem — ich wußte jetzt, daß sie alles wußte, und ich nehme an, das war der Grund, warum ich auf dem Weg nach Hause im Auto so gut schlafen konnte.

Mädchen, die wie Caroline erzogen worden waren, im Memphis vor vierzig Jahren, wußten nicht nur, was von ihnen erwartet wurde beim Aufbau einer Ehe und dem Großziehen von Kindern dort in Memphis — einer Ehe und einer Familie, wie ihre Eltern sie geführt hatten; sie wußten auch zu einem verhältnismäßig frühen Zeitpunkt, daß sie, bevor und häufig auch nachdem sie verheiratet waren, mit Mädchen und Frauen einer gewissen Art zu kämpfen haben würden; das heißt, mit Mädchen, die keine Vorstellung davon hatten, was es bedeutete, wenn eine gewisse Erwartung in einen gesetzt wurde, oder Mädchen einer anderen Sorte (und ihnen ähnlicher), die von Mississippi oder Arkansas auf Besuch nach Memphis kamen — hübsche kleine Plantagenmädchen nannte meine Mutter sie —, oder aus Nashville oder den alten Städten West-Tennessees. So manches Mal waren diese anderen Mädchen ihre Cousinen, doch das machte sie nicht weniger gefährlich. Da sie sich nicht auf heimischem Boden befanden — in ihrem eigenen Land, sozusagen —, gaben diese Mädchen aus Nashville oder Mississippi oder West-Tennessee oder Arkansas sich nicht die Mühe, sich an die üblichen Regeln zivilisierter Kriegsführung zu halten. Sie waren Räuber. Aber Mädchen wie Lee Ann waren wieder etwas anderes. Sie waren mehr oder weniger das Trojanische Pferd mitten in der Zitadelle. Sie waren die Fünfte Kolonne, und vielleicht die gefährlichsten von allen. Am Ende einer glanzvollen Debütantinnen-Saison legte sich manchmal der begehrteste Junggeselle auf der Liste noch immer nicht fest oder band sich heimlich sogar an ein Mädchen, das den Country Club von Memphis noch nie von innen gesehen hatte. So etwas, gaben Mädchen wie Caroline Braxley zu verstehen, konnte nicht geduldet werden — nicht wenn die Macht tugendhafter Frauen die Macht einschloß, die Art der Bindung eines jeden Mannes zu erahnen, und die Macht, die Kraft und die Art einer anderen Sorte von weiblicher Macht zu erproben. Heute mögen junge Leute sagen, daß dieses altmodische Verhalten seitens der Mädchen überholt sei, daß Mädchen diese Probleme nicht mehr hätten. Aber ich habe den Verdacht, daß es in Memphis, wenn nicht überall, selbst heute für Frauen irgendein Äquivalent für den Kampf um Macht untereinander geben muß.

Doch vielleicht erscheinen der jungen Generation von heute diese Unterschiede, die ich mache, im Grunde gar nicht wesentlich — oder wert, daß ich mich so viel mit ihnen beschäftige, besonders der jungen Generation außerhalb von Memphis und dem Tiefen Süden. Vielleicht sagt auch in Memphis die große Mehrheit der Leute, warum ist diese kleine Gruppe von verwöhnten reichen Mädchen, die vor vierzig Jahren hier lebten, so wichtig, daß sie unsere Aufmerksamkeit verdient? Es ist sogar anzunehmen, daß schon während eben der Periode, über die ich schreibe, die Mehrheit der Leute in Memphis so dachte. Ich denke, der wesentliche Punkt ist, daß diese Mädchen sich selbst ernst nahmen — Mädchen wie Caroline — und daß sie die Form ihres Lebens ernst nahmen. Sie bildeten sich ein, daß sie recht gut wußten, wer sie waren, und sie bildeten sich ein, daß das wichtig sei. Sie waren jedenfalls etwas, was Mädchen wie Lee Ann nicht waren. Oder sie nahmen in Anspruch, etwas zu sein, was Mädchen wie Lee Ann nicht für sich in Anspruch nahmen und was heutzutage sehr wenige Leute in Anspruch nehmen. Sie betrachteten sich als Erben von irgend etwas, wenn sie auch sehr wahrscheinlich nicht hätten sagen können, wovon: etwas, das ihre Vorfahren von irgendwo anders mit nach Memphis gebracht hatten — aus der Umgebung von Memphis und aus anderen Orten, aus den Landstädten in West-Tennessee, aus Mittel-Tennessee und Ost-Tennessee, aus der Ebene Virginias, aus dem Piedmont und sogar von der Tidenküste. Mädchen wie Caroline hielten sich für die Erben von irgend etwas, und für das hielten die anderen Mädchen sich nicht, obwohl sie es wahrscheinlich waren, und wahrscheinlich ist die junge Generation in und außerhalb von Memphis — selbst die traurige Generation der sechziger und siebziger Jahre — Erbe von mehr als sie glaubt, in Sachen wie Benehmen, meine ich, und allgemeinem Verhalten. Und weil natürlich Mädchen wie Caroline als bloße altmodische Mädchen der Gesellschaft betrachtet werden, neigt die junge Generation von heute dazu, über sie hinwegzugehen; wohingegen, schrieben wir über ihre Väter, die Geschichte von jedermann sehr viel ernster genommen werden würde, so schockierend das ist. Jeder würde heute anerkennen, daß die Väter und Großväter dieser Mädchen als Söhne des alten Plantagen-Südens in die Stadt gekommen waren und sich dort ganz oder teilweise in moderne Geschäftsleute verwandelt hatten, nur daß sie etwas von der alten Ordnung beibehielten, was sie gleichzeitig zu besseren und zu schlechteren Geschäftsleuten machte, als die anderen es waren.

Sie sind die Begründer von viel Gutem und viel Schlechtem im modernen Memphis — und im modernen Nashville, im modernen Birmingham und im modernen Atlanta ebenfalls. Das Gute brachten sie meistens mit sich vom Leben in anderen Städten der Nation, das, was sie nachahmten, als sie das neue Leben in Memphis aufbauten. Und warum sollte man ihre Töchter und Frauen nicht auf ähnliche Weise beurteilen? Möchte man nicht auch wissen, wie sie geartet waren? Etwas, von dem diese Mädchen wußten, daß es zu ihrem Erbe gehörte, waren die alten Umgangsformen auf dem Land und das beharrliche Festhalten an den alten Verbindungen auf dem Land. Als erster Beweis hierfür kommt einem die Tatsache in den Sinn, daß sie von Mädchen wie Lee Ann oft als »Stadtmädchen« sprachen, womit sie meinten, daß solche Mädchen gewöhnlich nicht die alten Familienverbindungen draußen auf dem Land, auf den Baumwollfarmen in West-Tennessee, in Mississippi, in Arkansas oder drüben in Nashville oder in Jonesboro oder in Virginia hatten.

Als Robert mich an jenem Abend vor unserer Seitentür absetzte und ich ins Haus kam, waren mein Vater und meine Mutter beide unten. Es war natürlich noch früh, aber ich hatte das Gefühl, daß sie aufgeblieben waren, um meine Rückkehr zu erwarten. Sie begrüßten mich, als kehrte ich von einem gefährlichen Auftrag zurück. Beide fragten mich, wie die Braxleys mir »vorgekommen« seien. Dann bestand Mutter darauf, die Stiche unter meinem Verband um die Stirn zu überprüfen. Danach sagte ich, ich würde jetzt gern in die Falle gehen. Sie reagierten darauf mit der gleichen Begeisterung, die Mr. und Mrs. Braxley an den Tag gelegt hatten, als ich ihnen sagte, ich ginge wohl besser nach Hause. Es würde mir guttun, mich gründlich auszuschlafen, stimmten meine Eltern mir zu. Es war ein Tag, den jeder mit Freuden zu Ende gehen sah.

Nachdem ich nach oben und in mein Zimmer gegangen war, kam mir in den Sinn, daß meine Eltern plötzlich sehr alt aussahen. Das erscheint mir heute beinahe lächerlich, weil meine Eltern damals zehn oder fünfzehn Jahre jünger waren, als ich es heute bin. Ich erinnere mich jetzt an sie als ein jüngeres Paar in den frühen mittleren Jahren, dessen erster Sohn im Begriff war zu heiraten und wegen dessen möglicher Untreue sie sich Sorgen machten. Aber wie unendlich altmodisch erscheinen sie mir heute, mit ihrem Aufbleiben, bis die Kinder nach Hause kommen. Denn sie blieben tatsächlich noch lange, nachdem ich ins Bett gegangen war, unten und warteten auf meine jüngeren Brüder und auf meine kleine Schwester, die alle ihre eigenen Verabredungen hatten. Ich sehe sie im Geist vor mir, darauf wartend, wie Eltern seit Hunderten von Jahren darauf gewartet hatten, daß ihre erwachsenen Kinder des Nachts nach Hause kamen. Heute würde man sagen, sie verletzten die Rechte der jungen Leute und mischten sich sogar in den Prozeß des Heranreifens ein. Aber in jenen Tagen schien es nur natürlich, wenn Eltern wachsam waren und sich Gedanken machten, wenn die Kinder zum erstenmal das Nest verließen. Das betrifft in erster Linie das Warten meiner Eltern auf meine Brüder und auf meine Schwester, die alle Teenager waren, aber auch ich fühlte mich, als ich im Bett lag, entspannter in dem Wissen, daß sie unten im vorderen Wohnzimmer saßen und darüber nachsannen, was Lee Anns Verschwinden bedeutete, und auf jede neue Entwicklung, die sich ergeben mochte, achteten. Nach einer Weile kam mein Vater nach oben und öffnete die Tür meines Zimmers. Ich weiß nicht, wieviel später es war. Ich glaube nicht, daß ich geschlafen hatte, aber ich war mir nicht sicher, selbst damals nicht — meine Gedanken im Wachen wie im Schlafen waren sich so ähnlich in jener Nacht. Jedenfalls trat Vater ins Zimmer und kam zum Bett herüber.

»Ich habe gerade bei der Polizeiwache angerufen«, sagte er, »und sie sagen, daß sie die Sache überprüft hätten und daß Lee Ann immer noch nicht in ihre Pension zurückgekehrt ist. Sie scheint sich irgendwo versteckt zu haben.« Er sagte das mit Erstaunen und mit einer winzigen Spur von Gereiztheit in der Stimme. »Hast du eine Ahnung, Nat, warum sie den Wunsch haben könnte, sich zu verstecken?«

Der nächste Tag war Sonntag, der 5. Dezember. Über Nacht war es bitter kalt geworden; der Schnee war zu einem steifen Laken gefroren, das den Boden fast vollständig bedeckte. Etwa gegen neun Uhr morgens begann wieder Schnee zu fallen. Ich frühstückte mit der Familie, immer noch mit dem Verband um die Stirn. Ich saß den ganzen Vormittag im Bademantel herum und gab vor, die Zeitung zu lesen. Ich fand keinen Bericht von meinem Unfall, und Vater sagte, der würde erst am Montag erscheinen. Um zehn Uhr wählte ich Lee Anns Telefonnummer. Eines der anderen Mädchen, die in dem Haus ein Zimmer hatten, ging ans Telefon. Sie sagte, sie glaube, daß Lee Ann letzte Nacht nicht nach Hause gekommen sei, und kicherte. Ich fragte sie, ob sie sich vergewissern könne. Sie entfernte sich und kam nach kurzer Zeit zurück und sagte flüsternd, es gebe keinen Zweifel: Lee Ann habe nicht in ihrem Bett geschlafen. Ich wußte, daß sie flüsterte, damit die Vermieterin es nicht hörte ... Und dann rief Caroline mich an, die wissen wollte, wie mein Kopf sich an diesem Vormittag anfühle, und ob ich etwas von Lee Ann gehört hätte. Nachdem ich ihr gesagt hatte, was ich selbst erst seit kurzem wußte, schwiegen wir beide eine Zeitlang. Schließlich sagte sie, sie hätte die Absicht gehabt, herüberzukommen und zu sehen, wie es mir gehe, aber ihr Vater habe angeordnet, daß bei diesem schlechten Wetter niemand ausgehen solle. Man würde damit nur ein zweites Autowrack herausfordern, habe er gesagt. Sie teilte mir mit, daß ihre Eltern nicht zur Kirche gehen würden, und ich sagte, meine auch nicht. Wir kamen überein, später noch einmal zu telefonieren und uns nach dem Lunch zu treffen, falls das Wetter besser wurde. Dann hörte ich die Stimme ihres Vaters im Hintergrund, und Caroline sagte, daß er telefonieren wolle.

Mittags schneite es immer noch. Mein Vater stand an einem der Vorderfenster im Wohnzimmer, in seiner dunklen Hausjacke. Er prophezeite, daß das der heftigste Schneefall werden würde, den wir je in Memphis gehabt hätten. Er sagte, daß die Leute in anderen Teilen des Landes sich nicht klarmachten, wieviel kalte Witterung den ganzen

Weg von Minneapolis nach Memphis durch das Mississippital herunterkomme. Ich hatte noch nie gehört, daß er dem Wetter so viel Aufmerksamkeit widmete und so viel darüber sprach. Ich fragte mich, ob er, wie ich, in Wirklichkeit an den alten Forst draußen im Overton Park dachte und wünschte, er könnte ganz ungebunden dorthin fahren und sich vergewissern, daß Lee Ann Deehart nichts zugestoßen war zwischen den uralten Bäumen. Heute frage ich mich, ob es außer uns nicht noch andere gab, die an diesem Tag die ganze Zeit an den alten Forst dachten. Ich wußte, daß auch mein Vater am Vormittag telefoniert hatte — und einen großen Teil des Nachmittags saß er wieder am Telefon. Rückschauend bin ich mir sicher, daß er an diesem Tag die ganze Zeit mit einem großen Kreis von Freunden und Kollegen in Verbindung stand, die alle beunruhigt wegen Lee Ann waren. Es waren nicht nur die schweren Schneefälle, die seine Bewegungsfreiheit einschränkten — und meine natürlich auch — und ihn daran hinderten, hinauszufahren und den Wald zu durchsuchen und sich wenigstens in diesem Punkt zu beruhigen. Es war mehr als nur dieser Schnee, der nach den Wetterberichten im Radio den ganzen Verkehr zum Stocken und Erliegen brachte. Was ihn zurückhielt, war seine mangelnde Bereitschaft, sich selbst und anderen offen einzugestehen, daß diese Gefahr wirklich bestand; was ihn und vielleicht uns alle zurückhielt, war die Befürchtung, daß die Antwort auf die quälende Frage nach Lee Anns Verbleib vielleicht wirklich dort draußen zu finden war, innerhalb dieses uralten Hains aus schneebeladenen Eichen und Tulpenbäumen und Hickorybäumen. Es ist ein Hain, glaube ich, den man in Memphis schon seit langer Zeit fürchtet und immer wieder zerstören wollte, und an dessen Zerstörung sie bis zum heutigen Tag arbeiten. Gerade vor kurzem noch, als man dort eine breite Hauptverkehrsstraße anlegen wollte, wurde er mit knapper Not bewahrt — bewahrt durch Frauengruppen, die entschlossen waren, dieses letzte Stückchen des alten Forsts vor den Äxten der Männer von heute zu retten. Vielleicht schienen in den alten Pioniertagen, bevor die Plantagen angelegt und die neoklassizistischen

Städte gebaut wurden, die großen Forste der letzte Zufluchtsort der Frauen vor den tierischen Wesen, mit denen sie allein in der Wildnis lebten. Vielleicht fühlten dies alle Männer in Memphis, die einen Sinn für ihre Vergangenheit hatten, wenn sie auch noch stärker fühlten (aber vielleicht läuft es auf dasselbe Gefühl hinaus), daß der Forst die größte Gefahr für die Frau war. Männer erinnerten sich an wahnsinnig gewordene Pionierfrauen, in den Wahnsinn getrieben durch ihre Einsamkeit und ihre Isolation, die davonliefen in den Forst und nie wieder gesehen wurden, oder an unvorsichtige Frauen, die sich von Indianern rauben ließen und schließlich so verstümmelt zurückkehrten, daß ihre eigenen Männer sie nicht mehr erkannten, oder die auf eigenen Wunsch ihr Leben unter den Wilden, die sie geraubt hatten, zu Ende lebten. Ich glaube, wenn ich zu meinem Vater (oder zu mir selbst) gesagt hätte: »Was ist eigentlich so unheimlich am alten Forst?« würde er (oder ich) entgegnet haben: »Es ist überhaupt nichts unheimlich am alten Forst. Aber heute können wir nichts unternehmen wegen des Schnees. Es ist der schlimmste Schnee aller Zeiten!« Ich glaube, mein Vater war — wie ich — den ganzen Tag über damit beschäftigt, sich den Gedanken zu verbieten, daß Lee Ann Deehart etwas Schreckliches zugestoßen sei, oder, falls ihr doch etwas zugestoßen war, daß es in diesem Wald geschehen war. Doch nicht nur mein Vater und ich. Auch Carolines Vater und alle ihre Freunde — eben ihresgleichen. Und die Zeitungsleute und die Polizei. Wenn sie lange genug warteten, würde sich alles klären, und es würde nicht einmal nötig sein, den Wald abzusuchen. Und es stellte sich heraus, daß sie — wir — recht hatten. Doch mit welchen Schuldgefühlen müssen alle gelebt haben — stumm gelebt haben —, den ganzen verschneiten Tag lang.

Um zwei Uhr rief Caroline wieder an und sagte, daß ihre Tante wegen des Schnees die Dinner-Party, die sie an diesem Abend zu Ehren der Braut und des Bräutigams hatte geben wollen, ausfallen lasse. Und ich erinnere mich noch so gut, wie an alles andere an jenem schrecklichen Tag, an die Blicke, die meine Mutter und mein Vater wechselten, als sie diese Nachricht erhielten. Sicher fragten sie sich, wie ich mich auch fragen mußte, ob dies nur die erste Geste eines Sichzurückziehens war. Keiner konnte wissen, was ihr Verhalten oder das Verhalten von einem von uns an jenem Tag bedeutete. Der Tag schleppte sich einfach weiter bis zu der Stunde, da wir mit Anstand zu Bett gehen konnten. Es war Dezember, und wir näherten uns dem kürzesten Tag des Jahres, aber jener Tag war mir wie der längste Tag meines Lebens erschienen.

Am Montagmorgen waren zwei Polizisten in Uniform bei uns, bevor ich mit dem Frühstück fertig war. Als ich erfuhr, daß sie im Wohnzimmer auf mich warteten, stand ich sofort vom Tisch auf. Ich wollte nicht, daß mein Vater mich ins Wohnzimmer begleitete. Mutter versuchte mich zu überreden, mein Ei zu Ende zu essen, bevor ich zu ihnen ging, aber ich lachte sie nur aus und küßte sie auf den Kopf und verließ das Frühstückszimmer. Die beiden Polizisten saßen in denselben Sesseln, in denen meine Eltern letzte Nacht gesessen hatten. Das machte das Interview irgendwie von Anfang an leichter. Ich hatte gleich das Gefühl, sie seien da, um mir zu helfen, nicht um mich auf irgendeine Weise zu schikanieren. Sie waren schon bei Anbruch der Dämmerung draußen im Overton Park gewesen. (Der ganze Fall — wenn es ein Fall war — hatte am Sonntag natürlich ruhen dürfen.) Und zusammen mit vier anderen Polizisten hatten sie eine großangelegte Suche im alten Forst durchgeführt. Es gab dort keine Spur von Lee Ann Deehart. Sie waren auch in ihrer Pension an der Tutwiler Avenue gewesen und hatten Mrs. Troxler, der das Haus gehörte, über alle Freunde und Bekannte von Lee Ann und über die Lebensgewohnheiten des Mädchens ausgefragt. Sie sagten, sie seien überzeugt, daß das Mädchen auftauchen würde, aber die Zeitungen setzten sie unter Druck mit der Forderung, das Verschwinden des Mädchens und — das besonders — ihre überstürzte Flucht vom Unfallort zu erklären.

Ich verbrachte den Tag mit der Polizei und verließ sie nur zur Lunchzeit für eine Stunde, als sie mich am Büro meines Vaters in der

Front Street absetzten, wo ich arbeitete. Ich gab vor, ich müsse mich um eine geschäftliche Angelegenheit kümmern und nahm einen dicken Sandwich und einen Milchshake zu mir, die mein Vater oder einer meiner Onkel in der Firma mir heraufgeschickt hatten. Als die Stunde vorüber war, lief ich die zwei Holztreppen hinunter und stellte fest, daß das Polizeiauto schon auf mich wartete, am Kantstein direkt vor dem Eingang. Irgendwann während des Vormittags hatte einer der Polizisten vorgeschlagen, einen Bulldozer oder ein anderes Fahrzeug bringen zu lassen und damit das Eis auf dem See im Overton Park aufreißen und den Teich nach Lee Anns Leiche absuchen zu lassen. Aber ich hatte auf die beiden Schlittschuhläufer hingewiesen, die nach dem Unfall zum Teich zurückgegangen und dort gelaufen waren, bis es dunkel wurde. Es gab nirgends ein Loch in der Eisdecke. Außerdem hatten die Schlittschuhläufer berichtet, daß das Mädchen nicht über den Teich gelaufen sei, als sie den Handlungsort verließ, sondern die Böschung hinauf und in das Waldgebiet. Es wies alles darauf hin, daß sie in die Richtung gelaufen war, darum ließ man den Vorschlag, den Teich absuchen zu lassen, wieder fallen. Den Rest des Vormittags verbrachten wir damit, die Pensionen und Apartments von Lee Anns Freundinnen und Bekannten abzuklappern, wie auch die Häuser der Eltern, bei denen einige von ihnen lebten. Für den Nachmittag hatten wir vor, die Geschäfte und Büros aufzusuchen, in denen einige der Mädchen arbeiteten, und die Mädchen nach Lee Anns Aufenthaltsort zu befragen, und wann sie sie zum letztenmal gesehen hatten. Es schien mir ein aussichtsloses Vorgehen. Doch als ich mich allein in unserem im dritten Stock (ohne Fahrstuhl) gelegenen Büro aufhielt und meinen Sandwich aß, nahm ich einen schockierenden Anruf entgegen.

Unsere Büroräume befanden sich, wie die Büros der meisten anderen Baumwollmakler, in einem der schmucklosen, drei oder vier Stock hohen Gebäude, die in der Mitte des vorigen Jahrhunderts an der Front Street errichtet worden waren, kurz vor dem Sezessionskrieg. Baumwoll-Leute hingen an diesen Gebäuden, und die Büros hatten einen gewissen rauhen Charme, der jedem auffiel. Offensichtlich hatte es seit der Zeit, als sie gebaut wurden, wenige Verbesserungen oder Umbauten gegeben — wenn es überhaupt welche gegeben hatte. Alle elektrischen Leitungen und alle Rohre — soweit vorhanden — waren frei verlegt. Die hölzernen Treppenstufen und Fußböden waren rauh und splittrig und sehr abgetreten. Die Wände waren weißgetüncht, die Decken zwölf oder vierzehn Fuß hoch. Aber der Haupt-Charme der Räume waren die hohen Fenster an der Frontseite der Gebäude, breite Schiebefenster mit kleinen Fensterscheiben, Fenster die auf die Front Street hinausgingen und von denen man Blicke auf den braunen Mississippi am Fuße der steilen Küste erhaschen konnte, und selbst auf die Küstenlinie von Arkansas am anderen Ufer. Ich saß auf einer Baumwollkiste neben einem dieser Fenster und aß meinen Sandwich, als ich im inneren Büroraum das Telefon läuten hörte. Ich weiß noch, als es läutete, ruhten meine Blicke auf einem schmalen Streifen der Küste von Arkansas, der sich durch die verkümmerten Bäume undeutlich abzeichnete, und meine Gedanken waren bei den Rasthäusern dort drüben in Arkansas, die wir samstagabends oft mit den Demimonde-Mädchen besuchten. Zuerst wollte ich nicht ans Telefon gehen. Ich ließ es ein oder zwei Minuten läuten. Es läutete beharrlich weiter. Plötzlich wurde mir klar, daß bei einem gewöhnlichen geschäftlichen Anruf das Läuten schon viel früher aufgehört hätte. Ich sprang von meinem Sitz am Fenster und lief zwischen den Baumwollkisten hindurch zum Büro. Als ich den Hörer aufnahm, nannte eine Mädchenstimme meinen Namen, bevor ich etwas gesagt hatte.

»Ja«, sagte ich. Die Stimme war mir bekannt vorgekommen, aber es war nicht Carolines Stimme. Und es war nicht Lee Anns. Ich konnte sie nicht genau einordnen, wenn ich mir auch sofort sagte, daß es eines der Stadtmädchen war.

»Nat«, sagte die Stimme, »Lee Ann möchte, daß du nicht weiter versuchst, ihr nachzuspüren.«

»Wer spricht da?« sagte ich. »Wo ist Lee Ann?«

»Vergiß es«, sagte das Mädchen am anderen Ende der Leitung. »Wir werden dafür sorgen, daß du sie nicht findest, und du machst ihre Lage sehr unangenehm, wenn du mit der Polizei hinter ihr her bist und all das.«

»Die Polizei ist nicht ›hinter ihr her‹«, sagte ich. »Sie wollen sich nur vergewissern, daß alles in Ordnung ist mit ihr.«

»Es wird alles in Ordnung sein«, sagte die Stimme, »wenn du dich da raushältst und aufhörst, Jagd auf sie zu machen. Hast du denn überhaupt keinen Anstand? Hast du keinen Grips im Kopf? Weißt du nicht, wie das für Lee Ann ist? Wir haben alle gedacht, du seist ihr Freund.«

»Das bin ich ja«, sagte ich. »Laß mich bitte mit Lee Ann sprechen.«

Aber es klickte in der Leitung, und es war niemand mehr da.

Ich ging zurück in den Raum mit den Baumwollkisten. Als ich die Milchshakeschachtel und das Papier vom Sandwich am Fenster liegen sah und mich daran erinnerte, wie das Mädchen sofort meinen Namen genannt hatte, als ich den Hörer aufnahm, wurde mir klar, daß mich jemand von der Straße unten oder vom gegenüberliegenden Fenster beobachtet haben mußte. Ich ließ meinen Lunch liegen, machte rasch kehrt und lief die Treppe hinunter. Aber als ich einen Blick auf die Uhr warf, fiel mir ein, daß die Polizisten mich um diese Zeit wieder abholen wollten. Und sie standen natürlich schon da, vor dem Haupteingang. Als ich eingestiegen war, sagte ich nichts von dem Anruf. Wir setzten unsere Runde fort und fuhren zu den Firmen, bei denen einige von Lee Anns Freundinnen arbeiteten.

Lee Ann Deehart und andere Mädchen wie sie, mit denen wir uns trafen, waren, wie ich schon andeutete, nicht buchstäblich Damen irgendeiner Demimonde von Memphis. Es ist möglich, daß sie zum erstenmal so genannt wurden von dem einzigen Mitglied unserer Generation in Memphis, das Marcel Proust gelesen hatte, ein an Literatur interessierter Junge, der später Professor an einem College wurde und der sein eigenes Leben in Memphis — und unseres —

interessanter machen wollte, als es war. Tatsächlich waren es Mädchen, die die öffentlichen High Schools besucht hatten, und meistens keine andere als die Central High, die während jener Jahre der Depression in gewisser Weise von der Gesellschaft Memphis' akzeptiert wurde. Wie jeder an diesem Vormittag, als ich mit den Polizisten in der Stadt herumfuhr, hätte feststellen können, kamen diese Mädchen aus sehr unterschiedlichem Milieu. Wir suchten die Häuser einiger Eltern auf, von denen manche Tagelöhner waren, die noch den Akzent des alten Memphis-Irisch hatten, Nachkommen der Iren, die ins Land gebracht worden waren, um die Eisenbahnlinien nach Texas zu bauen. Heute wären zwangsläufig einige der Mädchen Schwarze. Aber es waren auch die Töchter von Bankangestellten und Handelsvertretern und die von Angehörigen freier Berufe, weil sie keine Unterschiede untereinander machten. Die Eltern von einigen von ihnen waren aus anderen Bezirken des Landes nach Memphis gezogen, oder sogar aus kleinen Städten im Süden. Die Mädchen interessierten sich nicht für Unterschiede der Herkunft, waren sich ihrer nicht bewußt, waren von ihren Eltern nicht darauf hingewiesen worden. Bei der heutigen Generation junger Leute hätten sie sofort großen Anklang gefunden. Wie die heutige Generation im allgemeinen, neigten diese Mädchen — Lee Ann eingeschlossen — dazu, an Büchern und Kunst interessiert zu sein, auf geistig durchschnittliche Art, und einige von ihnen hatten echte intellektuelle Ambitionen. Es war ihnen gleichgültig, aus welchen Familien die anderen kamen oder wo sie zur Schule gegangen waren. Sie lernten einander in Gasthäusern kennen, bei Doppel-Rendezvous, und in den Büros und Geschäften, wo sie arbeiteten. Wie ich schon sagte, sie neigten dazu, sich für Bücher und Kunst zu interessieren. Wenn sie sich in dem Paris Prousts befunden hätten anstatt in unserem Memphis der dreißiger Jahre, hätten sie vielleicht eine Rolle im intellektuellen Leben der Stadt gespielt. Aber das ist natürlich nur die Vermutung eines Ignoranten, wie ich es bin. Es ist immer unmöglich zu ahnen, welche Veränderungen in Menschen hätten bewirkt werden können unter Umständen, die sich im höchsten oder geringfügigsten Grad von den tatsächlich vorhandenen unterscheiden.

Die Mädchen, die wir an jenem Nachmittag an ihrem Arbeitsplatz aufsuchten, waren im allgemeinen aufgeschlossener für die Fragen der Polizisten als für meine eigenen. Und ich merkte, daß die beiden Polizisten — ziemlich junge Männer noch, etwa Ende dreißig, denen dieser Sonderauftrag aus irgendeinem Grund unangenehm war — mehr daran interessiert waren, diese Mädchen nicht in Verlegenheit zu bringen, als Informationen über Lee Ann zu erhalten. Mit einer Ausnahme schickten die Polizisten bei allen der sechs Mädchen, die wir aufsuchten, mich zuerst zu dem Mädchen, um sie zu fragen, ob sie ihre Fragen lieber an ihrem Platz im Geschäft oder im Polizeiauto beantworten würde. Jedesmal betrachtete das Mädchen meine Frage in dieser Angelegenheit als eine Beleidigung, aber schließlich entschloß sie sich immer dazu, die Polizisten hereinkommen zu lassen. Und jedesmal bewunderte ich die Mädchen, nicht nur die Unerschrockenheit, mit der sie der Situation begegneten (sie schienen furchtlos in ihrem Gespräch mit den Polizisten und lehnten es absolut ab, sich zu einer engen Freundschaft mit Lee Ann zu bekennen, und beharrten darauf — sie alle —, daß sie sie nur gelegentlich in Nachtlokalen sähen, manchmal mit mir, manchmal mit anderen jungen Männern, daß sie keine Ahnung hätten, wer ihre Eltern seien oder von wo sie nach Memphis gekommen sei), sondern auch ihre persönliche, feminine Schönheit, die ich nie zuvor so ganz wahrgenommen hatte. Vielleicht sah oder spürte ich diese jetzt zum erstenmal, weil ich sie vorher nie bedroht oder in Gefahr gesehen hatte. Es stimmt, ich weiß, daß das Ergebnis all dieser Fragen sie irgendwie zu gefährden schien. Vielleicht sah ich jetzt, wieviel verletzbarer sie waren als die Mädchen aus der Schicht, in der ich mich mehr oder weniger nach Wunsch meiner Eltern bewegen sollte. Sie waren von einer Zartheit, ja von einer Zerbrechlichkeit, die es bei den anderen Mädchen, die ich kannte, nicht zu geben schien, und die in merkwürdigem — und beunruhigendem — Gegensatz zu der derben Umgebung der Gasthäuser, die sie abends besuchten, zu stehen schien, und zu der strengen, geschäftsmäßigen Atmosphäre an ihren Arbeitsstellen. Darüber hinaus schien bei jeder von ihnen ein Kontrast zu bestehen zwischen der zarten Schönheit ihrer Körper, ihrer hübsch geformten Arme und Beine, ihrer Brüste und Hüften, ihrer zierlichen Füße und Hände, ihres weichen, natürlichen Haars — Haars, das bei jeder von ihnen so kleidsam getragen wurde, so frisiert, daß es die Blicke zuerst auf ihren hellen oder olivenfarbigen Teint und die wohlproportionierten Gesichter lenkte — ein Kontrast nämlich zwischen dieser Schönheit des Körpers und einer Blaustrümpfigkeit und einer gewissen Zähigkeit und einer Kühnheit des Geistes, die bei allen unverkennbar waren.

Das letzte Mädchen, das wir an jenem Nachmittag aufsuchten, hieß Nancy Minifee, zufällig das Mädchen, das immer am offensten und derbsten in den Witzen über Familien wie meiner eigenen war, und das die Bemerkung im Biergarten von sich gegeben hatte, über die die anderen Mädchen so hemmungslos lachen mußten: »Ich habe im MCC nichts verloren.« Oder vielleicht war sie nicht rein zufällig die letzte, die wir aufsuchten. Es mag sein, daß ich die Polizei aus Angst vor Nancys Witzen zuallerletzt zu dem Lager für landwirtschaftliche Geräte führte, wo sie als Sekretärin arbeitete. Oder vielleicht war es nicht so sehr wegen ihres Wesens, sondern weil ich wußte, daß sie Lee Anns beste Freundin war, und aus diesem Grund fürchtete, ihr gegenüberzutreten. Jedenfalls stand sie mit einem Klemmbrett und einem Bleistift draußen auf der Laderampe, als wir vorfuhren.

»Das dort oben ist Nancy Minifee«, sagte ich zu den beiden Polizisten auf den Vordersitzen. Ich saß allein hinten. Ich sah sie die Köpfe schütteln. Ich wußte, daß sie es mit einer gewissen Betrübnis und mit persönlicher Bewunderung taten. Nancy war ein sehr hübsches Mädchen, und sie verabscheuten den Gedanken, daß sie dieses liebliche Wesen mit der Art von Fragen belästigen mußten, die sie zu stellen hatten. Sie verabscheuten den Gedanken und wußten nicht einmal, daß Nancy Lee Anns beste Freundin war. Plötzlich begann ich, all diese

Mädchen mit den Augen der Polizisten zu sehen, geradeso wie ich am nächsten Tag bei einer ähnlichen Unternehmung in Gesellschaft meines Vaters und des Zeitungsherausgebers die Mädchen mit ihren Augen sehen würde. Das Schlimmste daran für die Polizisten war irgendwie, daß es sich nicht um eine wirklich offizielle Ermittlung handelte, sondern um etwas, was die Zeitungen ihnen aufgezwungen hatten, für den Fall, daß etwas geschehen war, worüber sie nicht berichtet hatten. Das Mädchen wurde noch nicht so lange vermißt, daß jemand sie »offiziell« als vermißt erklären konnte. Doch die Polizei, zusammen mit dem Büro des Bürgermeisters und dem Zeitungsherausgeber, wollte nicht riskieren, daß einem Mädchen wie Lee Ann etwas zugestoßen war. Sie — sie alle — betrachteten solche Mädchen in gewisser Weise als ihre besonderen Schützlinge. Es wäre schwer zu erklären, warum das so war. Jedenfalls sah ich Nancy Minifee dort oben auf der Laderampe, bevor das Polizeiauto richtig angehalten hatte. Sie trug einen Mantel mit Pelzkragen, doch weder Hut noch Handschuhe. Sie kam sofort auf uns zu und hielt das Klemmbrett zum Schutz vor der spätnachmittäglichen Wintersonne vor die Augen. Sie kam die Stufen herunter und zu dem Schotterplatz, auf dem wir standen, und als der Polizist am Lenkrad sein Fenster hinunterkurbelte, beugte sie sich vor und lehnte sich an die Tür. Sie tat das so zwanglos, daß es fast vertraulich erschien — ja, fast sogar herausfordernd. Ich ertappte mich dabei, daß ich ihr Verhalten mißbilligte, weil ich befürchtete, sie würde einen falschen Eindruck erwecken. Die Art, wie sie sich an die Tür lehnte, erinnerte mich an die Prostituierten unten in der Pontotoc Street, wo wir als junge Burschen manchmal vor ihren Häusern anhielten — mit laufenden Motoren, weil wir Angst vor ihnen hatten.

»Ich habe die beiden Herren erwartet«, sagte Nancy und lächelte die beiden Polizisten freundlich an, meine Anwesenheit auf dem Rücksitz betont ignorierend. Die Polizisten lachten laut auf.

»Vermutlich haben Ihre Freundinnen uns angekündigt«, sagte der Fahrer. Nancy lachte, als habe er etwas sehr Komisches gesagt.

»Ich könnte Ihnen eine Karte malen von der Route, die Sie heute nachmittag gefahren sind«, sagte sie. Ihr Ton war überaus höflich, und die beiden Polizisten waren ebenfalls überaus höflich. Aber bevor sie wirklich anfangen konnten, ihr ihre Fragen zu stellen, begann sie, ihnen die Antworten zu geben. Sie habe Lee Ann seit einigen Tagen vor dem Unfall nicht mehr gesehen. Sie wisse nicht, wo sie sein könnte. Sie wisse nichts über ihre Familie. Sie hatte immer angenommen, daß Lee Ann aus Texas komme.

»Texas ist ein großer Staat«, sagte der Polizist, der nicht fuhr.

»Na ja, ich war noch nie da«, sagte sie, »aber ich habe gehört, daß es ganz schön groß ist.«

Die drei brachen wieder in Lachen aus. Dann sagte der Fahrer ganz ernsthaft: »Aber wir haben gehört, daß Sie ihre beste Freundin sind.«

»Ich kenne sie nicht besser als die meisten der anderen Mädchen«, sagte sie. »Ich kann mir nicht vorstellen, wer Ihnen das erzählt hat.« Jetzt warf sie zum erstenmal einen Blick auf mich hinten im Auto. »Hallo, Nat«, sagte sie. Ich nickte ihr zu. Ich hatte keine Ahnung, warum sie die Polizisten anlog. Aber wie auch den anderen Mädchen oder der Polizei sagte ich ihr nichts von dem Anruf, den ich im Baumwollbüro erhalten hatte. Ich wußte, daß sie genau Bescheid darüber wissen mußte, aber ich sagte nichts.

Als wir wieder auf dem Rückweg waren, sagte der Polizist, der fuhr: »Mit dieser Lee Ann muß alles in Ordnung sein, sonst würden die Mädchen nicht so zusammenhalten. Dafür sind sie zu vernünftig. Es sind gescheite Mädchen.«

Nach einer Weile drehte der andere Polizist den Kopf halb nach hinten, sah mich aber nicht direkt an, und fragte: »Sie ist doch nicht zufällig schwanger, oder?«

»Ah-ah«, sagte ich. Eine bessere Antwort schien er mir nicht zu verdienen. Aber dann konnte ich der Versuchung nicht widerstehen, zu wiederholen, was der andere gesagt hatte. »Dafür sind sie zu vernünftig. Es sind gescheite Mädchen.« Er drehte sich jetzt ganz zu mir um und bedachte mich mit einem Blick, den er sicher als offen bezeichnet haben würde.

»Die sind verdammt in Ordnung«, sagte der Fahrer, sah seinen Kollegen mit gerunzelter Stirn an und sprach mit tadelnd geschürzten Lippen. »Denk nicht immer an die Gosse, Fred. Schließlich sind sie alle noch sehr jung.«

Danach fuhren wir schweigend weiter. Zum erstenmal nach mehreren Stunden dachte ich an Caroline Braxley, und ich fragte mich, ob sie unsere Verlobung lösen würde.

Als die Polizisten mich um fünf Uhr vor meinem Büro absetzten, ging ich zu meinem Auto und fuhr direkt zum Apartment-Haus in Crosstown, wo Nancy Minifee wohnte. Ich erwartete Nancy auf dem Parkplatz, als sie nach Hause kam. Sie forderte mich auf, hereinzukommen, doch ohne ein Lächeln.

»Ich möchte wissen, wo Lee Ann ist«, sagte ich, sobald sie die Tür geschlossen hatte.

»Bildest du dir ein, ich würde es dir sagen, wenn ich es wüßte?« fragte sie.

Ich ließ mich in einem Polstersessel nieder, als wollte ich bleiben, bis sie es mir sagte. »Ich möchte wissen, was zum Teufel eigentlich vorgeht«, sagte ich mit, wie ich fand, beträchtlichem Nachdruck, »und warum du den Polizisten all diese Lügen aufgetischt hast.«

»Wenn du das noch nicht weißt, Nat«, sagte sie und setzte sich mir gegenüber, »wirst du es wahrscheinlich nie erfahren.«

»Sie ist doch nicht zufällig schwanger, oder?« sagte ich, ohne vorher wirklich zu wissen, daß ich es sagen würde.

Nancy sah mich verblüfft an. Dann lachte sie laut. Endlich sagte sie: »Nun, eins ist sicher, Nat. Es würde dich nichts angehen, wenn sie es wäre.«

Ich erhob mich aus dem großen Sessel und ging, ohne daß wir ein weiteres Wort gewechselt hätten.

Lee Ann Deehart und Nancy Minifee und die ganze Clique von Mädchen, die wir gern als die Mädchen der Demimonde von Memphis bezeichneten, glichen natürlich den Damen der Demimonde, wie sie in der französischen Literatur erscheinen, nicht mehr, als sie einer Gruppe von Engeln glichen. Und ich brauche kaum zu erwähnen — obwohl mir aus irgendeinem Grund in den Sinn kommt, es zu erwähnen —, daß sie in ihrem Verhalten und ihren moralischen Vorstellungen nicht im entferntesten jenen käuflichen Huren von der Pontotoc Street mit ihrer ordinären Sprache glichen. Ich könnte sogar sagen, daß ihre Umgangsformen sich praktisch nicht unterschieden von denen der Mädchen, die wir kannten und die in Miss Hutchisons Schule und ins St. Mary's und nach Lausanne gegangen waren und jetzt zu den Debütantinnen gehörten. Einige von ihnen — vielleicht nur wenige — stammten sogar aus Familien, die verwandt, und recht eng verwandt, mit den Familien der Debütantinnen waren, sich jedoch aus diesem oder jenem Grund wirtschaftlich in einer anderen Klasse als ihre Verwandten befanden. Jedenfalls waren sie alle frei von alten Zwängen, die ihnen von Familie und Gemeinschaft auferlegt wurden, befreit in jedem Fall, so erscheint es mir, durch reine Charakterstärke, befreit in vielen Hinsichten, doch vor allem — und ich kann nicht sagen, wie es dazu kam — sexuell befreit. Am genauesten kann ich es ausdrücken, wenn ich sage, daß sie, in ihrer kleinen Gruppe, sich so verhielten wie Horden von jungen Mädchen heutzutage. Es kommt mir so vor, als wären sie in ihrer Einstellung zu Sex ihrer Zeit mindestens vierzig Jahre voraus gewesen. Aber ich kann nicht sagen, wie es dazu kam. Vielleicht war es für jede einzelne eine persönliche Sache — oder eine zum Teil persönliche Sache. Vielleicht war es so, weil sie die zweite oder dritte Generation von Frauen in Memphis waren, die in Büros arbeiteten. Sie waren nicht wahllos in ihren Geschlechtsbeziehungen — die meisten von ihnen —, aber sie schliefen mit den Männern, die sie liebten, und sie machten kein Geheimnis daraus. Die Männer, die sie liebten, waren gewöhnlich älter als wir. Im allgemeinen amüsierten die Mädchen sich nur mit uns, ebenso wie wir uns mit ihnen amüsierten. Es herrschte eine wundervolle Freiheit in unseren Beziehungen; ich habe nie wieder etwas völlig Vergleichbares erlebt. Und obwohl ich vielleicht nicht die realistischste Vorstellung von ihrem Leben gehabt haben mag, wußte ich das, was ich wußte, durch meine Freundschaft mit Lee Ann Deehart.

Wir begegneten uns zum erstenmal, meine ich, in einer jener Kneipen, in denen wir alle herumhingen. Es kann auch in dem Apartment eines der Mädchen gewesen sein. Wir würden uns beide schwertun, wenn wir sagen sollten, wo es war, oder wann genau. Sie war einfach eines von den gutaussehenden Mädchen, mit denen wir uns trafen. Ich weiß noch, daß ich bei mehreren Gelegenheiten mit ihr tanzte, bevor ich überhaupt eine Ahnung hatte, wie sie hieß. Es kam zwischen uns eigentlich zu dieser besonderen Art von Freundschaft, weil sie eine gute Freundin von Nancy Minifee war, mit der es mein eigener enger Freund Bob Childress eine Zeitlang sehr ernst meinte. Es kann sogar sein, daß Bob und Nancy für eine Weile in Nancys Apartment zusammenlebten. Ich glaube, Bob, der zu den sechs oder acht Jungen aus etwa den gleichen Verhältnissen wie ich gehörte, die mit diesen Mädchen ausgingen, hätte Nancy geheiratet, wenn sie zugestimmt hätte. Vielleicht habe ich Lee Ann in Nancys Apartment kennengelernt. Jedenfalls verabredeten wir uns oft, wir vier, und verbrachten herrliche Stunden in diesen derben Nachtlokalen, die uns allen gefielen und die wir interessant genug fanden, um immer wieder hinzugehen. Wir tanzten und tranken in einem dieser Lokale bis etwa zwei Uhr morgens; dann schlossen die meisten. Anschließend brachten wir unsere Mädchen nach Hause, denn wir hatten fast alle eine Stellung — die Mädchen wie die Jungen —, wo wir uns bis acht oder neun einfinden mußten.

Lee Ann und ich hatten, wie die meisten der Jungen und ihre Mädchen, glaube ich, nie eine ernsthafte Affäre. Das heißt, wie die jungen Leute von heute sagen, wir »machten nie Sex«. Aber im Auto auf dem Nachhauseweg, oder im Auto vor ihrer Pension oder sogar vor dem Nachtlokal gaben wir uns sofort dem hin, was früher als »heftige Knutscherei« bezeichnet wurde. Daß es dabei blieb, muß ich in erster Linie Lee Anns Widerstand zuschreiben, teilweise aber auch einem Zögern meinerseits, bei einem solchen Mädchen zu drängen. Denn sie war ja in jeder Hinsicht wie die Mädchen, die wir »nette Mädchen« nannten, womit wir vermutlich Mädchen der Gesellschaft meinten. Und die meisten von uns akzeptierten, daß wir mit Mädchen der Gesellschaft nicht »ins Bett zu gehen« hatten. Das waren die Mädchen, die wir heiraten würden. Diese Mädchen waren keine Ladenmädchen, wie die jungen Damen der Society gesagt haben würden. Sie hatten einen viel besseren Geschmack in ihrer Kleidung und in ihrem allgemeinen Auftreten. Und, wie ich schon sagte, in der besonderen Gruppe, von der ich spreche, gab es zumindest einen intellektuellen Zug. Einige von ihnen hatten sogar ein oder zwei Jahre ein College besucht, während andere kaum die High School abgeschlossen zu haben schienen. Fast alle lasen Zeitschriften und Bücher, von denen die meisten von uns nie gehört hatten. Und sie betrachteten meinen sonderbaren Hang zur lateinischen Dichtkunst als das Interessanteste an mir. Die meisten von ihnen waren Mitglieder einer Buchgemeinschaft, von der sie jeden Monat ein neues Buch erhielten, und fast alle kauften Schallplatten und hörten klassische Musik. Manchmal stieß man in der Gemäldegalerie auf Gruppen von ihnen. Oder wenn in der Stadthalle eine Oper oder ein gutes Stück gegeben wurde, waren sie wahrscheinlich alle da, in einer Gruppe — fast nie mit männlichen Partnern. Wenn man nicht gewußt hätte, wer sie waren, hätte man sie leicht für ein Komitee der Junior League halten können, oder für eine Gruppe ungewöhnlich hübscher Lehrerinnen — von einer vornehmen Mädchenschule wahrscheinlich.

Aber meistens sah man sie natürlich mit ihren Partnern in einem dieser Wirtshäuser, drüben in Arkansas oder unten in Mississippi oder am Bristol Highway im Osten, oder doch wieder in einem der Lokale, die wir »Stadtkneipen« nannten. Sie gingen lieber in diese Wirtshäuser und Stadtkneipen als auf den Dachgarten des Peabody Hotels oder ins Claridge — wie es vermutlich fast jeder tat, Society-Mädchen wie Caroline eingeschlossen. Tatsächlich sah man häufig Mädchen wie Caroline in solchen Lokalen. Auf ihre Bitte hin hatte ich Caroline mehr als einmal in eine Stadtkneipe unten in der Adams Street begleitet, die »Der Keller« hieß, und einmal in ein Wirtshaus, »Der Dschungel«, drüben in Arkansas. Sie hatte dort einige der Stadtmädchen kennengelernt und gesagt, sie finde sie »unheimlich attraktiv«. Und einmal erkannte sie sie bei einer Theateraufführung, die ich mit ihr besuchte, und äußerte hinterher Interesse an ihnen und fragte mich, wie sie wären.

Es mag sein, daß weder die Wirtshäuser noch die Stadtkneipen ganz so übel waren, wie sie schienen. Oder sie waren es jedenfalls nicht in dem Maß wie für die Demimonde-Mädchen. Weil die Eigentümer ihnen offensichtlich beschützende Gefühle entgegenbrachten. Im Dschungel zum Beispiel kam das Ehepaar in mittleren Jahren, das das Lokal führte, überaus korpulente Leute, die immer in unsere Richtung grinsten und gewöhnlich barfuß liefen (wir nannten sie Ma und Pa), oft an unseren Tisch — einer von den beiden — und sang zu der Melodie, die gerade aus der Jukebox ertönte. Sehr oft stand einer von ihnen den ganzen Abend dort. Manchmal erzählte Ma uns von ihren beiden kleinen Töchtern, die sie in einer Privatschule in Memphis untergebracht hatte, und Pa, der nebenbei als Tierpräparator arbeitete, erzählte uns von den Hunden, deren ausgestopfte Köpfe alle Wände des schwach erleuchteten Raums zierten. Dies alles gewährleistete Ungestörtheit und Sicherheit. Weder Betrunkene noch Rowdys kamen in die Nähe unseres Tisches, solange Ma oder Pa bei uns standen. Unter ähnlichem Schutz standen wir in anderen Lokalen. Im »Keller« zum Beispiel war die alte Mrs. Power Alleininhaberin. Sie hatte einen großen Kropf, und niemand hatte sie je lächeln sehen. Nicht einmal in unsere Richtung. Aber es war nicht zu übersehen, daß sie unseren Tisch mit Falkenaugen überwachte, und wenn ein anderer Gast sich auch nur für einen Moment in unserer Nähe aufhielt, schlurfte sie langsam auf uns zu. Und wer es auch sein mochte — nach einem Blick von ihr zog er weiter. Wir gingen ziemlich oft in diese Lokale, wenn auch ein paar der Mädchen manche von ihnen bevorzugten, andere dagegen nicht mochten. Lee Ann ging nie mit in den »Keller«. Sie sagte nur, daß die Umgebung sie deprimiere. Und Caroline spürte sofort eine Abneigung gegen den »Dschungel«, als ich mit ihr dorthin ging. Hinterher schüttelte sie den Kopf und sagte, sie würde das Lokal nicht ein zweites Mal betreten und sich durch die Dunkelheit hindurch von diesen Hundeaugen anstarren lassen.

Am Tag, nachdem ich die Polizisten auf ihren Runden begleitet hatte, folgte ich fast der gleichen Prozedur in Begleitung meines Vaters und des Herausgebers der Morgenzeitung und, nebenbei bemerkt, des Bürgermeisters von Memphis persönlich. Die Ermittlung oder Suche war nämlich immer noch absolut inoffiziell. Und Männer wie mein Vater und der Bürgermeister und der Zeitungsherausgeber wollten, daß es so blieb. Aus diesem Grund zogen sie es vor, nach der Reihe von Routine- und nicht für die Öffentlichkeit bestimmten Befragungen durch die Polizei, lieber ein bißchen selbst zu ermitteln als die Angelegenheit jemand anderem anzuvertrauen. Wie ich schon sagte, jene Generation von Männern in Memphis fühlte sich verantwortlich für diese Mädchen — für »bessere berufstätige Mädchen«, wie sie es ausdrückten —, was zu erklären mir ziemlich schwerfällt. Denn es waren nicht nur die Männer, mit denen ich an jenem Tag in der Stadt herumfuhr. Oder die etwa zwölf Männer, die sich zur Beratung in unserer Auffahrt versammelten, bevor wir aufbrachen — das heißt, Carolines Vater, sein Anwalt, der Fahrer des anderen Fahrzeugs, sein Anwalt, der Anwalt meines Vaters, Geistliche dreier Konfessionen, der Herausgeber der Nachmittagszeitung und noch andere. An jenem Tag, als ich mit meinem Vater und den beiden anderen Männern mit unserem Auto in der Stadt herumfuhr, kam ich einer befriedigenden Erklärung des Phänomens näher als je zuvor oder danach. Es waren Männer einer

Generation von Amerikanern, die vielleicht als letzte in einer Welt aufgewachsen waren, in der Frauen völlig abhängig von Männern waren und unter ihrem absoluten Schutz standen. Während mein Vater seinen großen Cadillac durch die Seitenstraßen steuerte, in denen einige der Mädchen lebten, und dann durch die breiten Boulevards, unterhielten sie sich über die Veränderungen, die sie miterlebt hatten. Im Hinblick auf das Leben, das Mädchen wie Lee Ann führten — und sie zeigten dabei eine weit größere Kenntnis, als ich ihnen zugetraut hätte —, waren sie übereinstimmend der Meinung, daß es die zweite oder dritte Generation von Frauen sei, die so unabhängig, so frei wie diese Mädchen gelebt hatten. Ich hatte das Gefühl, daß das, was sie sagten, keineswegs so abfällig oder kritisch war, wie es in Anwesenheit ihrer Ehefrauen oder Töchter gewesen wäre. Sie sprachen fast liebevoll und mit einer gewissen Traurigkeit von diesen Mädchen. Sie sprachen von ihnen, als seien es die Töchter ihrer eigenen gestorbenen Brüder oder gefallener Kriegskameraden aus dem Ersten Weltkrieg. Und es kam mir so vor, als sähen sie in diesen Mädchen die Töchter von Männern, die auf ihre väterliche Autorität und Verantwortung verzichtet hatten, Männer, die ihnen nicht fremd oder unbekannt waren, obwohl sie vielleicht wirtschaftlich zu einer anderen Schicht gehörten. Die Familiennamen der Mädchen waren ihnen vertraut. Die Väter dieser Mädchen waren Amerikaner aus dem großen Hinterland wie sie selbst, sogar Südstaatler wie sie selbst. Ich hatte das Gefühl, es seien sogar Verwandte von uns, die aus irgendeinem Grund als Väter versagt hatten, die dazu bestimmt waren zu versagen, sogar dazu aufgefordert worden waren in einer sich verändernden Welt. Und so mußten diese Männer von Rang und Einfluß während einer Übergangsperiode als Ersatzväter einspringen. Es war eine Art kommunaler Vaterschaftsrolle, die sie übernommen hatten. Irgendwann, schienen sie zu sagen, wären Väter vielleicht nicht mehr gefragt. Ich hörte meinen Vater tatsächlich sagen: »So wird es eines Tages auf der ganzen Welt sein.« Er meinte, wie das Leben, das Mädchen wie Lee Ann sich selbst aufbauten. Ich denke heute oft an Vaters Worte, wenn ich sehe, wie seine Voraussage erfüllt wird von den Studenten der Universität, an der ich jetzt seit zwanzig Jahren lehre, und ich frage mich, ob Vater wirklich geglaubt hat, daß seine Voraussage eintreffen würde.

Doch während an jenem Tag er und die beiden anderen Männer ihr eher heiteres Gespräch führten, dachte ich an einen Anruf, den ich am Abend zuvor erhalten hatte, nachdem ich von dem Besuch bei Nancy Minifee zurückgekehrt war. Eines der Dienstmädchen war unten im rückwärtigen Teil des Hauses ans Telefon gegangen, und sie mußte geahnt haben, daß es um etwas Besonderes ging. Denn anstatt dreimal auf den Summer zu drücken, was bedeutete, daß der Anruf für mich war, kam das Mädchen die Hintertreppe herauf und klopfte sanft an meine Tür. »Es ist für Sie, Nat«, sagte sie leise. »Wollen Sie den Anruf unten entgegennehmen?«

Das war eigentlich nichts Ungewöhnliches. Da ich keinen Nebenanschluß in meinem Zimmer hatte, hatte ich mich mit den Dienstboten stillschweigend geeinigt, daß ich es vorzog, die Anrufe, die ich als persönlich betrachtete, in jenem Teil des Hauses entgegenzunehmen. Ich folgte dem Mädchen also die Hintertreppe hinunter und schloß mich in dem kleinen Dienstboten-Eßzimmer hinter der großen, weißgekachelten Küche ein. Ich führte das Gespräch an dem Wandtelefon dort.

Eine Mädchenstimme, nicht dieselbe Stimme, die ich mittags über das Bürotelefon gehört hatte, sagte: »Lee Ann will nicht noch einen Tag wie diesen, Nat.«

»Wer spricht?« fragte ich und senkte die Stimme, um sicherzugehen, daß auch die Dienstboten mich nicht hörten. »Was zum Teufel geht da eigentlich vor?« fragte ich. »Wo ist Lee Ann?«

»Sie war dir den ganzen Tag immer gerade ein Apartment oder eine Pension voraus.«

»Aber warum? Warum versteckt sie sich?«

»Ich wollte nur sagen, daß es ihr allmählich reicht. Hör auf, sie auf diese Weise zu verfolgen.«

»Aber ich bin es nicht«, protestierte ich. »Ich weiß nicht, wie ich sie davon abhalten soll, weiter zu suchen.«

Aus dem Hörer kam ein verächtliches Lachen. »Nein. Und du kannst nicht heiraten, bevor sie sie finden, nicht wahr?« Einen Augenblick lang dachte ich, ich hörte Lee Anns Stimme im Hintergrund. »Jedenfalls«, fuhr dieselbe Stimme fort, »ist Lee Ann allmählich am Ende ihrer Kraft. Sie war schon deprimiert, als sie dich zum erstenmal anrief. Warum sonst sollte sie dich wohl anrufen, Nat? Sie suchte verzweifelt nach einer lustigen Ablenkung.«

»Ablenkung von was?«

»Ablenkung von ihrer Niedergeschlagenheit, du Idiot.«

»Aber weswegen ist sie niedergeschlagen?« Ich achtete genau auf die Stimme und hatte das Gefühl, es sei erst ein Mädchen, dann ein anderes.

»Nat, wir brauchen nicht immer einen Grund, um deprimiert zu sein. Aber Lee Ann wird's wieder gut gehen, wenn du sie in Ruhe läßt.«

»Aber weswegen ist sie niedergeschlagen?« wiederholte ich hartnäkkig. Ich hatte allmählich das Gefühl, es sei Lee Ann selbst, die da sprach und ihre Stimme verstellte.

»Wegen des Lebens ganz allgemein, du Scheißkerl! Reicht das nicht?« Da wußte ich, daß es doch nicht Lee Ann war.

»Hör zu«, sagte ich, »laß mich mit Lee Ann sprechen. Ich möchte mit Lee Ann sprechen.«

Dann hörte ich, wie das Mädchen, wer es auch sein mochte, die Verbindung unterbrach. Ich legte leise den Hörer auf und ging wieder nach oben.

In jenen Tagen wußte ich nicht, was es heißt, deprimiert zu sein — jedenfalls nicht wegen des »Lebens ganz allgemein«. Später, sehen Sie, später wußte ich es. Später, nach mehreren Ehejahren und als ich drei Kinder hatte, und als ich drei- bis viermal die Woche zu Dinner-Partys in Memphis ging und sechs Tage die Woche im Baumwoll-Büro arbeitete, deprimierte das Leben ganz allgemein mich so, daß ich meine Anteile an der Baumwollfirma an einen meiner Vettern verkaufte (mein

Vater und meine Onkel waren zu dem Zeitpunkt schon tot) und es fertigbrachte, Caroline klarzumachen, daß ich für eine Weile wieder zurück zur Schule gehen müsse, damit wir noch einmal von vorne anfangen könnten. Ich erwarb akademische Grade an drei Universitäten, was mir ermöglichte, Professor an einem College zu werden. Das mag eine schreckliche Enthüllung sein — ich meine schrecklich insofern, als das, was mich veranlaßte, Lehrer zu werden, die Tatsache war, daß das Leben ganz allgemein mich so deprimierte. Aber ich dachte, Professor für Englisch zu sein — selbst wenn ich dazu verdonnert wurde, mit meinen Studenten Stilübungen zu machen und sie einfache Aufsätze schreiben zu lassen —, wäre etwas Sinnvolles und würde uns mit einer anderen Art von Leuten zusammenbringen. (Caroline versuchte mich zu überreden, Naturwissenschaftler zu werden, aber ich sagte ihr, sie könne sich glücklich schätzen, daß ich nicht die alten Sprachen wieder aufgenommen hätte.) Jedenfalls hat das Unterrichten mich im Lauf der Jahre mit vielen jungen Leuten zusammengebracht, zusätzlich zu meinen eigenen Kindern, und ich denke zurückschauend, daß das der Grund ist, warum diese Mädchen aus Memphis, über die ich schreibe, mir nach all diesen vielen Jahren immer noch interessant erscheinen.

Aber tatsächlich war ich immer noch so beunruhigt wegen dieser beiden Anrufe von Lee Anns Freundinnen, daß ich nicht gewillt war, sie an jenem Abend Caroline gegenüber zu erwähnen. Zuerst dachte ich, ich würde es ihr erzählen, doch als ich ihre hochgewachsene und anmutige Gestalt in dem weißen plissierten Abendkleid mit dem weißen Anstecksträußchen, das ich ihr geschickt hatte, sah, begann ich wieder, mir Sorgen darüber zu machen, ob sie die Verlobung nicht doch noch lösen würde. Außerdem hatten wir eine Menge anderer Dinge zu besprechen, einschließlich der Runden, die ich an dem Tag mit den beiden Polizisten gemacht hatte, und Carolines verschiedener Vorbereitungen für die Hochzeit. Wir gingen zu einem Dinner, das an jenem Abend eine meiner Tanten im Country Club von Memphis für uns gab.

Wir kamen früh nach Hause und verbrachten im Wohnzimmer ihres Hauses noch etwa zwanzig Minuten damit, einander zu erklären, wie sehr wir einander liebten und daß wir nichts auf der Welt unsere Hochzeit verhindern lassen würden. Ich war beruhigt oder versuchte, es zu sein. Dennoch kam es mir so vor, als habe Caroline sich immer noch nicht wirklich entschieden. Es beunruhigte mich, daß sie nicht mehr zu Lee Ann zu sagen hatte. Als ich zu Hause war, wachte ich die ganze Nacht immer wieder auf und fragte mich, was wäre, wenn das nicht Lee Anns Stimme gewesen war, die ich im Hintergrund gehört hatte, und was wäre, wenn sie überhaupt nicht mehr auftauchte. Die Umstände ihres Verschwindens würden öffentlich bekannt gemacht werden müssen, und das wäre für Caroline und ihre Eltern sicher zu peinlich, um es ignorieren zu können.

Am nächsten Tag erzählte ich weder meinem Vater noch seinen beiden Freunden, dem Zeitungsherausgeber und dem Bürgermeister, etwas von den beiden Anrufen. Ich weiß nicht, warum ich es nicht tat, es sei denn, ich befürchtete, sie könnten beginnen, all meine Anrufe abzuhören. Ich konnte die Vorstellung nicht ertragen, daß sie alles hörten, was jenes Mädchen zu mir sagte.

Die drei älteren Männer schienen viel mehr daran interessiert zu sein, mit den Pensionsinhaberinnen, den Vermietern ihres Apartments oder mit den Müttern der Mädchen zu sprechen als die Mädchen, deren Adressen ich ihnen geben konnte, selbst zu interviewen. Aber mit einigen Mädchen sprachen sie doch, und ich stellte fest, daß der Wunsch dieser älteren Männer, mit ihnen zu sprechen, die Mädchen so beeindruckte, daß sie ihnen kaum in die Augen sehen konnten. Ich denke, die Mädchen befürchteten, sie würden ihnen die Wahrheit sagen. Sie beantworteten die Fragen höflich, wenn auch ausweichend, aber sie neigten dazu, die Augen auf mich zu richten. Das aber war bei den Müttern, den Pensionsinhaberinnen und den Vermietern nicht der Fall. Zwischen diesen Personen und den drei Männern bestand sofort Kontakt. Es bedurfte kaum irgendwelcher Erklärungen wegen des inoffiziellen Charakters der Ermittlung oder der Besorgnis gerade dieser Männer um ein Mädchen wie Lee Ann. Eine Frau, die sagte, daß Lee Ann eine Zeitlang bei ihr gewohnt habe, beschrieb sie als ein häufig Stimmungen unterworfenes Mädchen. »Aber viele von diesen Mädchen, die allein leben, haben ihre Stimmungen«, sagte sie.

»Woher kam Miss Deehart?« fragte mein Vater. »Wohin gehörte sie?«

»Sie behauptete immer, daß sie aus Texas komme«, sagte die Frau. »Aber sie konnte mir nie genau erklären, von wo in Texas.«

Später fragte der Bürgermeister Lee Anns augenblickliche Vermieterin, wohin nach ihrer Meinung Lee Ann gegangen sein könnte. »Also«, sagte Mrs. Troxler, »ein Mädchen, ein anständiges Mädchen, selbst bei diesen modernen Mädchen, geht gewöhnlich zu ihrer Mutter, wenn es Schwierigkeiten gibt. Frauen wenden sich an Frauen«, sagte sie, »wenn es wirklich Schwierigkeiten gibt.«

Die drei Männer fanden keine Spur von Lee Ann, erhielten keinen echten Hinweis, wohin sie gegangen sein könnte. Als wir schließlich den Zeitungsherausgeber an seinem Büro in der Union Avenue absetzen wollten, zögerte er einen Augenblick, bevor er die Tür öffnete. »Nun«, fing er an, schwieg dann aber einen Moment und schlug mit einer Zeitung, die er zusammengerollt hatte, nachdenklich gegen das Bein. »Ich weiß nicht«, sagte er. »Es wird doch ein Fall für die Polizei werden, wenn wir nicht mehr erreichen als dies.« Ich sagte immer noch nichts von meinen Anrufen. Aber die Anrufe machten mir ziemlich viel Sorgen, und an jenem Abend erzählte ich Caroline davon.

Und als ich ihr von den Anrufen erzählt hatte und erzählt hatte, wie es der Polizei und meinem Vater und seinen Freunden nicht gelungen war, irgendwelche Informationen von den Mädchen zu bekommen, nahm Caroline, die zu diesem Zeitpunkt neben mir auf der Couch im Wohnzimmer saß, plötzlich meine Hand, rückte nahe an mich heran, sah mir direkt in die Augen und sagte: »Nat, ich möchte nicht, daß du morgen überhaupt zur Arbeit gehst. Gib weder deinem Vater noch sonstwem eine Erklärung. Stehe nur früh auf und komm her und hol mich ab. Ich möchte, daß du mich zu ein paar von diesen Mädchen bringst.« Dann fragte sie mich, welche von den Mädchen sie bei den seltenen Gelegenheiten kennengelernt haben könnte, bei denen ich mit ihr zum Tanzen in den Dschungel oder in den Keller gegangen war. Und bevor ich sie an jenem Abend verließ, brachte sie mich dazu, ihr alles zu erzählen, was ich über »die ganze Sippschaft von Stadtmädchen« wußte. Ich erzählte ihr alles, einschließlich eines Berichts über meine unschuldige Freundschaft mit Lee Ann Deehart und eines Berichts meiner früheren Beziehungen, die nicht unschuldig waren, zu einem Mädchen namens Fern Morris. Als ich am nächsten Morgen kam, um Caroline zu unserer Expedition abzuholen, waren es nur drei Mädchen, zu denen sie gebracht werden wollte. Eines davon war natürlich Fern Morris.

Etwas war mit mir am Tag vorher geschehen, als ich mit meinem Vater und seinen beiden Freunden in Memphis herumfuhr, wovon ich Caroline nichts erzählen konnte. Ich hatte mir nämlich an jedem Ort, den wir aufsuchten, vorgestellt, wie, während wir durch die Vordertür eintraten, Lee Ann hastig und leise durch die Hintertür hinausging. Dieses innere Bild von ihr auf der Flucht fand ich nicht nur rührend, sondern seltsam erregend. Und es kam mir so vor, als entdeckte ich, was meine wahren Empfindungen für Lee Ann während der vergangenen zwei Jahre gewesen waren. Ich hatte nie gewagt, bei den gelegentlichen Annäherungsversuchen, die ich natürlich machte, zu hartnäckig zu sein, weil sie mir immer zu zart, zu verletzbar erschienen war, um ihr eine flüchtige sexuelle Beziehung vorzuschlagen. Sie war mir immer zu gescheit, zu intelligent erschienen, als daß ich sie über meine Absichten oder über meinen Wert als Mensch hätte täuschen können. Und ich bildete mir ein, daß ich Gefallen fand an der Zurückhaltung, die zwischen uns bestand, weil sie so absolut persönlich war, uns nicht auferlegt von irgendeinem Element oder Teil der Gesellschaft oder von irgendwelchen wie auch immer gearteten äußeren Umständen. Es kam mir immer wieder in den Sinn, während wir vor den Türen standen und auf eine Antwort auf den Druck auf die Klingel warteten, daß sie das Mädchen war, das ich heiraten sollte und das zu heiraten ich wünschte. Mir war durchaus klar, wie töricht solche Gedanken waren, wie völlig unmöglich ein solcher Abschluß der gegenwärtigen Ereignisse. Aber dennoch waren solche Gefühle und Gedanken mir den ganzen Tag lang immer wieder durch den Kopf geschossen. Ich sah Lee Ann immer wieder vor meinem geistigen Auge und hörte ihre leise, etwas rauhe Stimme. Ich stellte mir immer wieder vor, wie ihre Gestalt in der Tür vor uns auftauchen würde. Ich sah ihre schlanken Knöchel, ihre kleinen Brüste, ihr aschblondes Haar, das ihr ständig ins Gesicht zu fallen schien, wenn sie sprach, von ihr aber mit einer einzigen Kopfbewegung wieder an seinen Platz geschüttelt wurde. Aber wenn die Tür sich öffnete, stand dort natürlich die unvermeidliche Vermieterin oder Mutter oder Freundin. Und als der nächste Tag kam und ich sah, wie Caroline die Ärmel aufkrempelte, sozusagen, um sich einzumischen und diese Angelegenheit ein für allemal zu regeln, schienen meine Gedanken und Phantasien vom Tag vorher buchstäblich wie etwas aus einem Traum, den ich gehabt haben könnte.

Die beiden ersten Mädchen, die Caroline sehen wollte, waren die beiden, an die sie sich deutlich erinnerte, von einer Tour, auf der ich sie — »zum Jux« — in meine Lieblings-Nachtlokale geführt hatte. Sie erwischte beide, bevor sie zur Arbeit gingen an jenem Morgen, und mich forderte sie auf, im Auto zu warten. Ich kam mir wie ein Vollidiot vor, als ich da wartend saß, weil ich wußte, daß man mich aus irgendeinem Fenster gesehen hatte, wie ich raussprang, die Tür für Caroline öffnete, als sie ausstieg — und sie wieder öffnete, als sie zurückkam. Aber es ließ sich nicht vermeiden. Ich wartete da draußen und ließ das Autoradio laufen, auf die Gefahr hin, die Batterie zu überfordern.

Als sie von ihrem Gespräch mit dem ersten Mädchen zurückkam, deren Name Lucy Phelan war, war Caroline sehr zornig. Sie berichtete, Lucy Phelan habe behauptet, sie könne sich nicht daran erinnern,

Caroline je gesehen zu haben. Darüber hinaus hatte Lucy behauptet, sie kenne Lee Ann Deehart nur flüchtig und habe keine Ahnung, wo sie sein könne oder was ihr Verschwinden zu bedeuten habe. Während Caroline kochte vor Wut und ich den Motor anließ, stellte ich mir vor, wie Lee Ann Lucys Pension auf den Zehenspitzen durch die Hintertür verließ, gerade als Lucy Caroline erklärte, sie kenne das Mädchen kaum, oder als sie beharrlich dabei blieb, daß sie sich nicht an Caroline erinnere. Als Caroline den Weg von dem großen viktorianischen Haus zurück zum Auto kam, hockte sich Lucy, die auf die schmale, die Vorderfront des Hauses entlang und um eine Ecke führende Veranda getreten war, auf die oberste der hölzernen Verandastufen und winkte mir hinter Carolines Rücken zu. Obwohl ich wußte, daß es keinen Zweck hatte, tat ich so, als sähe ich sie nicht. Als ich den zweiten Gang eingelegt hatte und wir die Straße hinunterschossen, warf ich rasch einen Blick zurück. Lucy stand immer noch auf der Veranda und winkte mir zu, wie man einem kleinen Kind zuwinkt. Sie wußte, daß ich sie kurz zuvor hatte winken sehen. Und wußte, daß ich jetzt verstohlen zurückschauen würde.

Eine kurze Zeit schien Caroline unentschlossen, ob sie das zweite Mädchen aufsuchen sollte oder nicht. Aber schließlich entschloß sie sich, weiterzumachen. Sie erinnerte sich, daß sie Lucy Phelan im Keller kennengelernt hatte. Das nächste Mädchen, Betsy Morehouse, hatte sie im Dschungel kennengelernt, und vor wesentlich kürzerer Zeit. Caroline war in jenen Tagen eine Hundenärrin, und sie erinnerte sich an ein Gespräch mit Betsy über die ausgestopften Hundeköpfe, die die Wände des Dschungels schmückten. Sie waren beide empört gewesen. Als sie mir das im Auto erzählte, wurde mir zum erstenmal klar, daß sie gehofft hatte, wenn sie diese Mädchen dazu bringe, eine Bekanntschaft mit ihr zuzugeben, würden sie das Gefühl haben, daß sie beinahe eine von ihnen sei, und ihr deshalb eher vertrauen. Aber sie hatte auch bei Betsy Morehouse kein Glück. Betsy wohnte in einem Apartmenthaus — das heißt, in einem alten herrschaftlichen Wohnhaus, das in Apartments umgewandelt worden war —, und als Caroline die Eingangshalle betrat, stieß sie auf Betsy, die gerade die Treppe herunterkam. Betsy hatte eine Handtasche bei sich und trug einen Pelzmantel und Überschuhe. Als Caroline zurück zum Auto kam und mir alles erzählte, hatte ich sofort die Vorstellung, daß Betsy von Lucy Phelan angerufen worden war und daß Lee Ann sich vielleicht sogar in ihrem Apartment versteckte, nachdem sie gerade eben von Lucy hierher gekommen war. Weil Betsy Caroline nicht aufforderte, mit ihr zurück in ihr Apartment zu kommen, damit sie sich dort unterhalten konnten. Statt dessen setzten sie sich auf zwei Stühle mit geraden Lehnen in der Eingangshalle und wechselten ihre wenigen Worte dort. Betsy bestritt sofort, daß sie Caroline jemals zuvor begegnet sein könnte. Sie bestritt, daß sie jemals selbst im Dschungel gewesen sei. Ich wußte natürlich, daß das eine Lüge war, aber ich bestand Caroline gegenüber nicht darauf. Ich sagte, vielleicht hätten wir beide, sie und ich, uns geirrt wegen Betsys Anwesenheit im Dschungel an dem Abend, als ich mit Caroline dort gewesen war. Als Caroline merkte, daß sie von Betsy nichts erfahren würde, stand sie auf und machte Anstalten zu gehen. Betsy folgte ihr zur Tür, aber als sie mein Auto am Bordstein sah — das nahm Caroline jedenfalls an —, machte sie kehrt und sagte, ihr sei eingefallen, daß sie noch telefonieren müsse. Caroline vermutete, daß das Mädchen mir mit ihrer Lüge nicht gegenübertreten wollte. Das traf vielleicht zu. Aber ich dachte, daß Betsy vielleicht außerdem auch jemanden anrufen wollte.

Es gab jetzt keine Frage mehr, ob Caroline zur Wohnung des dritten Mädchens weiterfahren wollte. Dies war das Mädchen, mit dem ich eine echte Affäre gehabt hatte — das Mädchen, mit dem ich »gegangen« war, bevor Lee Ann und ich uns angefreundet hatten. Caroline wußte, daß sie und Fern Morris einander nie begegnet waren, aber bei Fern wollte sie psychologisch anders vorgehen. Sehr wahrscheinlich hatte sie gehofft, es würde nicht nötig sein, daß sie Fern aufsuchte. Sie war sich sicher gewesen, daß eines der beiden anderen Mädchen ihr den Hinweis geben würde, den sie brauchte. Aber als letzte Zuflucht war sie durchaus bereit, Fern Morris aufzusuchen und sich dabei von mir begleiten zu lassen.

Fern war ein Mädchen, das noch zu Hause bei ihrer Mutter wohnte. Sie war keineswegs ein Mutterkind oder auch nur ein Nesthocker, denn sie war nicht froh, wenn sie nicht jeden Abend jahrein jahraus eine Verabredung hatte. Sie war vielleicht nicht so gescheit oder so intellektuell wie ihre meisten Freundinnen — das heißt, wenn das Lesen von Büchern über China und über Psychologie und jedem neuen Band von André Maurois Intellektuellsein bedeutet. Und obwohl sie kein Nesthocker war, müßte man sie vermutlich häuslicher als die anderen Mädchen nennen. Sie hatte es nie in einer Stellung ausgehalten. Sie zog es vor, tagsüber zu Hause zu bleiben und sich für ihre Mutter um den Haushalt zu kümmern, von der gesagt wurde, daß sie unter Boss Crump im Rathaus einen wichtigen Posten bekleidete. Mrs. Morris war eine sehr vernünftige Frau, die ihrer erwachsenen Tochter keine Vorschriften machte und froh war, wenn Fern sich um den Haushalt kümmerte. Sie erzählte mir gelegentlich, wie gut Fern kochte und das Haus in Ordnung hielt, und wie gut versorgt sie sie zurücklassen würde, wenn sie starb. Ich glaube wirklich, Mrs. Morris hoffte, unsere Romanze würde zur Ehe führen, und eigentlich hörte ich auf, mich mit Fern zu verabreden und wandte meine Aufmerksamkeit Lee Ann Deehart zu, als ich begann, den Verdacht zu hegen, daß auch Fern derartige Vorstellungen erwog.

Mrs. Morris schien noch immer erfreut, mich zu sehen, als ich an jenem Morgen mit Caroline zu ihrem Bungalow kam und ihr dann Caroline als meine Verlobte vorstellte. Fern selbst begrüßte mich herzlich. Als ich ihr erzählte, daß Caroline und ich heiraten würden (obwohl sie sicherlich in der Zeitung darüber gelesen haben mußte), warf sie mir die Arme um den Hals und küßte mich. »Oh, Natty«, sagte sie. »Ich bin so froh für dich. Das bin ich wirklich. Aber arme Lee Ann.« Und in späteren Jahren, besonders in der letzten Zeit, hat Caroline mich jedesmal mit dem größten Vergnügen »Natty« genannt, wenn sie das Gefühl hatte, ich benehme mich albern wegen einer anderen Frau, gewöhnlich einer Frau, die sie als ihr geistig und gesellschaftlich unterlegen betrachtet. Bei mehr als einer Gelegenheit sagte sie sogar zu mir: »Ich bin so froh für dich, Natty. Das bin ich wirklich.«

Mrs. Morris war gerade im Begriff, das Haus zu verlassen, um zur Arbeit zu gehen, als wir kamen. Und so gab es keine Verzögerung in Carolines Gespräch mit Fern. »Ich nehme an, Sie wissen, daß Lee Ann verschwunden ist?« begann Caroline, sobald wir uns in dem kleinen vorderen Wohnzimmer niedergelassen hatten, das ich so gut kannte.

»Natürlich weiß ich das«, sagte Fern, sah mich an und lachte fröhlich.

»Sie finden das zum Lachen?« fragte Caroline.

»Ja. Das Ganze ist ein Riesenspaß«, entgegnete Fern sofort. Es war, als habe sie ihre Antworten alle schon bereit. »Und ein sehr erfolgreicher Spaß dazu.«

»Erfolgreich?« fragten Caroline und ich gleichzeitig. Wir sahen einander bestürzt an.

»Es ist natürlich nur meine Meinung. Aber ich glaube, sie will nur, daß ihr beide leidet.«

»Leidet?« fragte ich. Diesmal schwieg Caroline.

Fern wandte sich jetzt direkt an mich. »Alle wissen, daß Caroline dich nicht heiratet, bis Lee Ann wohlbehalten wieder auftaucht.«

»Alle?« fragten wir beide wieder.

»Praktisch alle auf der Welt«, sagte Fern.

Carolines Gesicht zeigte keinerlei Ausdruck. Meines auch nicht, glaube ich.

»Fern, wissen Sie, wo Lee Ann ist?« fragte Caroline sanft.

Fern Morris schüttelte lächelnd den Kopf, die Augen auf mich gerichtet.

»Wissen Sie, wo ihre Familie lebt?« fragte Caroline. »Und ob sie dort ist oder sich bei ihren Freunden versteckt?«

Fern schüttelte wieder den Kopf, aber jetzt sah sie Caroline direkt an. »Ich werde Ihnen nichts sagen!« versicherte sie. Aber kurz darauf holte sie tief Luft und sagte, die Augen noch immer auf Caroline gerichtet: »Sie sind ein kluges Mädchen. Vermutlich werden Sie in Lee Anns Zimmer in dem Haus, in dem sie wohnt, gehen. Und wenn Sie das tun, und wenn Sie klug sind, werden Sie einen Blick in die linke Schublade von Lee Anns Frisierkommode werfen.« Fern lächelte unsicher, nachdem sie das gesagt hatte, als hätte Caroline sie dazu gebracht, etwas mitzuteilen, was sie eigentlich gar nicht mitteilen wollte, als erfüllte sie das, was sie gerade getan hatte, mit Schuldbewußtsein.

Caroline sorgte dafür, daß wir nur etwa eine Minute brauchten, um das Haus zu verlassen und uns auf den Weg zu Lee Anns Pension zu machen.

Es war ein roter Backstein-Bungalow im Norden von Memphis. Es sah fast genauso aus wie das Haus, in dem Fern wohnte, wurde aber als Pension benutzt. Als Mrs. Troxler die Haustür öffnete, sagte Caroline: »Wir sind Freunde von Lee Ann, und sie hat uns gebeten, einen Koffer für sie zu packen und ihr zu bringen.«

»Sie wissen also, wo sie ist?« fragte Mrs. Troxler. »Hallo, Nat«, fügte sie hinzu und sah mich über Carolines Schulter hinweg an.

»Hallo, Mrs. Troxler«, sagte ich. Ich war wie gelähmt von dem, was ich Caroline gerade hatte sagen hören, und konnte nur flüstern.

»Sie ist bei ihrer Mutter — oder jedenfalls bei ihrer Familie«, sagte Caroline. Inzwischen war sie in den Flur geschlüpft, und ich folgte ihr, ohne daß Mrs. Troxler uns wirklich dazu aufgefordert hätte.

»Wo lebt ihre Familie?« fragte Mrs. Troxler und wich Carolines Vorstoß. »Sie hat mir nie unaufgefordert etwas von ihren Leuten erzählt. Und ich finde immer, es ist nicht meine Sache, danach zu fragen.«

Caroline nickte mir zu und deutete damit an, daß ich ihr voran zu

Lee Anns Zimmer gehen sollte. Ich wußte, daß das Zimmer im hinteren Teil des Hauses war und ging in die Richtung.

»Ich muß das Zimmer für Sie aufschließen«, sagte Mrs. Troxler. »Es waren eine ganze Reihe von Leuten da, um sich in ihrem Zimmer umzusehen. Darum schließe ich es immer ab.«

»Eine Reihe von Leuten?« fragte Caroline beiläufig.

»Ja. Nat weiß Bescheid. Die Polizei war da. Und dann kamen ein paar andere Herren. Nat weiß davon, wenn er auch nicht hereinkam. Und dann waren da noch zwei andere Mädchen. Die Mädchen schienen bloß neugierig zu sein, darum habe ich mir angewöhnt, die Tür abzuschließen. Wo lebt ihre Familie?«

»Ich weiß nicht«, sagte Caroline. »Sie will uns in der Stadt am Busbahnhof treffen und einen Bus nehmen.«

Nachdem Mrs. Troxler die Tür aufgeschlossen hatte, fragte sie: »Alles in Ordnung mit Lee Ann? Glauben Sie, daß sie hierher zurückkommt?«

»Es geht ihr ausgezeichnet«, sagte Caroline. »Sie kommt sicher zurück. Sie möchte nur ein paar Sachen haben.«

»Ja, ich habe mich schon gefragt, wie sie zurechtkommt, ohne die Kleider zu wechseln. Ich hole ihren Koffer. Ich bewahre das Gepäck meiner Untermieter in der Abstellkammer am Ende des Flurs auf.« Wir warteten, bis sie mit einer karierten Reisetasche zurückkam, und dann gingen wir in das Zimmer und schlossen die Tür hinter uns. Caroline ging zur Kommode aus Eichenholz und begann, Sachen herauszuzerren und in die Tasche zu stopfen. Ich stand daneben und sah zu und konnte kaum glauben, was ich Caroline da tun sah. Als sie die Tasche zugemacht hatte, blickte sie auf zu mir, als wollte sie sagen: »Worauf wartest du?« Sie war noch nicht in die Nähe des kleinen Frisiertisches aus Mahagoni gegangen, und mir wurde klar, daß diese Aufgabe mir zugedacht war. Ich ging zu dem Tisch hinüber und öffnete die linke Schublade. Der einzige Gegenstand in der Schublade war ein kleines Foto. Ich nahm es heraus und betrachtete es eingehend. Ich sagte nichts zu Caroline, gab ihr nur einfach das Bild. Endlich fragte ich sie: »Weißt du, wer das ist? Und wo das Foto gemacht wurde?« Sie erkannte die Frau mit dem Kropf, die Besitzerin des Kellers. Auf dem Foto stand Mrs. Power in einem der Blumenbeete neben dem Haus. Die großen behauenen Steine des Hauses waren unverkennbar. Caroline hielt sich den Schnappschuß nahe ans Gesicht, musterte ihn etwa zehn Sekunden lang, sah mich dann an und sagte: »Das ist ihre Familie.«

Bis wir das Auto vor dem Keller parkten, hatte ich Caroline alles erzählt, was ich wußte über Lee Anns Schulzeit und wie es kam, daß niemand sie aus dieser Zeit kannte, obwohl sie eine »Familie« in Memphis hatte. Sie hatte ein Internat in Shreveport, Louisiana, besucht, eins in Ost-Texas und ein drittes in St. Charles, Missouri. Ich hatte sie über all diese Schulen reden hören. »Sie haben sie immer von zu Hause ferngehalten«, sagte Caroline nachdenklich. »Und als sie mit der Schule fertig war, war sie auf ihre ›Familie‹ nicht vorbereitet. Darum verließ sie sie und zog in eine Pension.«

Sie war zu dieser Schlußfolgerung gekommen, während ich den Wagen am Kantstein parkte, nahe dem Eingang zum Haus. Inzwischen stellte ich mich innerlich darauf ein, Caroline an die Tür zu den Wohnräumen der alten Frau zu begleiten, die sich im ersten Stock und über dem Lokal befanden. Aber Caroline legte die Hand neben meine auf das Lenkrad und sagte: »Dies ist etwas, was ich ohne dich tun muß.«

»Aber ich würde Lee Ann gern sehen, wenn sie hier ist«, sagte ich.

»Ich weiß«, sagte Caroline. »Natürlich würdest du das gern.«

»Hör mal, Caroline«, sagte ich. »Ich habe dir doch erklärt, daß wir eine unschuldige . . .«

»Ich weiß«, sagte sie. »Darum will ich nicht, daß du sie wiedersiehst.« Dann nahm sie Lee Anns Tasche und ging hinauf zur Vordertür des Hauses.

Der Haupteingang zum Lokal lag seitlich und unterhalb der hohen Vorderveranda des alten Hauses. Caroline mußte zehn oder zwölf Steinstufen hinaufgehen, um zur Tür zum Wohnteil zu gelangen. Vom

Auto aus sah ich undeutlich eine Gestalt hinter einem der Fenster im ersten Stock. Ich war ziemlich sicher, daß es Lee Ann war, die ich dort sah. Ich konnte nur mit Mühe den Impuls unterdrücken, aus dem Auto zu springen, die Treppe hinaufzulaufen und mich an Caroline vorbei in das Haus zu drängen. Während der etwa hundert Stunden, seit sie in den Wald vom Overton Park geflüchtet war, hatte Lee Ann Deehart begonnen, Empfindungen von mir zu verkörpern, die zu begreifen ich nicht versuchte. Die Vorstellung vom Tag zuvor, daß ich in sie verliebt war und sie heiraten wollte, drückte eigentlich nicht hinreichend die Gefühle aus, die ihr Verschwinden in mir aufgewühlt hatten. Ich hatte das Gefühl, daß ich sie nie richtig angesehen hatte, keine Vorstellung hatte, was für ein Mensch sie war oder was für Erfahrungen sie gemacht hatte. Jetzt sah es so aus, als würde ich es nie erfahren. Mir wurde plötzlich klar — in diesen jungen Jahren —, daß es Erfahrungen im Leben gab, über die ich vielleicht nie etwas wissen würde, außer vom Hörensagen oder durch Bücher. Ich hatte das Gefühl, dies sei meine letzte Chance, die Hände auszustrecken und etwas von einer Welt zu verstehen, die anders aussah als meine eigenen begrenzten Verhältnisse und meine eigene begrenzte Natur. Als ich, fast fünfzehn Jahre später, eine beträchtliche Summe Geldes erbte — nach dem Tod meines Vaters —, faßte ich den außergewöhnlichen Entschluß, wieder auf die Universität zu gehen und mich darauf vorzubereiten, Lehrer zu werden. Aber zu dem Zeitpunkt, mit siebenunddreißig, wußte ich, daß ich nur versuchen würde, die Welt um mich und außerhalb von mir intellektuell zu begreifen und daß ich es irgendwie irgendwann versäumt hatte, nach direkter Erfahrung eines größeren Lebens zu greifen, was noch so viel Intellektualisieren nicht aufwiegen konnte. Es mag sein, daß mein großes Versäumnis in dem Augenblick stattfand, als ich im Auto sitzenblieb und mir nicht Eingang in das Haus verschaffte, in dem die alte Frau mit dem Kropf lebte und wo sich jetzt offenbar Lee Ann seit vier Tagen versteckte.

Ich nahm kaum wahr, daß die schwere Eingangstür sich öffnete und

Caroline in das Haus gelassen wurde. Sie blieb fast eine Stunde dort. Ich weiß nicht, was für Gedanken ich während der Zeit hatte. Es war, als hätte ich aufgehört zu existieren, solange Lee Ann Deehart und Caroline Braxley unter vier Augen miteinander sprachen. Als Caroline wieder auf der hohen Steinveranda auftauchte, sah ich zu meinem Erstaunen, daß sie immer noch Lee Anns Tasche trug. Aber sie klärte alles sehr bald auf. Es *war* Lee Ann gewesen, die sie an der Tür empfangen hatte. Zweifellos hatte sie gesehen, daß Caroline ihre eigene Tasche trug. Und zweifellos hatte Caroline mit eben dieser Irreführung und ihrer Wirksamkeit gerechnet, denn Caroline ist eine außerordentlich gute Psychologin, wenn etwas sie beschäftigt. Jedenfalls erfuhr Caroline in dem verhältnismäßig kurzen Gespräch, daß alles, was sie vermutet hatte, zutraf. Darüber hinaus erfuhr sie, daß Lee Ann vom Unfallort geflohen war, weil sie befürchtete, daß das öffentliche Aufsehen jedermann verraten würde, wer ihre Großmutter war.

Lee Ann hatte den schmalen Streifen vom schneebedeckten Golfplatz überquert und war in den Teil des Waldes gelaufen, wo die Bäume des alten Forstes standen. Und etwas hatte in ihr den Wunsch erweckt, dort eine Weile zu bleiben. Sie wußte nicht, was es war. Sie hatte sich gegen einen der Bäume gelehnt und war ganz zufrieden gewesen. Es war ihr so vorgekommen, als sei sie nicht allein im Wald. Und wer immer außer ihr anwesend war — anstatt sie bei ihren Betrachtungen zu stören, schienen sie den Wunsch zu haben, ihr beim Ordnen ihrer Gedanken zu helfen. Sie hatte lange dort gestanden — vielleicht eine Stunde oder länger. Jedenfalls so lange, bis ihr auf einmal klar wurde, wie sehr sie fror, und daß sie keine andere Wahl hatte, als in die wirkliche Welt zurückzukehren. Doch sie würde nicht zurück in ihr Zimmer oder zu ihren hübschen Sachen dort gehen. Das war nicht mehr die Art von Freiheit, die sie wollte. Sie würde zu ihrer Großmutter zurückgehen. Aber immer noch hoffte sie, das Aufsehen zu vermeiden, das der Unfall mit sich bringen könnte. Sie beschloß, als erstes bei einigen ihrer Freundinnen Unterschlupf zu suchen, damit ihre Großmutter nicht denke, sie komme nur zu ihr, weil sie in Schwierigkeiten stecke. Und während sie diese wichtige Änderung ihres Lebens plante, hatte sie das Gefühl, sie müsse den Schutz ihrer Freundinnen haben. Sie wollte eine gewisse Zeitspanne für sich selbst, und sie wollte vor allem während dieser Zeit nicht belästigt werden von dem albernen jungen Mann der Gesellschaft, in dessen Auto sie mitgefahren war.

Während der ersten Tage war sie von einem der Mädchen zum nächsten gegangen. Schließlich ging sie zu ihrer Großmutter. Am Anfang war sie, das stimmte, äußerst deprimiert gewesen. Deshalb hatte sie mich zu Beginn angerufen — weil sie jemanden suchte, der sie aufheiterte. Aber während dieser vier Tage hatte sie viel Zeit zum Nachdenken gehabt und ihre Niedergeschlagenheit überwunden und keinen anderen Gedanken, als ihren Entschluß durchzuführen, zu ihrer alten Großmutter zu ziehen und offen mit ihr zu leben in ihren Wohnräumen über dem Lokal.

Caroline hatte in diesem einen Gespräch auch andere Dinge über Lee Ann erfahren, die mir verborgen geblieben waren. Sie erfuhr, daß Lee Anns eigene Mutter sie schon als kleines Kind verlassen und der Sorge ihrer Großmutter übergeben, doch während all der Jahre immer Geld für ihre Erziehung geschickt hatte. Sie war — die Mutter — außerordentlich erfolgreich als Einkäuferin für ein Damenbekleidungsgeschäft in Lincoln, Nebraska. Aber sie versuchte nie, ihre Tochter zu sehen, und hatte nie den Wunsch geäußert, sie zu sehen. Das einzige, was sie jemals von sich gab, war: Kinder seien nicht ihr Fall, doch wolle sie ihr Gewissen nicht damit belasten, daß ihretwegen ein kleines Mädchen in Memphis, Tennessee, keine Ausbildung erhalten habe und deshalb der Haussklave irgendeines Mannes sei. Als Caroline mir all das von der Mutter, die ihre Tochter nicht sehen wollte, erzählte, kam es bei ihr zum erstenmal während der ganzen Geschichte zu einem Gefühlsausbruch. Aber das war zu einem späteren Zeitpunkt. Als sie zum Auto zurückkehrte, hatte sie mir als erstes berichtet, daß Lee Ann, nachdem sie erkannte, daß ihr Versteck nicht länger geheimgehalten werden konnte, rasch und leicht dazu zu überreden war, den Herausgeber der Zeitung anzurufen und ihm mitzuteilen, daß bei ihr alles in Ordnung sei. Das aber tat sie erst, nachdem Caroline vorher mit dem Herausgeber gesprochen und sein Versprechen erhalten hatte, daß es kein peinliches öffentliches Aufsehen für ihre Großmutter geben würde.

Caroline war mit Lee Anns Tasche zurückgekehrt, weil Lee Ann die Tasche im Wohnzimmer ihrer Großmutter geleert hatte und Caroline bat, mit mir zur Pension zurückzufahren und ihren ganzen Besitz zum Haus ihrer Großmutter zu bringen. Wir taten ihr diesen Gefallen und wandten uns mit angemessenen, unwahren Erklärungen an Mrs. Troxler, die inzwischen von Lee Ann angerufen worden war und die geringe Vollmacht, die sie für erforderlich hielt, um uns Lee Anns Sachen auszuhändigen, erteilt bekommen hatte. Es kam mir so vor, als ob die arme Frau kaum auf unsere Erklärungen achtete. Ein anderes Mädchen zog schon in das Zimmer ein, während wir Lee Anns Sachen noch nicht einmal herausgeholt hatten. Als wir mit den Sachen im Auto zum Haus der Großmutter zurückkehrten, bestand Caroline darauf, unendlich viele Male in das Haus zu gehen und alles selbst zu tragen. Sie war fest entschlossen, ein Wiedersehen von Lee Ann und mir zu verhindern.

Damit war der Zwischenfall also abgeschlossen. Ich konnte sicher sein, daß es keine rückgängig gemachte Verlobung geben würde — nicht von Caroline aus. Aber von da an — von jenem Nachmittag an — würden all meine Bemühungen, all mein Trachten dem Versuch gelten, zu verstehen, warum Caroline damals nicht so schrecklich aufgebracht oder so tief verletzt gewesen war, als sie erfuhr, daß zur Zeit des Unfalls ein anderes Mädchen bei mir im Auto gesessen hatte, und bei der Erkenntnis, daß ich nicht sofort ihre Anwesenheit bekanntgegeben hatte — daß sie nicht mindestens einmal gedroht hatte, die Verlobung zu lösen. Was während der vergangenen vier Tage in ihr vor sich gegangen war, wurde für mich, da ich jetzt wußte, daß sie der Mensch war, mit dem ich den Rest meines Lebens verbringen würde, zu einer Frage von überragender Bedeutung.

Aber in jenem Alter stellte ich das menschliche Verhalten im allgemeinen so wenig in Frage, nahm die Ereignisse so sehr hin, wie sie kamen, war so wahrnehmungs- und gedankenlos, was die bindende und formende Wirkung der Umstände, unter denen Menschen geboren werden, betrifft, daß ich Carolines Gedanken vielleicht nicht von so profundem Interesse gefunden hätte, es mir vielleicht nicht von so entscheidender Bedeutung erschienen wäre, sie zu verstehen, hätte Caroline nicht, sobald wir die Adams Street hinunterfuhren und außer Sichtweite des Kellers und Mrs. Powers großem Steinhaus darüber waren, plötzlich verlangt, daß ich sie hinaus auf den Bristol Highway fahre, und als wir auf dem Highway waren, mich bat, so schnell und so weit aus der Stadt hinaus zu fahren, wie ich konnte oder wollte, zu fahren und zu fahren, bis sie mich bitten würde, zu wenden und sie nach Hause zu bringen, und wäre sie nicht, sobald wir die Stadt und die Geschwindigkeitsbegrenzungen hinter uns gelassen hatten, so daß ich Gas geben konnte und wir über den dreispurigen Betonstreifen flogen, der die endlose Weite der Baumwollfelder und der Sümpfe durchschnitt — wäre sie dann nicht endlich, nachdem sie leise von Lee Anns Mutter und dem Geld, das sie für Lee Anns Ausbildung schickte, gesprochen hatte, in Weinen ausgebrochen, das mit einer Art Wimmern und Zähneknirschen begann, wie man es normalerweise eher mit einem sehr alten Menschen in Verbindung bringt, der unter großen körperlichen Schmerzen leidet, ein Wimmern, in das sich fast unmittelbar darauf etwas wie hohles Lachen ohne jede Heiterkeit mischte. Ich begann sofort, langsamer zu fahren. Ich suchte nach einer Stelle, wo ich auf den Seitenstreifen fahren konnte. Aber durch ihre Tränen und ihr rauhes, trockenes Lachen hindurch herrschte sie mich an: »Nicht halten! Nicht halten! Fahr weiter. Fahr weiter. Fahr so weit und so schnell du kannst, damit ich diesen Tag vergessen und für immer hinter mir lassen kann!« Ich gehorchte und raste weiter und streckte die rechte Hand aus, um ihre beiden Hände zu ergreifen, die in ihrem Schoß ruhten, und Caroline machte nicht den Versuch, ihre Tränen wegzuwischen. Ich sah sie nicht an — dachte nur Gedanken, wie ich sie noch nie gehabt hatte. Es war das erste Mal, daß ich Zeuge war, wie jemand das Opfer eines echten hysterischen Anfalls wurde. Tatsächlich sollte ich solche Geräusche erst sechs oder sieben Jahre später wieder hören, während des Zweiten Weltkriegs. Ich hörte sie von Männern, in den Tagen nach einer Schlacht, Männer, die dem Feind mit großer Tapferkeit begegnet waren — besonders Männer, wie ich mich jetzt wieder erinnere, die zurückgebracht wurden vom ersten Angriff der Invasion der Normandie, körperlich unversehrt, doch seelisch zutiefst erschüttert. Ich glaube, daß Caroline Braxley während der Belastung der vier vorausgehenden Tage nicht eine Träne der Selbstbemitleidung oder der Scham vergossen hatte, sich nicht einen Augenblick echten Kummers über meine mögliche Treulosigkeit gestattet hatte. Sie war viel zu beschäftigt mit Denken gewesen — mit dem Nachdenken, wie man mit Lee Anns ungeklärtem Verschwinden fertig werden sollte, das heißt, mit der möglichen Wirkung auf ihr eigenes Leben. Aber jetzt war der Zeitpunkt gekommen, da ihre zurückgehaltenen Gefühle nicht länger zurückgehalten werden konnten.

Der Bristol Highway, über den wir dahinschossen, während sie hysterisch weinte, war eine sehr gerade und sehr breite Straße für jene Tage. Sie führte von Memphis nach Nordosten. Es war die alte Straße, die fast diagonal durch das langgestreckte Hinterland schoß, das den Staat Tennessee bildet. Es war die Straße, über die viele unserer Vorfahren von Virginia und den beiden Carolinas nach Memphis kamen und sich in der bewaldeten Wildnis entlang dem Steilufer über dem Mississippi niederließen. Und es kam mir in den Sinn, daß Caroline, als sie sagte, fahr so weit und so schnell wie du kannst, in Wirklichkeit meinte, ich solle uns den ganzen Weg zurück in unsere Vergangenheit führen und die Reise noch einmal ganz von vorne anfangen, nicht nur von einem Punkt vor vier Tagen oder aus den Tagen unserer Kindheit, sondern von einem Punkt in unserer Identität, der ein viel tieferes Forschen und eine radikalere Rückkehr erforderlich machen würde.

Als wir kaum die Randgebiete von Memphis verlassen hatten, ließen die offensichtlichsten Zeichen ihres hysterischen Anfalls nach. Statt dessen jedoch begann sie zu sprechen, mit einer Schnelligkeit und in Tönen, die ich in ihrer Sprache nicht gewohnt war. Dies fing an, nachdem ich gesehen hatte, wie sie einen langen Blick über ihre Schulter zurück aus dem Heckfenster des Autos warf. Ich spürte, daß dieser Blick eine Bedeutung hatte, spürte eine Verbindung zwischen ihm und dem Monolog, den sie jetzt vom Stapel ließ, und warf selbst einen Blick in den Rückspiegel. Was ich sah, war die Silhouette des modernen Memphis hinter den schneebedeckten Vorstadtdächern — des modernen Memphis von 1937 mit seinen zwei oder drei Büro-Hochhäusern. Es war mir nicht sofort klar, was an dieser Silhouette all das, was folgte, inspirierte. Caroline sprach offen über Lee Ann und über ihre eigenen Gefühle von Eifersucht und von Groll gegen das Mädchen — *dieses* Mädchen und auch all die anderen Mädchen, deren Namen und Persönlichkeiten und Lebensstil unsere Gedanken beschäftigt hatten und während der viertägigen Krise nach meinem Unfall im Park unsere Zukunft zu bedrohen schienen.

»Es ist nicht nur Lee Ann, die mich beunruhigt«, sagte sie. »Mit ihr hat es natürlich angefangen. Es fing nicht mit dem an, was sie dir bedeuten könnte, sondern mit ihrer Freiheit, aus deinem Auto zu springen, ihrer Freiheit *von* dir, ihrer Freiheit, davonzulaufen in den Wald — mit ihrer Fähigkeit, die ihre besondere Lebensweise ihr lieferte, einfach zu verschwinden, sich den Augen der Welt zu entziehen, buchstäblich bei hellem Tageslicht unterzutauchen, während die ganze Welt, sozusagen, zusah.«

»*Du* wärest gern fähig, das zu tun?« unterbrach ich sie. Es schien ihrer Rolle, wie ich sie sah, so gar nicht ähnlich zu sehen.

»Jeder wäre es gern, oder nicht?« sagte sie und sah nicht mich an, sondern schaute auf die endlose Betonpiste, die sich geradlinig vor uns erstreckte. »*Männer* sind es immer gewesen«, sagte sie. »In meiner eigenen Familie hat es, so viele Generationen lang, wie unsere Familiengeschichte geht, Männer gegeben, die offenbar von der Erdoberfläche verschwanden, weil sie es so wollten. Sie schrieben ›Nach Texas gegangen‹ an die Haustür und ließen Haus und Hof für den Steuereinnehmer zurück. Sie verließen von ihnen abhängige alte Eltern, ihre Mädchen und sogar ihre Frauen und kleinen Kinder. Und obwohl man sie als schwarze Schafe betrachtete, wenn sie das taten, hatten sie auch etwas von Helden an sich. Es erschien dem Rest der Familie romantisch, daß sie irgendwo nach Westen gegangen waren und einen neuen Anfang gemacht oder das Leben noch einmal begonnen hatten. Aber es hat in unserer Familie nie eine Frau gegeben, die das getan hat! Es konnte einfach nicht geschehen. Oder vielleicht ist es in einem Einzelfall geschehen, und die Geschichte ist nicht bis zu uns gelangt. Ihr Name ist in unserer Familien-Chronik nicht aufgezeichnet und wird in den Geschichten am Feuer nicht erwähnt. Man vermutet natürlich, daß sie ein Straßenmädchen in Chicago ist oder in einem Nobelbordell in Cheyenne residiert. Aber bei Mädchen wie Lee Ann und Lucy und Betsy ist alles anders. Sie haben mit der Vergangenheit gebrochen. Jede von ihnen hatte die Kraft und die Intelligenz, den Bruch selbst herbeizuführen. Und jetzt haben sie eine Art Liga zu ihrem eigenen Schutz gebildet. Wie ich sie bewundere und beneide! Und wie wenig du sie verstehst, Nat. Wie wenig du Lee Anns Einsamkeit und Niedergeschlagenheit und Tapferkeit verstehst. Sie und all die anderen sind großartig — sogar Fern. Ihnen gehört das wirkliche Memphis wie keinem von uns anderen. Sie behandeln Männer, wie es ihnen eben gefällt. Und nicht so, wie Männer in *unseren* Kreisen behandelt werden. Und den Männern gefallen sie deswegen besser. Diese Mädchen haben gelernt, das Leben gemeinsam zu genießen und sich gegenseitig zu beschützen, aber sie genießen auch einen Schutz, wie du hoffentlich bemerkt hast, eine Art Gemeinschaftsschutz, von Männern, die eben diese Unabhängigkeit bewundern, von einer Liga von Männern, wohlgemerkt, nicht von einzelnen Männern, von der Polizei und von Männern wie meinem Vater und deinem Vater, von Männern, die nie offen zugeben würden, wie sehr sie diese Mädchen bewundern. Natürlich fürchten wir sie. Jene von uns, die nicht ihr Temperament haben — oder ihre Intelligenz, es wäre sinnlos, das zu bestreiten —, wir müssen sie fürchten und eine Möglichkeit finden, sie aufzuhalten. Und der einzige Weg, den wir kennen, ist natürlich der uralte Weg!«

Sie schwieg jetzt eine Weile. Aber ich wußte, daß ich hören würde, was zu hören ich erwartete. Wenn ich ein ganz klein wenig ungeduldig geworden war bei ihrer Deutung von Lee Ann und ihren Freundinnen, so war das teilweise auf meine Ungeduld zurückzuführen zu sehen, ob sie *sich selbst* für mich deuten würde. Wir jagten jetzt mit Höchstgeschwindigkeit über den Bristol Highway. Außer an Kreuzungen oder wenn wir durch Dörfer kamen, hielt ich die Geschwindigkeit bewußt über neunzig. In jenen Tagen gab es in Tennessee keine Geschwindigkeitsbegrenzung. Es standen nur häufig Schilder am Straßenrand, auf denen stand: »Geschwindigkeitsbegrenzung: Fahren Sie bitte vorsichtig.« Ich hatte das Gefühl, daß es im Hinblick auf Carolines Gemütsverfassung und meine eigene angespannte Verfassung achtloses und unsicheres Fahren bedeuten würde, wenn ich langsamer fuhr, als es die Höchstleistung des Wagens zuließ. Und wenn wir vor Dörfern oder Kleinstädten notgedrungen langsamer wurden, war es genauso, als wären wir an einem zugleich vertrauten und fremden Ort in der Vergangenheit angekommen. Und jedesmal überkam uns beide, glaube ich, ein Gefühl von Gefahr und Enttäuschung. Es war, als erwarteten wir, Befriedigung zu spüren, daß wir so weit gekommen waren. Aber es gab keine Befriedigung. Wenn wir den Ort hinter uns gelassen hatten, hatte ich das Gefühl, ich müsse den Wagen zu noch größerer Geschwindigkeit antreiben. Und so fuhren wir immer weiter, zuerst in nördliche und östliche Richtung durch das winterliche Baumwoll- und Maisland, an der alten Orgill Plantage vorbei, das Herrenhaus deutlich zu sehen, mit den runden Backsteinsäulen, von denen der Verputz fast völlig abgeblättert war, hier und dort noch ein Haus eines Weißen aus der Vorkriegszeit, und immer, am Straßenrand oder am Horizont, auf dem

Kamm einer fernen Hügelkette, eine Vielfalt von Hütten und Blockhäusern der Schwarzen, alle mit einer kleinen Rauchfahne, die aus einem improvisierten Ofenrohr aus Blech aufstieg oder aus einem nachlässig zusammengemauerten Schornstein aus Backsteinen, der sich in einem bedenklichen Winkel zur Seite neigte.

Wir fuhren durch die alten Dörfer Arlington und Mason und die Stadt Brownsville — Straßen hinunter, an denen Häuser mit Säulengängen und doppelten Galerien standen —, und dann fuhren wir in südliche Richtung, nach Bolivar, dessen Name einem schon sagte, wann es gebaut worden war, und zurück nach Memphis durch Grand Junction und La Grange. (Eigentlich Mississippi-Städte, wenn sie auch nördlich der Grenze nach Tennessee lagen.) Hinter Bolivar fuhr ich langsamer, weil Caroline dort mit ihrem zweiten Monolog begann. Ton und Tempo ihrer Sprache waren jetzt ganz anders. Sie sprach jetzt langsam und überlegt, ihre Gefühle mehr unter Kontrolle als üblich, während sie beschrieb, was sie in der Zeit nach dem Unfall empfunden und gedacht hatte, und erklärte, wie sie zu dem Entschluß gekommen sei, etwas zu unternehmen — das heißt, etwas zu unternehmen, um Lee Ann Deehart zu suchen und zu finden. Obwohl ich nichts dazu sagte, was sie hinsichtlich Lee Anns getan und hinsichtlich unserer Verlobung nicht getan hatte, und keiner Bitte oder Forderung nach einer Erklärung Ausdruck verlieh, es sei denn durch mein Schweigen, war es, als sie jetzt sprach, fast so, als verteidigte Caroline sich vor Gericht gegen Anschuldigungen, die ich ihr ins Gesicht geschleudert hatte. »Ich sah schließlich, daß es nur eines gab, was ich tun mußte, und sah, warum ich es tun mußte. Ich sah, daß die einzige Macht auf der Welt, die mir zur Verfügung stand, mich selbst zu retten, darin lag, dich zu retten. Und ich sah, daß ich dich nur retten konnte, indem ich Lee Ann Deehart ›rettete‹. Zuerst dachte ich natürlich, ich müßte unsere Verlobung lösen oder zumindest die Hochzeit um ein Jahr verschieben. Das dachten natürlich *alle* — alle in der Familie.«

»Selbst dein Vater und deine Mutter?« warf ich ein. Ich hatte den

Eindruck gehabt, daß sich Carolines Eltern — ausgerechnet sie — mir gegenüber außerordentlich verständnisvoll gezeigt hatten.

»Ja, selbst meine Mutter und mein Vater«, fuhr sie fort, jetzt ganz gelassen. »Gegenüber dir persönlich hätten sie nicht mehr Verständnis zeigen können. Mutter sagte, schließlich wärest du nur ein Mann. Vater sagte, schließlich wärest du nur ein Mensch. Aber Tatsachen seien Tatsachen, und wenn Lee Ann ein Unglück zugestoßen wäre, wenn sie ermordet worden wäre oder wenn sie schwanger wäre, oder wenn sie eine Selbstmörderin gewesen wäre, oder was für andere Schrecken man noch heraufbeschwören kann, und alles wäre herausgekommen, etwa an unserem Hochzeitstag oder hinterher, was das betrifft — nun, was dann? *Meine Eltern* und *ich* mußten das in Erwägung ziehen. Andererseits, mußte ich immer wieder denken, was war, wenn die Hochzeit abgesagt *wurde*? Was war dann mit mir? Die einzige Macht, die ich hatte, mich selbst zu retten, war, dich zu retten, und dich zu retten, indem ich Lee Ann Deehart zurückholte. Es lief immer wieder darauf hinaus, und es läuft immer noch darauf hinaus. Verstehst du, es war eine Frage, wie außerordentlich viel ich zu verlieren hatte und wie wenig Macht ich hatte, mich selbst zu retten. Denn *ich* hatte *mich* nicht befreit, nicht so, wie diese anderen Mädchen es getan haben. Diese Wahl trifft man in einem viel früheren Alter, fürchte ich. Und darum wußte ich bereits, Nat, und weiß jetzt, wie die einzige Macht, die ich jemals haben kann, aussehen muß.«

Dann zögerte sie. Sie hätte das, was sie sagte, sehr viel genauer formulieren können. Aber es wäre irgendwie unfein gewesen, wenn sie es getan hätte. Und so sagte ich es für sie, auf meine ungehobelte Art: »Du meinst die Macht einer Frau in der Welt eines Mannes.«

Sie nickte und fuhr fort: »Ich mußte *das* hüten. Selbst wenn *ich* es gewesen wäre, die unsere Verlobung gelöst hätte, Nat, oder selbst wenn du und ich geheiratet hätten, bevor es einen zweiten Skandal gab, wäre ich dennoch ein Mädchen, das man hat sitzenlassen, das einen Korb bekommen hat. Und ein Teil der Kraft, mich selbst zu schützen, wäre für immer verloren. Macht, oder Stärke, davon muß jeder etwas haben, wenn er – wenn sie – in irgendeiner Welt überleben soll. Ich muß die Stärke, die ich habe, schützen und benutzen.«

Caroline sprach mit dieser Stimme weiter, bis wir wieder in Memphis und vor dem Haus ihres Vaters am East Parkway angekommen waren. Sie küßte mich, bevor wir dort ausstiegen, küßte mich wegen meines Schweigens, nehme ich an. Ich hatte während der ganzen langen Fahrt fast nichts gesagt. Und ich glaube, sie ist mir seit der Zeit immer dankbar für das Schweigen gewesen, das ich wahrte. Vielleicht hielt sie es fälschlich für mehr Verständnis, als aufzubringen ich zu der Zeit fähig war. Jedenfalls ist es meine Überzeugung, daß es viel zu tun hat mit der Unterstützung und dem Verständnis — wenn es auch ziemlich stumm war —, die sie mir entgegenbrachte, als ich es im Alter von fast vierzig Jahren zum großen Einschnitt in meinem Leben kommen ließ. Obwohl es offensichtlich bedeutete, daß wir in etwas bescheidenerem Stil leben mußten, und unter Leuten einer Art, an die sie nicht gewöhnt war, und sogar bedeutete, daß wir Memphis für immer verlassen mußten — die Bestimmtheit, mit der sie meine Entscheidung unterstützte, und der Ausdruck in ihren Augen, wann immer ich davon sprach, ich hätte das Gefühl, ich müsse den Wechsel machen, schienen mir mitzuteilen, daß sie den Stolz auf ihre Macht der Freiheit, die ich suchte, widmen würde.

AUSSICHT AUF REGEN

Wohlverstanden, es war nie *wirklich* etwas nicht in Ordnung mit Hugh Robert. Er war gut gebaut, kräftig und schnell und überschäumend vor Vitalität. Das jedenfalls war der Eindruck, den er von sich zu vermitteln verstand. Ich nehme an, er schaffte es, indem er sich einfach gut hielt und sich nie vor anderen gehen ließ. In Wirklichkeit war er nicht besser gebaut als meine anderen Söhne. Und wie soll man schon wissen, wie vital jemand ist? Es lag ein intelligenter Ausdruck in seinen blauen Augen, er hatte eine frische Gesichtsfarbe, und unter dem Schopf schwarzen lockigen Haares war sein Kopf so wohlgeformt, daß es jedem auffiel. Es war die Form seines Kopfes, bilde ich mir ein, die den Leuten das Gefühl gab, Hugh sehe so viel besser als seine älteren Brüder aus. Die Mädchen waren alle verrückt nach ihm. Und obwohl ich sein Vater bin, muß ich sagen, daß er ziemlich verrückt nach sich selbst schien.

Als Hugh sechzehn war, beobachtete ich ihn recht scharf, schärfer als es bei den anderen meine Zeit je gestattet hätte. Ich stellte fest, daß er morgens selten zur Schule ging, ohne in der Diele für einen Augenblick vor dem hohen Spiegel mit dem vergoldeten Rahmen stehenzubleiben. Manchmal schien er sich mit übertriebener Neugier zu mustern, manchmal mit unverhohlener Bewunderung. Das eine war ebenso unpassend wie das andere. Aber an den Blicken, die er sich selbst morgens zuwarf, hatte ich noch nicht soviel auszusetzen. Es störte mich jedoch, daß er das gleiche wiederholte, wenn er nachmittags von der Schule heimkam. So manchen Winternachmittag war ich schon zu Hause, wenn er kam, und von dort, wo ich saß, im Wohnzimmer oder in der Bibliothek auf der anderen Seite der Diele, konnte ich an seinen Schritten hören, daß er stehenblieb, um sich in der großen Spiegelfläche zu betrachten.

Zu Hughs eigenem Wohl ließ ich mich an manchen Nachmittagen von ihm dabei erwischen, wie ich ihn vor dem Spiegel beobachtete. Ich dachte, das würde ihm diese Unsitte vielleicht abgewöhnen. Aber seine Blicke trafen meine ohne eine Spur von Scham, und er sagte immer etwas, das er nicht wirklich meinte, etwa: »Ich sehe nicht besonders aus, oder, Mr. Perkins?« und stand und beäugte sich im Spiegel, wenn ihm der Sinn danach war. Er nannte mich oft Mr. Perkins, und seine Mutter Mrs. Perkins. Wir waren uns nie ganz sicher, wie es gemeint war, und ich glaube nicht, daß er beabsichtigte, uns das wissen zu lassen. Wenn er ganz ausgelassen war, nannte er uns sogar Will und Mary.

Hugh bewahrte seine Schulbücher in einem Fach des Schrankes unten in der Diele auf. Der Schrank, von dem ich spreche, war ein großer alter Eichenschrank, ein sehr teures Stück, das Hughs Mutter auf unserer Europareise im Jahr 1924 gekauft hatte — vor zehn Jahren. Hughs Schulbücher gerieten selten weiter ins Haus als bis zu diesem Schrank in der Diele. Wenn ich mich bei Mary darüber beklagte, wies sie auf sein Zeugnis hin, mit all den glatten Einsen. Wenn ich meine Attacke weiterführte und die albernen Fächer erwähnte, die er sich aussuchte, seufzte sie und lastete das der Tatsache an, daß er eine staatliche Schule besuchen mußte. Als ob ich *wollte,* daß Hugh eine staatliche Schule besuchte! Und als ob ich an jenen Nachmittagen zu Hause sein *wollte,* wenn er von der Schule kam! Es war nur so, daß Hugh Robert in einer Zeit aufwuchs, als es uns nicht besonders gut ging, was, wie ich es sehe, ebensowenig meine Schuld war wie seine. Es waren die Jahre, als es so aussah, als würde meine Firma fast jeden Augenblick die Tore schließen müssen. Ich konnte es mir nicht *leisten,* einen Sohn auf eine Privatschule zu schicken. Und was mich selbst betrifft — ich konnte es einfach nicht ertragen, all diese langen, toten Winternachmittage während des Tiefstands der Depression im Büro herumzuhängen.

Ich sehe Hugh jetzt vor mir in seiner Cordjacke mit dem Schaffellkragen, wie er sich hinunterbeugt und seine Bücher in den Schrank in der Diele schiebt, immer in die gleiche Ecke des gleichen Faches. In all solchen Dingen ging er mit Ordnung und Methode vor. Seine älteren Brüder konnten sich in dieser Hinsicht nie mit ihm messen. In Sekundenschnelle konnte er einem sagen, wo sich irgend etwas von seiner Habe befand. Er hatte Sachen gehortet — Schlittschuhe, Baseball-Handschuhe und andere Sportgeräte, wie auch Zimmermannswerkzeug, Autowerkzeug und Radioteile — und hatte sie ordentlich verstaut in Nischen, Regalen und Schubladen über das ganze Haus verteilt. Es waren alles Dinge, die ihn irgendwann einmal in große Aufregung versetzt hatten. Zuerst plagte er uns, ihm etwas zu kaufen, und wenn wir es dann taten und es ihm nicht die erwartete Befriedigung verschaffte, grübelte er wochenlang darüber nach. Schließlich brachte er es irgendwo unter. Wenn es etwas Teures war und wir ihn fragten, was daraus geworden sei, sagte er, es sei nur einer seiner »Fehler« gewesen, und wir sollten nicht denken, er habe es vergessen. Manchmal, wenn ich etwas suchte, was ich verlegt hatte, stieß ich auf eines dieser Nester von »Fehlern« und wußte sofort, daß es Hughs war. Ich weiß noch, einmal kam mir in den Sinn, daß Hugh Robert keine dreißig Sekunden brauchen würde, um etwas, das ihm gehörte, zu finden, und daß er in der Lage wäre, innerhalb von zehn Minuten *alles,* was ihm gehörte, zusammenzutragen und sich auf den Weg zu machen, falls er jemals auf eine solche Idee kommen sollte. Es war ein Gedanke, der mir in Zusammenhang mit den anderen Kindern nie gekommen wäre.

Unsere Tochter und zwei ältere Söhne waren zu dieser Zeit schon verheiratet und aus dem Haus, aber wenn sie sonntags mit ihren Ehepartnern nach Hause kamen, sagten sie, daß wir Hugh immer noch verhätschelten, sagten, sie wüßten, was mit *ihnen* passiert wäre, wenn sie jemals versucht hätten, uns mit den Vornamen anzureden. Vermutlich muß man das jüngste Kind einfach verhätscheln, auf diese oder jene Weise, und es ein wenig vor den anderen bevorzugen, besonders wenn es als Nachzügler kommt, wenn die anderen schon zur Schule gehen. Aber Hughs Mutter wurde sehr ärgerlich, wenn die älteren Kinder so etwas äußerten, und sie bestritt es energisch. Wenn die anderen am Sonntag dagewesen waren und Hugh am Montagmorgen zum Frühstück herunterkam und wieder mit den Vornamen oder dem Mr. und der Mrs. anfing, sprach Mary mit ihm, wie sie mit den anderen Kindern gesprochen hatte, und wies ihn darauf hin, daß das nicht besonders respektvoll sei. Aber es nützte nie etwas, und hinterher sagte sie dann, daß ich sie bei ihren Bemühungen nie unterstütze. Ich weiß nicht. Ich weiß jedoch, daß respektvoll kaum das richtige Wort für meinen Sohn Hugh Robert Perkins ist — er war es nicht, als er sechzehn war, und nicht, als er noch jünger war, und er ist es nicht einmal heute, wenn er uns mit einem seiner seltenen Besuche beehrt und drei Tage zu Hause herumsitzt und hauptsächlich von sich selbst spricht und davon, wie pleite ich war, als er heranwuchs. Mary behauptet, er sei heutzutage der einzige Mensch, der mich daran erinnern könne, wie abgebrannt wir damals waren, ohne daß ich wütend werde. Wenn das so ist, dann darum, weil die Erinnerung daran ihm ein so unschuldiges Vergnügen zu bereiten scheint. Er spricht darüber in einer Weise, die einem das Gefühl gibt, er sage: »Ich verdanke dem *alles*!«

Es wurde in jenen Tagen Mode unter den Jungen von der High School, die Kniebänder ihrer Knickerbocker nicht zuzubinden, so daß die ausgebeutelten Hosen bis zu den Knöcheln hinunterhingen. Sie gingen so zur Schule, und es erschien mir viel schlimmer als selbst die Hemd-über-der-Hose-Mode, die sich nach dem Krieg ausbreitete. Ich hatte nie gesehen, daß Hugh seine Knickerbocker so trug, aber ich sagte eines Tages zu ihm, daß es die häßlichste, schlampigste und eines Gentleman unwürdigste Art sei, sich zu kleiden, die mir je begegnet war. Und ich fragte ihn, was um alles in der Welt diese Jungen dazu veranlaßte. Ich glaube, er betrachtete dies als häßliche Kritik an seinen Klassenkameraden. »Ich weiß es nicht«, sagte er mit einer Art höhnischem Lächeln, »aber ich könnte es für dich herausfinden, Mr. Perkins.« Ich sagte ihm, er solle es vergessen, ich wolle es gar nicht wissen.

Am nächsten Tag erschien Hugh mit auf die Knöchel hinunterhängenden Knickerbocker zum Frühstück. Er stürzte sich in das Zimmer, so daß die Schnallen an seinen Kniebändern klirrten wie Sporen. Natürlich wurde von mir erwartet, daß ich explodierte und ihn aufforderte, die Schnallen zu schließen. Aber ich gab vor, es nicht einmal zu bemerken, und ich ließ nicht zu, daß Mary es erwähnte. Er trug seine Knickerbocker ein paar Tage auf diese Weise, und als er dann merkte, daß ich nicht in die Luft gehen würde, hörte er wieder auf damit. Etwa einen Tag lang machte er einen niedergeschlagenen und ziemlich trübsinnigen Eindruck. Dann traf er mich eines Nachmittags nach der Schule zu Hause an und sagte aus heiterem Himmel: »Ich habe etwas für dich entdeckt, Dad.«

»Was denn?« fragte ich. Ich wußte wirklich nicht, was er meinte.

»Ich habe herausgefunden, warum diese Burschen ihre Knickerbocker runterhängen lassen. Ich habe meine auch ein paar Tage so getragen, wenn du es auch nicht mal gemerkt hast.« Und er hatte die Stirn, mir im Spiegel in der Halle zuzublinzeln.

»Und?« sagte ich zurückhaltend. Mir fiel ein, daß ich gesagt hatte, ich wolle es nicht wissen. Aber ich erinnerte ihn nicht daran, weil ich wußte, daß auch er sich erinnerte.

Er hatte seine Bücher schon weggeräumt und war im Begriff, die Jacke in den Wandschrank hinter der Treppe zu hängen. Er fuhr mit einem Finger über den Stoff der Jacke, die er über den Arm geworfen hatte, und sah deprimiert aus. »Sie fühlen sich irgendwie verwegen und unbekümmert und als ob sie darauf pfeifen, was die Leute von ihrem Aussehen halten.« Dies sagte er unaufgefordert, wohlgemerkt. Ich hatte nur gesagt: »Und?«

Ich dachte, er würde weitersprechen, doch als er das nicht tat, fragte ich: »Du hältst nicht viel davon? Du mochtest das Gefühl nicht?«

»*Ich* habe mich nicht so gefühlt. Ich habe nur verstanden, wie *sie* sich fühlen. Mir hat es nichts gebracht. Aber ich verstehe sie irgendwie. Diese Typen haben nicht viel, was ihnen das Gefühl gibt, sie seien wichtig.«

Ich mußte mich beherrschen, um ihn nicht zu fragen, was er denn habe, das ihm das Gefühl gebe, er sei wichtig. Aber ich unterließ es, weil ich sah, was er vorhatte. Mir wurde klar, daß ich mir ziemlich mies vorkommen sollte, weil ich seine Mitschüler kritisiert hatte.

Hugh hatte zu Hause keinerlei Pflichten. Wir gehörten in jenen Tagen nicht zu den Leuten, die in einer Do-it-yourself-Welt lebten, wie schlecht die Geschäfte auch gehen mochten. Ich hielt mir immer noch einen Hausdiener im Sommer und einen Mann für die Heizung im Winter. Ich kann wohl sagen, daß es Hugh in dieser Hinsicht ebensogut ging wie seinen älteren Brüdern. Wenn er nachmittags nach Hause kam und seine Bücher im Schrank verstaut hatte, war er *frei* — frei wie ein Vogel. Er hätte sich den ganzen Nachmittag im Spiegel betrachten können, wenn er gewollt hätte. Oder er hätte sich mit einem Haufen der High School Rowdys in der Stadt herumtreiben können. Aber Hugh war kein Raufbold, und er war auch kein Faulenzer, nicht im schlimmsten Sinn. Er war eitel und egozentrisch, aber man wußte, während er vor dem Spiegel stand und seine Cordjacke aufschnallte, versuchte er, Entscheidungen und Urteile über sich selbst zu fällen; er überprüfte etwas, das er während des Tages über sich selbst gedacht hatte.

Im Spiegel schienen Hughs blaue Augen für eine Weile ihre eigene Bläue zu betrachten, um dann unbefriedigt die Diele zu erforschen — das heißt, die Diele, wie sie im Spiegel reflektiert wurde, und natürlich immer mit ihm selbst im Vordergrund. Wenn ich mich absichtlich in der Tür zur Bibliothek aufgebaut hatte, war das der Zeitpunkt, zu dem seine Blicke auf mich fielen. Er musterte mich für den Bruchteil einer Sekunde neugierig — bevor er seine Blicke auf meine treffen ließ —, musterte mich, wie er alles andere in Blickweite musterte. Als es zum erstenmal geschah, dachte ich, der Ausdruck in seinen Augen bedeute, daß er neugierig und verdrossen wegen meines frühen Nachhausekommens sei. Beim nächstenmal sah ich, daß dies nicht zutraf und daß er mich nur in sein Bild von ihm selbst einpaßte. Ich weiß noch genau, was er bei einer dieser Gelegenheiten zu mir sagte: »Mr. Perkins, auch bei Spiegeln gibt es Unterschiede! Besonders bei den großen. In jedem sieht man anders aus.« Er redete weiter darauf los, offensichtlich ohne jede Verlegenheit. »Ich habe mich einmal in einem großen in der Stadt gesehen, und es gab einen Augenblick, da konnte ich mich nicht erinnern, wo ich das ungehobelte, ungekämmte, unheimliche Individuum schon einmal gesehen hatte. Und in der Schule gibt es einen riesigen Spiegel in dem Zimmer, wo wir Maschinenschreiben haben — frag mich nicht, wofür. In dem sehe ich aus wie alle anderen in der Klasse, wie wir auf den Schreibmaschinen herumhakken. Wir sehen uns alle so ähnlich, daß ich mich kaum wiederfinde.« Als Hugh mit seinen Sprüchen fertig war, stellte ich fest, daß ich errötete — für ihn errötete. Ich haßte die Vorstellung, daß der Junge sich überall in der Stadt in Spiegeln so angaffte, wie er das in dem in meiner Diele tat.

Während des Sommers nach Hughs siebzehntem Geburtstag hatte ich das Pech, aus erster Hand etwas über seine Gewohnheiten außer Haus zu erfahren — das heißt, wenn er beschloß, seine Freiheit anders zu benutzen und mit seinen Kumpanen aus der High School in die Stadt zu gehen. Ich spreche nicht vom Nachtleben, obwohl sich auch da Anfänge abzeichneten, sondern von den Stunden, die junge Menschen tagsüber totzuschlagen haben. Die Stadt Chatham, in der wir immer gelebt haben, ist nicht die größte Stadt in unserem Staat. Seit dem Zweiten Weltkrieg ist sie beträchtlich gewachsen, und die Zeitungsleute behaupten, daß es jetzt eine halbe Million Einwohner im »Stadtgebiet« gibt, womit sie fast den ganzen Landkreis einbeziehen. Aber vor fünfundzwanzig Jahren sprachen die Leute von nicht mehr als der halben Einwohnerzahl. Es konnte nicht wirklich als ungewöhnlicher Zufall bezeichnet werden, wenn ich in der City auf meinen Sohn Hugh stieß oder ihn auf dem Division Boulevard sah — besonders deswegen nicht, weil ich, fast ohne es zu merken, mir angewöhnt hatte, nach seinem schwarzen Schopf Ausschau zu halten.

Manchmal erhaschte ich einen flüchtigen Blick auf ihn und wußte, mit meinen Gedanken noch bei irgendeinem Problem im Büro, nicht gleich, was ich da gesehen hatte. Oft mußte ich mich umdrehen und mich vergewissern. Und dort war Hugh, sein dunkler Kopf zwischen anderen jugendlichen Köpfen — häufig ein Mädchenkopf auf jeden Jungenkopf — draußen unter der stechenden Julisonne, in einem Teil der City, in dem sich aufzuhalten sie unmöglich einen Grund haben konnten. Bei mindestens einer Gelegenheit war ich mir sicher, daß Hugh mich auch sah. Ich saß hinten im Auto, und als ich mich umdrehte und aus dem Rückfenster schaute, winkte Hugh. Aber ich saß eingeklemmt zwischen zwei kräftigen Männern — zwei meiner Leute aus dem Geschäft — und konnte nicht zurückwinken, selbst wenn ich es versucht hätte. Bei jener Gelegenheit fuhren wir durch einen Stadtteil, der vor langer Zeit Irish Flats genannt wurde. Die beiden Männer bei mir waren beide überzeugte Chatham-Iren, und während wir fuhren, neckte ich sie damit, wie verrufen diese Gegend früher war, und daß, als ich ein Junge war, kein »Weißer« wagte, einen Fuß in diesen Teil der Stadt zu setzen.

Perkins Finance Company, wie der Name unserer Firma lautete, bevor wir sie im Jahr 1946 reorganisierten, verlieh Geld auf kleine Haus- und Grundbesitze in ganz Chatham. Seit die jungen Leute das Geschäft übernommen haben — meine beiden älteren Söhne und der Ehemann meiner Tochter —, zeigten sie nicht viel Interesse an dieser Art von Unternehmen. Wir haben jetzt größere Eisen im Feuer, und die jungen Leute haben außer dem neuen Firmennamen, Perkins, Hodgeson Investments, auch eine Telegrammadresse auf das Briefpapier der Firma setzen lassen. (Hodgeson ist der Ehemann meiner Tochter.) Aber die Vergabe von kleinen Anleihen war das, was uns während der Depression rettete. Die Jungen waren damals natürlich noch nicht bei mir in der Firma. Als sie vom College im Osten der Staaten zurückkamen, gerade zur Zeit des Börsenkrachs, wollte ich nicht, daß sie bei mir einstiegen. Ich besorgte ihnen Stellungen in zwei Banken in Chatham, von denen ich *wußte,* daß sie nicht Bankrott machen würden. Sie waren dort den ganzen Tag in ihren Kabüffchen eingesperrt und gingen abends zu ihren jungen Frauen nach Hause, ohne jemals eine Ahnung von den Versteckspielen zu haben, die Hugh und ich in unseren müßigen Stunden spielten. Häufig fuhr ich — wenn ich nachmittags nicht nach Hause ging — mit einigen meiner Leute in der Stadt herum und sah mir Grundbesitz an, an dem wir beteiligt waren. Abgesehen von geschäftlichen Gründen brachte es mir etwas — mehr als es das Nachhausegehen tat, mehr als eine Runde Golf oder sogar der Besuch eines Baseballspiels. Es brachte mir etwas, hinauszukommen und mir die Stadt anzusehen, zu sehen, wie sie aufgehört hatte, zu wachsen und sich zu vergrößern. Es brachte mir das Gefühl, daß die Zeit selbst stehengeblieben war und tatsächlich auf mich wartete, statt an mir vorüberzugehen und mich zurückzulassen, gerade in der Blüte meiner Jahre. Zu der Zeit hatte ich bereits einen Schwiegersohn und zwei Schwiegertöchter, aber ich war kein alter Mann. Ich war eben fünfzig geworden. In dem heißen Sommer der Depression konnte ich Chatham manchmal betrachten und das Gefühl haben, es sei ein großes, kräftiges, störrisches Pferd, das nicht laufen wollte. Ich saß noch im Sattel, so schien es — oder war gerade abgestiegen und hielt das Tier fest an der Kandare, in der Absicht, wieder aufzusteigen. Vielleicht schwebte mir sogar vor, den Gaul irgendwie anzutreiben, damit endlich etwas lief, denn ich war damals noch jung genug, um ungeduldig zu sein und das Gefühl zu haben, ich könne es einfach nicht erwarten, daß die Stadt wieder in Bewegung kam. Ich wußte, ich mußte eine zweite Chance haben. Hugh mochte sich vergnügen und informieren, so gut er konnte, indem er die Stadt erkundete, wie sie in jenen Tagen aussah, und indem er die verschiedensten Menschen kennenlernte. Es paßte irgendwie zu seiner Natur. Oder es kam einem Bedürfnis seines Wesens entgegen. Jedenfalls schien er dazu geboren zu sein. Aber was mich betrifft, ich konnte es kaum erwarten, daß die Dinge wieder in Bewegung kamen und so wurden, wie sie vorher gewesen waren.

Doch war ich alt genug, um eine gewisse verständliche Befriedigung im plötzlichen Stillstand eines jeden Dinges zu finden, wie es in der Depression geschah, eine Chance zu erhalten, die Stadt zu betrachten, wie ich es damals konnte. Sie hat ihre Schönheit, eine Stadt wie Chatham. Auch als alles so heruntergekommen aussah wie im Jahr 1933 — der Division Boulevard war eine prächtige Straße, mit stattlichen, steinernen, fliesenvertäfelten Büro- und Warenhäusern in der Innenstadt, mit den Automobilsalons jenseits der Überführung an der Union Station — eine Kathedrale von einem Gebäude! — und danach eine halbe Meile alter Villen aus dem letzten Jahrhundert, die meisten von ihnen schon vor langem zu Beerdigungsunternehmen umgebaut, und alle so auf Dauer angelegt, daß keinerlei Mißbrauch oder Umbauten sie nennenswert zu verändern schienen, und dann fast eine Meile lang kleine Apartmenthäuser, und danach die Kliniken, das State Medical Center und die beiden großen Krankenhäuser.

Jenseits der Krankenhäuser führt der Division Boulevard direkt durch den Lawton Park. Auf einer Seite kann man durch die Bäume hindurch einen Blick auf die Gemäldegalerie erhaschen; ein Stück weiter auf der gleichen Seite steht das Bronzedenkmal für den Landser. Auf der anderen Seite befindet sich ein Hügel, auf dem LAWTON PARK in Lappenblumen und Nelken und Myrte buchstabiert wird, und weit hinter dem Hügel sieht man zwischen Baumkronen die Glaskuppel des Vogelhauses im Zoo. Es ist ein gepflegter Park — und war es auch während der ganzen Depression —, und wenn man ihn am anderen Ende verläßt, hat man den Anfang der Singleton Heights vor Augen!

Von den Singleton Heights an, vorbei am Country Club und zum Jagd- und Polo-Gebiet, sieht alles aus wie im Märchenland. Große stuckverzierte Steinhäuser, weißgetünchter Backstein meilenweit. All diese Häuser von immergrünen Pflanzen und blühenden Obstbäumen umgeben, mit großen grünen Rasenflächen — auf denen die Sprenganlagen den ganzen Sommer über wie Springbrunnen spielen —, Rasen, die in Wirklichkeit Wiesen sind und sich bis zu niedrigen Mauern erstrecken oder zu ländlichen Zäunen oder sogar bis zu einem trägen kleinen Bach, an dessen Ufern hier und da Weiden wachsen. Es gehört zu den Dingen, die einem, wenn man in New York war, oder vielleicht den Sommer über in Europa, nur wegen ihrer Anmut fast das Herz brechen, wenn man zu ihnen zurückkehrt.

Aber bevor ich wieder von Hugh spreche, sollte ich erwähnen, daß die Singleton Heights und das Gebiet des Country Clubs dahinter nicht die einzigen hübschen Gegenden in Chatham sind, und es sind nicht diese Gebiete Chathams, an die ich denke, wenn ich im Sommer oben am See bin oder unterwegs auf einer Geschäftsreise. Mein eigenes Haus zum Beispiel liegt an einer der Straßen mit Toreinfahrt, die um die Jahrhundertwende eben nördlich vom Lawton Park angelegt wurden. Die meisten Häuser dort sind große Gebäude mit drei Stockwerken. In der Mitte der Straße befindet sich ein Grünstreifen, und wir haben so viele Waldbäume, daß man denken könnte, man wäre mitten im Lawton Park. Aber es ist auch nicht das Lawton-Park-Gebiet, das am typischsten für Chatham ist, nicht mehr als die Singleton Heights oder der Country Club mit seiner Umgebung. Und für mich ist es ganz gewiß nicht das neue Do-it-yourself-Farmhaus-Viertel, das Chatham bedeutet... Es sind die vielen Blocks bescheidener zweistöckiger Häuser, vor dreißig oder vierzig Jahren gebaut, die am typischsten erscheinen und mir ein wirklich angenehmes Gefühl geben. Es waren die Leute in diesen Häusern, die es schafften, während der Depression etwas auf ihre Anleihen zu zahlen. Immer wenn ich an Chatham denke, wenn Mary und ich im Sommer fortgehen, und daran denke, wie angenehm es dort sein kann trotz der schrecklichen Hitze, denke ich zuerst an diese Bungalows aus guten Klinkern, mit roten oder orangefarbenen Ziegeldächern und großen Veranden mit Gitterwerk, an die kleinen Ligusterhecken, die die sechzig Fuß breiten Grundstücke gegeneinander abgrenzen, und an die Ahornbäume und Eichen und Platanen, in deren Schatten sich die Vorgärten im Sommer teilen.

In dem Sommer, als Hugh siebzehn wurde, muß ich ihn jeden Block des Division Boulevards entlangmarschieren oder am Kantstein davor stehen sehen haben. Ich war mir nie sicher, ob die Männer, die mich begleiteten, ihn erkannten, und einmal fragte ich Joe McNary: »Was tun diese jungen Leute dort hinten am Kantstein?«

»Sie hitchhiken, Will«, sagte er.

»Hitchhiken?« Ich hatte den Ausdruck noch nie gehört, wußte aber sofort, was es bedeutete. »Wohin wollen sie?« fragte ich.

»Nirgends. Sie sehen sich nur die Stadt an. Nichts dabei, schätze ich.«

Ich denke, er hatte recht. Hugh geriet nie in Schwierigkeiten, soviel ich weiß, außer einmal mit einem Auto, auf das er und seine Kumpel eine Anzahlung gemacht hatten. Sie zahlten sieben Dollar auf einen alten Packard Tourenwagen an und fuhren damit herum, bis sie kein Benzin mehr hatten. Sie hatten das Auto unter Hughs Namen gekauft, und als es am Straßenrand in der Nähe des Polo-Clubs gefunden wurde, rief mich die Polizei an. Ich bat sie, es einfach zum Händler zurückzubringen, und ich würde zahlen, was es an Strafe zu zahlen gab. Aber sie wollten es ziemlich genau wissen, und ich mußte zum Polizeirevier kommen und eine Menge Fragen beantworten. Es war peinlich für mich, weil ich zugeben mußte, daß ich von Hughs Teilnahme an dem Unternehmen nichts gewußt hatte und die Namen der anderen beteiligten Jungen nicht kannte. Ich mußte Hugh vom Polizeirevier aus in der High School ans Telefon rufen und mir die Namen der anderen nennen lassen. Er wollte nicht. Wir mußten an Ort und Stelle darüber diskutieren, und das war das Unangenehmste, er vom Büro des Direktors aus und ich am Schreibtisch des Sergeanten im Polizeirevier. Schließlich gab Hugh mir die Namen der Jungen, und wir haben in der Sache nie wieder etwas von der Polizei gehört; allerdings mußte ich dem Gebrauchtwagenhändler etwas zahlen, damit er den ganzen Vorfall vergaß.

Danach war Hugh Robert ein paar Wochen lang niedergeschlagen. Statt nach dem Essen aufzustehen und sich zu entschuldigen, wie er es immer getan hatte, wenn seine Mutter und ich über dem Kaffee herumtrödelten, blieb er sitzen und gab vor, uns zuzuhören, oder er sah einfach voll Verzweiflung hinauf in die Glasprismen des Kronleuchters über dem Tisch. Eines Abends, als ich das Gefühl hatte, ich könnte seine düstere Stimmung nicht länger aushalten, gab ich seiner Mutter ein Zeichen, uns allein zu lassen. Zuerst runzelte sie die Stirn und folgte meiner Aufforderung nicht. Doch endlich, als ich ebenso schweigsam wie Hugh wurde, erfand sie einen Anlaß, in die Küche zu gehen. Sobald ich ihre Stimme und die der Köchin draußen hörte, sagte ich: »Was ist los, Hugh. Worüber denkst du nach?«

Er sagte: »Ich habe darüber nachgedacht, wie leid es mir tut. Es tut mir wirklich leid, Dad.«

»Was meinst du?« fragte ich.

»Es tut mir leid, daß du wegen des Autos zahlen mußtest.«

»Und das ist alles?«

»Nein. Noch schlimmer war, daß du beim Revier erscheinen mußtest. Ich weiß, daß das schlimmer für dich war, als das Geld zu zahlen.« Wie man sieht, versuchte er sogleich, eine Art Schwächling aus mir zu machen.

»Es ist mir verdammt egal, daß ich aufs Polizeirevier gehen mußte«, sagte ich. »Aber es war wahrhaftig eine idiotische Idee von euch Jungs.«

»Das brauchst du mir nicht zu sagen«, erklärte er. »Es war die blödeste Idee, die ich jemals hatte. Es war ein schrecklicher Fehler.«

Was kann man zu solch einem Jungen sagen? Ich wollte ihn fragen, wohin sie gefahren wären, wenn sie mehr Benzin gehabt hätten, aber in dem Augenblick kam seine Mutter geschäftig aus der Küche hereingeeilt, gefolgt von Lucy May, der Köchin, die versuchte, Hugh zu einer zweiten Portion Schokoladentorte zu überreden, und wenn ich mich recht erinnere, ließ er sich überreden.

Ein anderes Mal, als ich mit einer anderen Gruppe von Männern unterwegs war, in einem anderen Teil der Stadt, fragte ich: »Was tun die jungen Leute wohl hier draußen?«

»Hier *draußen*?« sagte einer der Männer, und ich sah an seinem Mangel an Interesse, daß er Hugh nicht erkannt hatte. Aber ich glaube, der Bursche, der den Wagen an dem Tag fuhr, muß gewußt haben, was ich meinte: Was tut einer meiner Söhne so weit weg von zu Hause?

»Oh«, sagte er, »ich kann mir ziemlich genau vorstellen, was sie tun. Sie haben gehört, daß es in diesem Teil der Stadt einen Drugstore gibt, wo sie Milchshakes für fünf Cent verkaufen. Irgend so was, da können Sie sicher sein.« Wir fuhren durch eine absolut ehrbare Gegend unten im Süden der Stadt, wo früher viele der reichen Deutschen lebten. Es ist ein hübscher Stadtteil, der während der Depression nicht zu sehr verkam. Ich hätte kaum den Unterschied zu meinem eigenen Bezirk nennen können, wenn ich Chatham nicht so gut gekannt hätte.

Wieder ein anderes Mal hatten wir den Wagen geparkt und überquerten die Straße in Richtung auf einen kleinen italienischen Lebensmittelladen mit angebautem Lunchraum, gerade westlich vom Court Square und in der Nähe des alten Kanals. Es war ein ziemlich verwahrloster und slumähnlicher Teil der Stadt. (Nicht lange danach ließ FDR das ganze Gebiet abreißen und führte dort eines seiner Wohnungsbauprojekte durch.) Aber das kleine Lokal, das sich Baccalupo's Quick Lunch & Grocery nannte, begann sich einen Namen zu machen mit seinem Roggenbrot, seinem luftgetrockneten italienischen Schinken und seinem 3,2prozentigen Bier vom Faß. Als wir über die Straße gingen, sah ich Hugh und zwei andere Jungen aus dem Lokal laufen, Tony Baccalupo, ein dunkelhäutiger Zwerg von einem Mann, ihnen auf den Fersen. Ich beobachtete, wie Tony sie einholte und ihnen irgendwelches Obst entriß. Dann marschierten die Jungen davon und lachten gemeinsam über Tony, der stehenblieb und mit lauter Stimme etwas Italienisches brüllte. Tony war irgendwie schwachsinnig, glaube ich. Er war nicht der Besitzer des Lokals, sondern der jüngere Bruder des Besitzers — oder der ältere Bruder. Als wir eintraten, fand ich eine Gelegenheit, ihn nach den Jungen zu fragen, die gerade hinausgelaufen waren.

»Hohlköpfe«, sagte er. »Nix als Hohlköpfe. Denken, sie sind mächtig schlau, und machen sich lustig über mich, blinzeln in'n Spiegel hinter der Theke. Aber haben kein Geld, kein Job, wissen nich mal, wie man richtig Ärger macht. Klaun die Grapefruit, bloß damit ich auf die Straße laufen muß un ins Schwitzen komm.« Er spuckte auf das Sägemehl auf dem Boden und nahm unsere Bestellungen entgegen.

Es kam soweit, daß ich, statt nach Hugh Ausschau zu halten, versuchte, ihn nicht zu sehen. Den ganzen Sommer wanderte er durch die Stadt, hitchhikte von einem Punkt zum nächsten, nie mit einem wirklichen Ziel, fuhr manchmal auch mit meinem alten Pierce-Arrow, wenn seine Mutter den Wagen nicht brauchte. Er benutzte das Auto aber eigentlich nicht gern; es war eine alte Limousine, mit einer Trennwand aus Glas zwischen den Vorder- und den Hintersitzen, und es brauchte zuviel Benzin. Er und seine Freunde ließen sich ziellos durch die Stadt treiben und wußten eigentlich nie, wo sie waren, weil ihnen die verschiedenen Viertel der Stadt nichts bedeuteten. Ich fuhr auf dem Hintersitz eines Wagens oder ging zu Fuß auf dem Gehweg, dachte nur daran, wie alle Geschäfte und jeder Fortschritt steckengeblieben waren, fragte mich, ob und wann wir das wieder in Gang bringen könnten, und suchte nach den ersten Zeichen einer Wiederbelebung. Hugh und seine Clique waren auch auf der Suche nach etwas, könnte man sagen. Auf der Suche nach Spiegeln, in denen sie sich bewundern konnten. So schien es jedenfalls. Jedesmal, wenn ich sie sah, dachte ich an Tonys Wort: Hohlköpfe.

Eines Abends, als ich vom Eßtisch aufstand, kam Hugh gerade vom Herumwandern in der Stadt zurück. Wir trafen in der Eßzimmertür aufeinander. »Ich hoffe, du machst das Beste aus deiner Freiheit, Junge«, sagte ich.

Er musterte mich einen Moment lang fast blinzelnd. Dann öffnete er seine blauen Augen weit und richtete die Blicke auf das Zimmer im allgemeinen und zuckte zwei- oder dreimal mit den Lidern, als wären sie der Verschluß einer Kamera, wobei seine Augen alles registrierten, die schwarze Köchin eingeschlossen. Mary hatte nach ihr geläutet, als sie Hugh die Haustür hatte schließen hören, und Lucy May hielt jetzt die Pendeltür ein Stück geöffnet. Schließlich musterte Hugh wieder mich, aus zusammengekniffenen Augen, so zusammengekniffen, daß man nicht hätte sagen können, was für eine Farbe sie hatten. Und ich wiederholte: »Ich hoffe, du machst das Beste aus deiner Freiheit.«

»Ich frage mich, ob ich das tue«, sagte er lächelnd, eine Spur von Verachtung in Lächeln und Stimme, dachte ich.

Ich schaute über die Schulter zu seiner Mutter, und sie schüttelte den Kopf, womit sie meinte, daß ich nichts mehr sagen sollte.

Es war, als ließen Hugh und ich uns durch zwei verschiedene Städte treiben, die auf demselben Gebiet angelegt waren. Ich hatte manchmal sogar das Gefühl, wir bewohnten zwei verschiedene Häuser, die auf einem Grundstück standen — Häuser von genau übereinstimmenden Maßen, die einen und denselben Rauminhalt füllten. Es war einfach so ein Gefühl. Zum erstenmal hatte ich es eines Nachmittags, als ich beobachtete, wie Hugh sich im Spiegel betrachtete. Ich stellte mir vor, daß der Raum, den Hugh und ich dort sahen, nicht der Raum war, in dem ich stand. Das war alles. Aber dieses Gefühl auch nur zu erwähnen geht wahrscheinlich schon zu weit. Ich möchte keinen falschen Eindruck erwecken mit dieser Spiegel-Angelegenheit. Ich glaube nicht, daß das In-den-Spiegel-Schauen in sich ein echter Fetisch für Hugh war. Denn er ging nicht *immer* zum Spiegel, sobald er hereinkam. Manchmal schob er seine Bücher in den Schrank in der Diele und ging direkt zum Telefon; er war ein großer Telefonierer.

Und wieviel abgedroschenes Zeug mußten wir mithören: »Hat er das gesagt? ... Ich sah, wie sie mich anschaute, und fragte mich, was sie dachte ... ›Wie meinst du das?‹ Ich meine, was sie über *mich* dachte ...«

Immer ging es um ihn selbst. Häufig rief auch eines seiner Mädchen ihn an.

Da gab es ein Mädchen, das Ida hieß; sie trieb uns alle fast zum Wahnsinn. Anfangs war Hugh völlig hingerissen von ihr, dessen bin ich mir ganz sicher. Sie war die Schönheit der Klasse, als Hugh in die zehnte High-School-Klasse kam, und während des größten Teils jenes Jahres schien es, als suchte er nach Gründen, Ida Thomas' Namen beim Abendessen zu erwähnen. Wir konnten uns keine rechte Vorstellung von ihr machen, außer daß sie »ein umwerfender Rotkopf« war und so viele Bewunderer hatte, daß Hugh »nicht die Spur einer Chance hatte, ihr näherzukommen«. Dennoch hatte er es offensichtlich gern, wenn wir ihn mit ihr neckten, obwohl er immer darauf bestand, »sie wisse nicht, daß er existiere«. Aber schließlich — und nach beträchtlichen Anstrengungen, denke ich — brachte er es fertig, Ida seine Existenz bewußt zu machen. Von dem Tag an ließ das Mädchen ihn nicht mehr in Ruhe.

Sie rief ihn zwei- oder dreimal an einem Abend an. Sie war ein aufdringliches kleines Ding und begann eine Unterhaltung mit Hughs Mutter, wenn Mary ans Telefon ging, oder sogar mit mir, wenn ich dranging. »Wie *geht* es Ihnen, Mr. Perkins? ... Wie geht es Mrs. Perkins? ... Und wie geht es Ihrem gutaussehenden Sohn — Ihr ganzer Stolz, höre ich?« Hugh hatte Mühe, sie wieder loszuwerden, vermute ich. Es kam so weit, daß er sich weigerte, ans Telefon zu kommen, wenn Mary oder ich rangegangen waren und Idas Stimme erkannt hatten, und er ging nie selbst ran. Sie begann, ihm Briefe nach Hause zu schreiben, und ging schließlich dazu über, den Jungen vor seiner Familie in Verlegenheit zu bringen. Auf einer Karte stand: »Rosen sind rot, Veilchen sind blau. Zucker ist süß, und Hugh ist es auch.« Auf einer anderen stand: »Eines Tages werde ich in deinem Pierce-Arrow fahren, Hugh Robert Perkins.«

Eines Sonntags brachte ich Hugh dazu, einen Spaziergang mit mir zu machen, während seine Mutter in der Kirche war, und ich fragte ihn ohne Umschweife, warum er sich so viel von dem Mädchen gefallen lasse. »Sie tut mir leid«, sagte er. Als ob das eine Entschuldigung wäre.

»Sie ist nicht mehr so beliebt wie früher?« fragte ich.

»Sicher ist sie das!«

»Oh«, sagte ich. »Dann tut sie dir leid, weil sie all die anderen Burschen hat, nur *dich* nicht?«

Er lachte laut auf. »So habe ich es noch nie gesehen, Mr. Perkins«, sagte er, als halte er das nur für einen Scherz.

Ich lachte also auch und benutzte die Gelegenheit, eine andere Frage zu stellen. »Sag mal, Sohn«, fragte ich, »was hat dich gegen sie aufgebracht? Waren es die Anrufe?«

»Nein. Eigentlich nicht. Siehst du, sie war gar nicht an *mir* interessiert. Dein alter Pierce-Arrow hat sie beeindruckt. Und noch mehr, daß wir in West Vesey Place wohnen.«

»Aber von diesen Anrufen warst du auch nicht gerade begeistert. Und was war mit den Postkarten, Hugh?«

»Na ja, sie wußte es eben nicht besser, Dad!« Einen Augenblick lang blieb er mitten auf der Straße stehen an diesem Sonntagvormittag und sah mich an, als sei ich es, dem es in solchen Dingen an Vernunft fehle. »Darum mußte ich es ertragen. Darum tat sie mir leid.«

Er war sehr verschlossen, und ich setzte ihm nicht weiter zu wegen Ida, da es ohnehin schon alles vorbei war. Aber nach der düsteren Stimmung zu urteilen, der er sich mehrere Monate hingab, muß er Ida als einen seiner größten Fehler betrachtet haben.

Hugh lehnte es ab zu lernen, und er war kein besonders guter Sportler, obwohl er ganz gewiß eine Zeitlang glaubte, er sei auf dem Weg dazu. Er machte mehrere seiner »Fehler« auf dem sportlichen

Sektor und verfiel natürlich jedesmal in düstere Stimmung, wenn er aus einer Mannschaft genommen wurde oder sich sogar aufs Zuschauen beschränken mußte. Seine Mutter sagte, er könne im Sport nichts Hervorragendes leisten, weil er sich an den großen kräftigen Sportlern von der Chatham West High messen mußte. Und sie sagte, daß die staatliche Schule zu leicht sei und ihn nicht ausfülle. Vielleicht hatte sie recht. Ich weiß, als seine beiden Brüder die Chatham Academy abschlossen, hatten sie Trigonometrie und Latein und sogar etwas Griechisch gehabt. Beide bestanden die Aufnahmeprüfung zum College glänzend und verbrachten einen Sommer in Europa, bevor sie mit dem College anfingen. Hugh weigerte sich, über den Besuch eines Colleges auch nur zu *sprechen* — jedenfalls der örtlichen Colleges, auf die ihn zu schicken ich mir leisten konnte. Nach dem Krieg hat er es mit Hilfe des G.I.-Gesetzes natürlich geschafft, auf der Columbia Universität irgendeinen akademischen Grad zu erwerben. Aber während er die High School besuchte, lachte er nur, wenn wir vom College sprachen. An einem Sonntag in seinem letzten Schuljahr, als die anderen Kinder da waren und das Thema zur Sprache kam, sagte er: »Ich war doch schon auf dem besten College in dieser Gegend, dem William and Mary College« — womit er natürlich seine Mutter und mich meinte. »Ich habe Diplomatie studiert, und im nächsten Juni werde ich für den auswärtigen Dienst bereit sein.«

Die anderen betrachteten es als einen Scherz, aber mir machte es klar, wie bald er uns verlassen haben könnte, wohin es ihn auch ziehen mochte. Ich hatte erst die Hälfte meines Essens gegessen, aber unwillkürlich begann ich, in meinen Taschen nach Pfeife und Streichhölzern zu suchen. Es ist hart, wenn es das jüngste Kind ist, das einen enttäuscht. Ich saß dort und suchte nach meiner Pfeife und dachte, daß ich mir genau vorstellen konnte, wie der Brief, den er dagelassen hätte, auf dem Tisch in der Bibliothek aussehen würde, oder wie er eines Morgens zum Frühstück herunterkommen und uns mitteilen würde, er habe eine Bewerbung losgelassen und sich einen Job woanders gesucht, weit weg von Chatham! Vermutlich war es ziemlich naiv und altmodisch von mir, so darüber zu denken.

In seinem letzten Schuljahr begann Hugh tatsächlich, Interesse an seiner Arbeit zu zeigen — an einem gewissen Teil davon, einem Teil, den ich nicht als Arbeit bezeichnen würde. Man sollte wirklich kaum glauben, was im Lehrplan jener Schule angeboten wurde. Jedenfalls, als erstes Anzeichen dafür, daß etwas im Gange war, kam Hugh eines Morgens mit einem sehr sonderbaren Anliegen zu mir. Aus irgendeiner ordentlichen, dunklen, zweifellos sorgsam behüteten Ecke des Hauses, die nur ihm bekannt war, hatte er ein altes Diktiergerät hervorgeholt — ein Diktaphon —, das ich ihm geschenkt hatte, als er ein kleiner Junge war. Es war ein altes Modell, das ich vom Büro mit nach Hause gebracht und ihm zum Spielen gegeben hatte. Ich hatte es völlig vergessen. Es war sieben oder acht Jahre her, seit er mich gebeten hatte, die Wachswalzen mit in die Stadt zu nehmen und sie neu beschichten zu lassen, damit er sie wieder benutzen konnte. Aber eines Morgens nach dem Frühstück, als er sich schon für die Schule fertig gemacht hatte, kam er zu mir mit dem Behälter für Walzen, der zu dem Diktaphon gehört. Er sah schon etwas verlegen aus, wie jeder große Junge, der dabei ertappt wird, wie er mit alten Spielsachen spielt. Ich war gerührt, daß er etwas noch besaß, das ich ihm vor so langer Zeit gegeben hatte. Er reichte mir den Behälter, und ich stellte im stillen fest, daß er in ebenso gutem Zustand zu sein schien wie an dem Tag, als ich ihm das Gerät geschenkt hatte. »Wo hast du das ausgegraben, Hugh?« fragte ich.

»Ich habe es zurückgelegt für schlechte Zeiten«, sagte er.

»Hast du das Gerät selbst auch noch?« fragte ich.

»O ja, natürlich«, sagte er.

Ich hielt den Behälter in der Hand und sagte schließlich: »Du willst es verkaufen, nehme ich an — alles zusammen?«

»Aber nein, Mr. Perkins. Ich möchte, daß du diese Walzen für mich neu beschichten läßt.«

»Du weißt, daß das nicht ganz billig ist?« Es kam mir in den Sinn, daß ihm das vielleicht nicht klar gewesen war, als er noch ein Kind war.

»Ja, sicher. Ich bezahle es. Ich habe auch etwas *Geld* zurückgelegt«, sagte er und blinzelte mir auf seine rasche Art zu, »für dieselben schlechten Zeiten.« Ein Verschwender war er gewiß nicht. Ich bezweifle, daß es je eine Woche gegeben hat, in der er das ganze bescheidene Taschengeld ausgab, das er von seiner Mutter bekam.

Ich stellte den Behälter mit den Walzen neben mich auf den Boden und griff wieder zur Zeitung, die ich gelesen hatte, als Hugh hereinkam. »Wofür willst du sie benutzen?« fragte ich hinter der Zeitung.

»Für eins meiner Fächer«, sagte er. »Einen Lesekurs.«

Ich sah ihn über meine Zeitung hinweg an. Er stand immer noch vor mir und war offensichtlich bereit, weiter über das Thema zu sprechen. »Ein Lesekurs?«

»Eine Arbeitsgemeinschaft in der Kunst des Vortragens«, erklärte er. »Für größere Redegewandtheit.« Er meinte es todernst. Er sagte, sie würden nach einem Punktsystem eingestuft, und es sei ihm eine großartige Hilfe gewesen, sich selbst auf dem Diktaphon zu hören, und er habe bereits Riesenfortschritte gemacht.

»Du hast das Diktaphon also schon benutzt?« fragte ich. »Die Walzen waren leer, als du sie hervorholtest?«

»Ja«, sagte er. »Weißt du nicht mehr – ich bat dich, sie neu beschichten zu lassen, bevor ich sie wegräumte.«

»Nein, das wußte ich nicht mehr«, sagte ich. »Es ist ziemlich lange her, Hugh.«

Jetzt fragte ich mich, wie viele Nächte er oben in seinem Zimmer schon damit verbracht hatte, seiner eigenen Stimme auf dem Diktaphon zu lauschen. Ich wandte mich wieder meiner Zeitung zu, weil ich wußte, daß ich über diese Geschichte nichts mehr hören wollte. Früher oder später, dachte ich, wird er auch das als einen seiner Fehler betrachten.

Aber in den kommenden Monaten betraf alles, was wir von Hugh hörten, die Beschäftigung mit seiner Stimme. Meine Theorie war, daß der Junge schon seit langem versucht hatte zu entscheiden, was an ihm selbst ihn am meisten bezauberte. Und endlich glaubte er es zu wissen. Jenen ganzen Winter über arbeitete er bienenfleißig an seinen »Sprech-Lektionen« und seinen »Übungen«. Ich brachte ihm die Wachswalzen neu beschichtet mit nach Hause, und sie hielten nicht viel länger als eine Woche. Schließlich waren sie wohl abgenutzt, denn lange vor dem Frühling hörte er auf, sie mir mitzugeben. Aber sein Interesse war noch nicht erloschen. Er verwickelte mich hin und wieder weiter in Diskussionen über seine gerade akuten »Probleme« beim Sprechen, ebenso offen und ernsthaft, als redete er von Mathe oder Geschichte. Und als nächstes erfuhren seine Mutter und ich, daß er in der Debattiermannschaft war, es mit einer Rolle in der Theateraufführung seiner Klasse versuchte und sogar Sonderunterricht als »Nachrichtensprecher« erhielt.

Während dieser Zeit kam mir einmal die Idee, daß Hugh sich vielleicht in seine Lehrerin für Sprecherziehung, Miss Arrowood, verliebt hatte. In den vergangenen Monaten hatte seine Mutter sich darüber beklagt, daß er auf jede Frage nach den Mädchen, mit denen er sich an Wochenenden verabredete, ärgerlich reagierte. Wenn er, unter Druck, den Namen eines bestimmten Mädchens nannte, so war es ein Name, den seine Mutter nicht kannte. Ich konnte Mary das nicht erklären — es hatte keinen Sinn —, aber ich glaube, ich verstand ganz gut, was Hugh in dieser Hinsicht durchmachte. Und ich erinnerte mich, daß ein Junge, voller Haß auf seine eigene inferiore und erniedrigende Position, in solchen Zeiten dazu neigt, eine attraktive und verständnisvolle Frau zu idealisieren, die ihm genug Jahre voraus hat, um für ihn unerreichbar zu erscheinen — besonders wenn sie auch nur ein wenig intellektuell angehaucht ist. Ich fragte Hugh nicht, wie alt Miss Arrowood sei oder wie sie aussehe. Ich fuhr einfach wie zufällig bei der Schule vorbei, an einem Nachmittag im März, an dem Probe für die Aufführung sein sollte.

Es erwies sich nicht einmal als erforderlich für mich, in den Zuschauerraum zu gehen, um zu sehen, was ich sehen wollte. Durch die Glasfüllung einer Tür im rückwärtigen Teil des Raumes konnte ich die ganze Bühne überblicken. Das Stück, das sie einstudierten, war eines dieser schwachsinnigen Bühnenwerke, die sie erwachsene Jungen und Mädchen aufführen lassen. (Das taten sie sogar in den Privatschulen, als meine älteren Kinder sie besuchten.) Dieses hieß *Mr. Hairbrain's Confession: Eine Komödie*. Ich las den Titel in einer Mitteilung auf dem Schwarzen Brett neben der Tür zum Zuschauerraum.

Nach zwei Sekunden entdeckte ich Miss Arrowood, die von der Seite der Bühne aus Regieanweisungen gab, und ich wußte, daß meine Vermutung falsch gewesen war. Ich sage »nach zwei Sekunden«, weil ich etwa zwei Sekunden lang die Dame für eine der Mitwirkenden hielt, bereits in ihrem Kostüm und mit Make-up. Ihr Busen war von einem Umfang und einer Form, die ein junges Mädchen mit einem Federkissen hätte nachahmen können. Ihr orangefarbenes Haar mochte wirklich eine Perücke sein. Auf dem äußeren Ende ihrer unglaublichen Nase saß der unvermeidliche Kneifer. Jede Geste der Frau zeigte genau die Übertreibung, die man von jedem Mitwirkenden am Abend der Aufführung erwarten konnte.

Mir wurde klar, wer sie war, als sie begann, Hugh, der sich jetzt in der Mitte der Bühne aufgestellt hatte, Anweisungen zu geben. Nein, sie gab ihm doch keine Anweisungen; sie applaudierte etwas, was er bereits getan oder gesagt hatte. Hugh las, wie seine Schauspielerkollegen, seinen Text vom Buch ab. Jedesmal wenn er den Mund öffnete oder auch nur den dunkelhaarigen Kopf drehte oder eine andere Stellung einnahm, nickte sie entweder zustimmend oder schüttelte sich vor Lachen. Sie ließ ihn kaum aus den Augen. Hugh spielte zweifellos eine komische Rolle, aber ich wußte, nichts in dem Stück konnte so komisch oder so interessant sein, wie Miss Arrowoods Verhalten mich hätte glauben machen können. Ich kann nicht genau sagen, wie lange ich dort stand und zuschaute, verloren in meine eigenen verwünschten Gedanken. Als ich endlich ging, tat ich es, weil einer der Mitwirkenden — nicht Hugh — mich sah und Miss Arrowood auf meine Anwesenheit aufmerksam machte. Sie gab mir sofort zu verstehen, daß ich verschwinden sollte, wedelte mit ihrem Buch herum und winkte mich mit der anderen Hand weg. Sie wußte nicht, wer ich war, und es interessierte sie nicht. Sie wußte nur, daß sie keine Unterbrechung des Vergnügens dulden würde, das Hughs Darbietung ihr bereitete.

Das war eigentlich alles. Miss Arrowood war nur eine von den vielen altjüngferlichen Lehrerinnen, die in einen ihrer Schüler vernarrt waren. Ich bezweifle sehr, daß Hughs Erfahrung mit ihr irgendeinen Einfluß auf seinen späteren Entschluß hatte, zum Theater zu gehen, wie er es tat. Es ist ganz natürlich, daß sie sich einbildet, sie als erste habe ihn beeinflußt und inspiriert, doch wenn Miss Arrowood jemals nach New York gekommen ist und ihr Weg sie auf die East Side geführt hat, zu jenem Kämmerchen von einem Theater, wo mein Sohn Hugh Robert Regie führt, möchte ich wetten, daß sie die Stücke, die er herausbringt, kein bißchen besser verstanden hat als ich. Jedenfalls hat sie es Gott sei Dank nicht geschafft, einen Rundfunksprecher oder gar einen Schauspieler aus ihm zu machen. Ich bezweifle auch, daß sie das erhofft hat, denn meiner Ansicht nach hatte Hugh Robert keine bessere Stimme als jemand anders aus der Familie. Physisch ist er den übrigen von uns sehr ähnlich. Aber ich bin auch der Ansicht, daß die Dame versuchte, Hugh in jenem Jahr bei seiner Eitelkeit zu packen, um ihn in ihrer Nähe zu halten. Und mit Sicherheit muß sie es gewesen sein, die für die Aufnahme einer bestimmten Schallplatte auf einem Gerät in der Schule für eine Sendung des lokalen Rundfunks sorgte. Die Sendung sollte an einem scheußlichen Sonntagnachmittag im Mai gebracht werden. Sie krönte alles, was vorher geschehen war.

Hugh stand an jenem Sonntag früh auf, um die Batterien des Radios aufzuladen. Unser Radio war eins von den alten Tischgeräten mit Batterien, ein Modell, für das ich viel Geld bezahlt hatte, als es neu war. Hugh versetzte ihm gern dann und wann einen kräftigen Knuff und sagte in seiner affektiertesten Stimme: »So was machen sie heute nicht mehr.« Aber er hätte als erster zugegeben — besonders an dem Sonntag, von dem ich spreche —, daß es Zeiten gibt, wo der Strom gerade dann ausbleibt, wenn man ein Programm hören möchte. Ich hatte mein Batteriegerät während der ganzen Depression behalten, ebenso wie meinen Pierce-Arrow. Und es stimmt natürlich — manchmal, wenn eine Lieblingssendung auf dem Programm stand, stellten wir fest, daß wir vergessen hatten, die Batterien aufzuladen.

Aber an jenem Sonntag im Mai brauchten die Batterien nicht aufgeladen zu werden, und das wußte Hugh. Er wollte einfach kein Risiko eingehen. Als ich zum Frühstück herunterkam, sah ich das häßliche kleine violette Licht im Ladegerät am anderen Ende des Wohnzimmers brennen. Ich beobachtete Hugh, wie er den ganzen Vormittag über immer wieder ins Wohnzimmer kam, um die Batterien zu überprüfen. Als ihm die Idee, sie aufzuladen, zum erstenmal kam, war er offensichtlich aus dem Bett gesprungen und hatte sich irgend etwas übergeworfen, ohne sich die Mühe zu machen, sich zu kämmen oder Schuhe anzuziehen. Er kam in seinen alten, runtergetretenen Hausschuhen nach unten und trug seine Cordhosen und ein zerknittertes Hemd, das er aus dem Wäschekorb gezerrt haben mußte. In dieser Aufmachung wanderte er den ganzen Vormittag durch das Haus. Als seine Mutter sich um halb elf auf den Weg zur Kirche machte, fragte ich sie, ob sie nicht denke, daß sie ihn daran erinnern sollte, sich ordentlich anzuziehen, bevor die anderen Kinder zum Essen kamen. Aber entweder vergaß sie es, oder sie entschied sich dagegen, oder sie »verabscheute« es einfach und tat es nicht.

Während der zwei Stunden, die seine Mutter abwesend war, hörte ich Hugh im ganzen Haus herumwandern. Zuerst war er im Keller, dann am Einbauschrank im hinteren Flur, dann irgendwo oben, sogar im dritten Stock. Häufig kam er zurück ins Wohnzimmer, um einen Blick auf die Batterien zu werfen. Er setzte sich hin und versuchte, sich für einen Teil der Sonntagszeitung zu interessieren. Aber er konnte nicht stillsitzen, außer für kurze Augenblicke. Jedesmal wenn er wieder aufstand, ging er als erstes an eins der Wohnzimmerfenster und schaute hinaus. Ich vermute, daß er bei seinem Wandern durch das Haus hin und wieder stehenblieb und auch aus den Fenstern der meisten anderen Zimmer schaute. Für ihn war an jenem Tag das Wetter das Allerwichtigste auf der Welt.

Und obwohl es Mai war, war es draußen beinahe winterlich, ein scheußliches Wetter. Fast den ganzen Vormittag regnete es, und gelegentlich donnerte es auch, mit Blitzstrahlen fern über der Stadt. Wir hatten eine Serie von Gewitterstürmen gehabt, die normalerweise einen Monat früher als in jenem Jahr zu uns kommen. Dieses schlechte Wetter war es, worauf Hugh seine Hoffnungen gesetzt hatte. Es war vorgesehen, wenn das Baseballspiel — das dritte der Spielzeit — an jenem Sonntag abgebrochen wurde, würde der Sender WCM etwa die ersten zehn Minuten der Zeit mit der Aufnahme einer Lesung füllen, die Hugh von »A Message to Garcia« gemacht hatte. Obwohl ich das vorher nicht gewußt hatte, war es bei dem Sender offenbar üblich, solche Lücken im Programm Veranstaltungen der staatlichen Schulen zur Verfügung zu stellen. Hugh brachte es an jenem Sonntag fertig, uns allen diese Tatsache deutlich bewußt zu machen.

Ich ließ selten eins der Heimspiele der Chatham Barons aus. Wenn es eine gute Saison war, begab ich mich sogar zum Runnymede Park und sah mir die Spiele an. Aber die Barons hatten seit fast einem Jahrzehnt keine solche Saison mehr gehabt. Zum letztenmal gewannen sie den Siegeswimpel ihrer Liga im Jahr 1925. Aber trotzdem — ich habe nie zu denen gehört, die sich nach Cincinnati oder St. Louis absetzen, um Oberliga-Spiele zu sehen, obwohl wir hier in Chatham eine Mannschaft haben, die wir unterstützen und anfeuern sollten. Zufällig hatten die Barons ihre beiden ersten Spiele in diesem Jahr gewonnen, und ich war optimistisch. Im besonderen hoffte ich, die Übertragung des dritten Spiels zu hören, das den Anfang einer Gewinnserie bringen könnte. Ich wußte, warum Hugh ständig aus den Fenstern schaute, und bald fing auch ich damit an. Es regnete den ganzen Vormittag ziemlich beständig; erst gegen Mittag ließ es etwas nach. Ich stellte fest, daß ich meine Hoffnungen gegen seine setzte. Zumindest solange, bis ich sah, wie außerordentlich erregt der Junge war. Von da an versuchte ich, mit ihm zu hoffen, so gut ich konnte. Aber ich glaube nicht, daß ich jemals zuvor so gemischte Gefühle hatte wegen so einer lächerlichen Kleinigkeit, nämlich ob ein Baseballspiel wegen Regen abgesetzt wurde oder nicht.

Hughs Mutter kehrte um halb eins von der Kirche zurück. Die anderen Kinder kamen kurz vor eins zum Essen. Hugh war oben, als die anderen eintrafen, und mußte zu Tisch gerufen werden. Ich hatte angenommen, daß er endlich nach oben gegangen war, um sich etwas Vernünftiges anzuziehen, aber er kam genauso schlampig gekleidet wie vorher runter, das Haar immer noch nicht gekämmt, und ich sah sofort, daß es seine Brüder und seine Schwester kränkte. Ich sah, wie seine Schwester versuchte, ihrer Mutter anzudeuten, daß Hugh wenigstens hinausgehen und sich kämmen sollte. Aber es gelang ihr an diesem Tag nicht, die Aufmerksamkeit Marys auf sich zu lenken.

Hugh war während des Essens ungewöhnlich schweigsam, und sein Schweigen war ansteckend. Ich sah, wie von Zeit zu Zeit jedes Mitglied der Familie einen Blick aus dem Fenster warf, um festzustellen, wie das Wetter war. Nachdem es den ganzen Vormittag geregnet hatte, schien es aufzuklaren. Die meiste Zeit war es schön, während wir beim Essen saßen, mit nur gelegentlichen dunklen Wolken. Wenn es dunkler wurde, aß Hugh wie besessen, im übrigen stocherte er nur im Essen herum. Ich fürchte, bei den übrigen von uns war es umgekehrt.

Einmal, während Lucy May gerade eine Schüssel herumreichte, sah ich, wie sogar sie ihr schwarzes Gesicht einem sonnenbeschienenen Fenster hinter Hugh zuwandte. In diesem Augenblick war draußen deutlich das Zwitschern eines Kardinalvogels zu hören, und ein strahlendes Lächeln glitt über ihr Gesicht. Die anderen bemühten sich, die Unterhaltung in Gang zu halten, während ein Dienstbote im Zimmer war, und so konnte Lucy May, während sie Hugh die Schüssel anbot, ihm, ohne daß jemand Notiz davon nahm, zumurmeln: »Du hörst den Kardinal, nich wahr, Hugh! Er ruft: ›Ti wit! Ti wit!‹ Das bedeutet Regen, Schätzchen!« Hugh hat den Kardinal vielleicht gehört, vielleicht auch nicht. Aber er achtete nicht mehr auf Lucy Mays ermutigende Worte, als er auf Ermutigung und Beifall von Miss Arrowood geachtet hatte.

Im selben Augenblick, als wir vom Tisch aufstanden, flammte ein Blitz ganz in der Nähe auf, so daß er die Fenster erhellte. Unmittelbar darauf folgte ein krachender Donnerschlag. Hugh sauste durch die Diele ins Wohnzimmer, trennte die Batterien vom Ladegerät und schloß sie ans Radio an. Wir anderen folgten ihm, als gäbe es kein anderes Zimmer, in das wir hätten gehen können. Als ich ins Wohnzimmer kam, war Hugh gerade dabei, das WCM einzuschalten. Atmosphärische Störungen dröhnten auf, wurden leiser, und dann drang die Stimme des Ansagers durch und sagte: »Als nächstes werden Sie die Stimme von Hugh Robert Perkins hören«, und fuhr dann fort, die Zuhörer zu informieren, wer Hughs Eltern seien, wo er wohne und daß er die letzte Klasse der West High besuche und an Miss Arrowoods Arbeitsgemeinschaft für Sprecherziehung teilnehme. Draußen regnete es in Strömen, und Blitz und Donner waren schlimmer als den ganzen Vormittag über.

Durch den Lautsprecher begann die Stimme von Hugh Robert Perkins mit einigen einführenden Bemerkungen, teilte uns mit, wie, warum, wann und von wem »A Message to Garcia« geschrieben worden sei. Es hörte sich nicht eben wie Hughs Stimme an, aber schon am Anfang waren die Störgeräusche so schlimm, daß ich etwa jedes dritte Wort nicht verstand. Nach der ersten halben Minute von der »Message« selbst schien der Versuch, etwas zu verstehen, hoffnungslos. Doch wir mußten dort sitzen, wir alle — und ohne Hilfe von Miss Arrowood oder Lucy May — und die schreckliche Geschichte gemeinsam mit Hugh durchstehen. Zumindest glaubten wir, daß wir das müßten, und wir *dachten,* daß wir das täten.

Hugh wandte sich nicht ein einziges Mal vom Radio ab. Seine Augen hingen am Lautsprecher, der oben auf dem Gerät stand. Er hatte sich einen Stuhl mit gerader Lehne herangezogen und saß mit gekreuzten Beinen da, beide Hände um ein Knie geklammert. Er hielt den Hals steif und gerade wie ein Brett und bewegte den Kopf während der vollen zehn Minuten weder nach links noch nach rechts. Der Sturm und die Störgeräusche wurden von Sekunde zu Sekunde schlimmer, und er versuchte nicht einmal, den Empfang zu verbessern. Er rührte die Knöpfe nicht an. Kurz vor dem Ende sah ich, wie seine Mutter die Augenbrauen hob und die Lippen zusammenpreßte, wie sie es tut, wenn sie im Begriff ist zu weinen, und ich schüttelte energisch den Kopf, untersagte es. Ich wußte genau, wie ihr zumute war; uns allen war so zumute: Der arme Junge hatte diese Ungewißheit ertragen, hatte seit Tagen all seine Hoffnungen auf Regen gesetzt, und jetzt mußte er hören, wie seine Stimme unterging in den Störgeräuschen unseres alten Radios. Ich dachte, es müsse einfach unerträglich sein. Ich dachte, er müsse jeden Augenblick aufspringen und das alte Radio zusammenkikken. Aber ich wußte auch, daß die Tränen seiner Mutter die Sache nicht besser machen würden.

Wie gut für uns alle, daß ich sie bremste. Denn keine zehn Sekunden später war die Lesung beendet, und Hugh sprang auf und sah uns mit einem breiten zufriedenen Grinsen an. Ich sah sofort, daß es für ihn keine Störgeräusche gegeben hatte. Oder besser, er hatte den klaren, angenehmen, beruhigenden Ton seiner eigenen Stimme rufen hören, durch alle Störgeräusche hindurch und über sie hinweg, und seine letzten Zweifel an der Art von Ruhm, nach dem er sich sehnte, waren davongefegt worden. Er fuhr sich befangen mit der Hand durch das zerzauste Haar. Seine blauen Augen strahlten. »Na, bitte!« sagte er. Und kurz darauf sagte er es noch einmal: »Na, bitte!« Und ich spürte damals so deutlich, wie ich es jetzt spüre, daß das der Augenblick war, in dem Hugh sich wirklich von uns löste. Er versuchte eine Sekunde lang, seinen Blick auf mich zu heften, aber es ging über seine Kraft, sich auf einen von uns zu konzentrieren. »Es ist eine Schande...«, setzte er vage an, »es ist eine Schande, daß du dir meine erbärmliche Stimme anhören mußtest, anstatt das Spiel zu verfolgen. Aber vielleicht kommt das Spiel später... Habt ihr die Stelle gehört, wo meine Stimme versagte? Das war der schlimmste Augenblick, findet ihr nicht? Ich bin froh, daß es vorbei ist.« Er stieß einen tiefen Seufzer aus, und dann sagte er mit einer Stimme, die voller Staunen und Erregung und Selbstvertrauen war: »Mann!«

Dann ging er sofort nach oben, zog seine guten Sachen an und verließ uns mit der Bemerkung, er habe eine Verabredung, oder vielleicht sagte er auch, er wolle sich irgendwo mit ein paar Freunden treffen. Ich machte mir nicht die Mühe zuzuhören. Ich wußte, daß er zum Abendessen zurück sein würde, und daß er uns in Wirklichkeit noch für eine ganze Weile nicht verlassen würde. Und ich wußte, wenn er gehen würde, wäre es nicht eine Angelegenheit von einem Brief auf dem Frühstückstisch, denn es könnte sich nicht mehr darum handeln, daß ein kleiner Junge von zu Hause davonlief. Während die anderen Kinder lachten über das, was geschehen war, und darüber sprachen, was für ein Kindskopf Hugh noch sei, dachte ich im stillen, daß Hugh Robert Perkins nicht mehr viele seiner »Fehler« vor sich hatte. Ich war mir sicher, daß er an diesem Nachmittag seinen Weg klar vor sich sah, und ich bildete mir ein, daß ich ihn mit Hugh sehen konnte.

Die anderen Kinder verließen uns an jenem Sonntag bald nach dem Lunch. Mary ging nach oben, um ein Schläfchen zu halten, wie sie es häufig tat, wenn wir etwas hinter uns hatten, über das zu reden sinnlos war. Ich wanderte durch die Räume im Erdgeschoß und kam mir selbst fremd vor. Einmal schaute ich aus einem Fenster des Bibliothekszimmers und sah, daß das Wetter aufgeklart hatte, aber ich stellte das Radio im Wohnzimmer nicht an. Und ich machte an jenem Nachmittag eine merkwürdige Erfahrung. Ich war fünfzig, aber plötzlich fühlte ich mich wieder sehr jung. Während ich durch das Haus wanderte, dachte ich ständig daran, wie alles für Hugh aussehen mußte, wie sein Leben sein würde, und wie er wohl sein würde, wenn er so alt wie ich war. Es erschien mir alles sehr klar, und ich verstand, wie richtig es für ihn war. Und weil es so klar schien, erkannte ich, daß die Zeit gekommen war, da ich meinem Sohn den Unterschied vergeben konnte, der immer zwischen unseren beiden Naturen bestanden hatte. Ich war fünfzig, aber ich hatte gerade entdeckt, was es heißt, die Welt mit den Augen eines anderen zu sehen. Es ist eine Entdeckung, über die man in jedem Alter glücklich sein kann, eine Entdeckung, die mit fünfzig nicht weniger phantastisch ist als mit fünfzehn. Weil erst dann die Welt, wie du sie mit eigenen Augen gesehen hast, beginnen wird, dir Dinge über dich selbst zu erzählen.

SCHLECHTE TRÄUME

Der alte Neger kam von irgendwo in West-Tennessee, wenn auch gewiß nicht aus der Heimatstadt der Tollivers. Mr. James Tolliver hatte ihn einfach in der City von St. Louis aufgegabelt und sich ihm irgendwie verpflichtet oder ihn gern gemocht. Zwei oder drei Jahre lang hatte Mr. James ihn als Hilfskraft in seinem Büro untergebracht, zweifellos in dem Glauben, daß er eines Tages eine richtige Verwendung für ihn finden würde. Dann brachte er eines Abends, ohne seiner Frau oder sonst jemandem ein Wort zu sagen, den Alten mit nach Hause und quartierte ihn in einem leerstehenden Raum über der Garage ein.

Allerdings war es kaum wahrscheinlich, daß dies Mrs. James Tolliver, die von allen Miss Amy genannt wurde, etwas ausmachen würde. Es würde Miss Amy fast überhaupt nicht betreffen, da der alte Neger eindeutig nicht der Typ eines Hausdieners war. Er mochte als Hauswart in Frage kommen (was Mr. James' Plan war), oder auch als Gartenarbeiter (unter Mr. James' strenger Beaufsichtigung), und zweifellos könnte er in der Nachbarschaft Gelegenheitsarbeiten finden. Daß er den Raum über der Garage bewohnte, würde von Miss Amy, ihren drei halberwachsenen Söhnen und zwei ältlichen weiblichen Verwandten kaum zur Kenntnis genommen werden. Sie würden seine Anwesenheit fast nicht bemerken. Sie wußten kaum von der Existenz des Zimmers, in dem er wohnen sollte. Doch während der ersten wenigen Minuten nach seiner Ankunft mußte der alte Neger den Eindruck gewonnen haben, daß Miss Amy nervös, streng und kleinlich sei und daß jedes Mitglied der Familie Ansprüche auf das unbenutzte Dienstbotenzimmer über der Garage erhebe.

Die Garage der Tollivers, ursprünglich als Remise und Stall vorgesehen, war von bemerkenswerter Geräumigkeit. Wenn die beiden Lincolns abends an ihrem Platz standen, gab es noch genug Platz für zwei weitere Autos von der gleichen wunderbaren Länge und Breite. Und im zweiten Stock, unter dem hohen Mansardendach, führte die Treppe auf einen riesigen Raum, Speicher genannt, an dessen einem Ende sich noch immer eine klaffende Heurutsche befand, und an dessen anderem Ende drei Dienstbotenzimmer lagen. Das Hausmädchen der Tollivers, Emmaline, und ihr Ehemann, Bert, bewohnten zusammen mit ihrer kleinen Tochter eine Wohnung, die aus zwei Zimmern und einem Bad bestand. Der dritte Raum war seit mehreren Jahren nicht mehr benutzt worden und lediglich mit einem eisernen Bettgestell und einer dreibeinigen Kommode möbliert.

Zufällig war Emmaline in ihrer Wohnung an jenem Spätnachmittag im Oktober, als Mr. James mit dem alten Neger eintraf. Ihr Ehemann, der Hausdiener und Butler war, deckte den Tisch für das Dinner, und sie war gerade herübergeeilt, um nach ihrem vier Monate alten Baby zu sehen, für das sie sich noch nicht auf einen Namen hatten einigen können. Als sie das Geräusch von Mr. James' Wagen hörte, hielt Emmaline sich bei dem schlafenden Baby auf. Sie hatte keine Ahnung, daß sich etwas Ungewöhnliches anbahnte, doch bei dem ersten Motorengeräusch des Lincoln verließ sie das Bett des Babys und ging auf die Tür zum Speicher zu. Es war fast dunkel, aber sie drehte sich um und kniff die Augen zusammen und warf einen letzten liebevollen und beschützenden Blick auf das kleine Wesen in seinem käfigartigen Bett. Dann verließ sie das Zimmer und schloß die Tür hinter sich. Sie hatte erst zwei Schritte auf dem unebenen Boden des großen, unbeleuchteten Speichers gemacht, als sie Mr. James die Treppe heraufkommen sah, gefolgt von einem alten Neger, den sie noch nie zuvor gesehen hatte.

Der Neger blieb am oberen Ende der Treppe stehen, um wieder zu Atem zu kommen, und als er Emmaline erblickte, riß er sich abrupt den zerlumpten Filzhut vom Kopf. Emmaline ging im gleichen Augenblick mit schnelleren Schritten auf ihn und Mr. James zu.

»Ist das jemand, den Sie hier oben unterbringen wollen, Mr. James?« fragte sie in lautem und streitsüchtigem Flüsterton, als sie den beiden Männern näher kam.

»Gibt es hier kein elektrisches Licht?« sagte Mr. James streng.

Er hatte Emmalines Frage deutlich genug gehört, und sie wußte, daß er nicht vorgab, er habe sie nicht gehört. Mr. James war schließlich Emmalines und Berts Vermieter, der Besitzer des Hauses, in dem sie arbeiteten, und ein Tolliver aus der bedeutenden Tolliver-Familie aus Thornton, Tennessee, wo sie und Bert geboren waren, und dies war lediglich seine Art zu erklären, daß er nicht den Wunsch habe, mit ihr über den alten Burschen zu diskutieren. Aber warum wollte er das nicht? Was mochte der Grund sein, fragte Emmaline sich. Dann erkannte sie die Wahrheit der ganzen Situation, und als sie das wahre Bild dessen erkannte, was jetzt geschah und was in Wirklichkeit schon seit einigen Monaten geschehen war, begann sie, einen Schwall von Einwänden zu äußern, die mit der Wahrheit nicht das geringste zu tun hatten: Aber, hätte Mr. James Miss Amy nicht Bescheid geben müssen? Miss Amy würde ganz außer sich sein, oder etwa nicht, wenn Mr. James sie damit überraschte, daß er plötzlich irgendwen in ihrem schönen Lagerraum einquartierte, wo sie doch in einer der nächsten Wochen die Verandamöbel dort abstellen wollte. Und außerdem, erwarteten die beiden alten Tanten nicht einige ihrer Antiquitäten aus Tennessee? Und wo sonst *konnten* die Tanten ihre Antiquitäten unterbringen? Und war es nicht auch eine Schande — James jr. und der kleine Landon waren immer so versessen darauf gewesen, in dem Raum zu spielen! Das halbe Zimmer war ja noch voller Basketbälle und Pfeile und Bogen und Bowiemesser, wenn die Jungs sie nicht gerade heute rausgeholt hatten!

Sie adressierte diese Sammlung von Unwahrheiten nicht an Mr. James, sondern ganz offen an den alten Neger, der vor ihr stand, den Hut in der einen Hand und ein verknotetes Kleiderbündel unter dem Arm. Der alte Mann ließ sich nicht anmerken, ob er Emmalines Feindseligkeit erkannte oder ob er wirklich glaubte, sein Einzug würde einen großen Aufruhr in der Familie erzeugen. Er stand am oberen Ende der Treppe und starrte mit Ehrfurcht auf den großen, dunklen, deckenlosen Speicher, als wäre es eine Art Kapelle. So wenig, schien sein Verhalten auszudrücken, wußte einer wie er auch nur über die Speicher der Reichen.

Inzwischen ging Mr. James mit schweren Schritten auf das leere Dienstbotenzimmer zu. Emmaline drehte sich plötzlich um und lief auf Zehenspitzen hinter ihm her. »Mr. James!« flüsterte sie fast hysterisch.

Mr. James blieb stehen und machte eine militärische Kehrtwendung. »Emmaline«, sagte er, »ich brauche irgendein Licht hier oben.«

In einem einzigen Moment schien sich völlige Dunkelheit über den Speicher gesenkt zu haben. Und im gleichen Moment kündigte ein Schrei das Erwachen von Berts und Emmalines Baby an. Bei ihrem nächsten Schritt verzichtete Emmaline auf das Zehenspitzenlaufen und durchbohrte den Boden mit ihren hohen Absätzen. Sie ging an Mr. James vorbei, streckte einen Arm in das leere Zimmer, um eine Lampe anzuschalten, und sagte: »Das habe ich befürchtet, daß wir mein Baby da drinnen aufwecken, bevor ich Bert helf, das Abendessen zu servieren.«

»Hier rein«, sagte Mr. James zu dem alten Neger und deutete auf das Zimmer. »Und wir werden einen Ofen besorgen, bevor der Winter einsetzt.«

Der schwache Lichtschimmer aus dem Zimmer ließ den großen Speicher nur noch dunkler erscheinen. Mr. James blieb völlig außerhalb des Lichtkegels. »Gibt es keinen elektrischen Anschluß auf dem Speicher, Emmaline?« fragte er.

Das Baby schrie jetzt beständig und zornig. »Nein, Sir«, erwiderte Emmaline leise.

»Hier rein«, wiederholte Mr. James' Stimme. Diesmal war es eindeutig eine Aufforderung an den alten Mann, näherzukommen. Sofort hörte man, wie er über den unebenen Boden schlurfte, und kurz darauf, wie Mr. James mit schweren Schritten auf die Treppe zuging. Irgendwo in der Dunkelheit kamen die beiden Männer aneinander vorbei, aber

Emmaline wußte, daß sie keine Worte tauschten. Sie hörte Mr. James' feste Schritte, als er die dunkle Treppe hinunterstieg, aber sie ging immer noch nicht zu dem Baby, das jetzt weniger ärgerlich vor sich hinweinte. Sie wartete an der offenen Tür, bis der alte Mann in den Lichtschein trat.

»Wer bist du, alter Mann?« fragte sie, als er an ihr vorbei in das Zimmer schlurfte. »Wer bist du?« Als wüßte sie in diesem Augenblick nicht besser als alles andere auf der Welt, wer er war. Als wäre die Vermutung, wer der alte Bursche war, nicht das gewesen, was ihr vor wenigen Minuten das volle, wahre Bild dessen vermittelt hatte, was jetzt geschah und was schon seit mehreren Monaten geschah. Seit das Baby da war, und schon vorher, hatte Emmaline versucht abzuschätzen, was die Tollivers davon hielten, daß sie und Bert hier auf dem Grundstück ein Baby bei sich hatten. Wollten sie, daß sie sich woanders Zimmer suchten? Wollten sie, daß sie das Baby zu ihrer Mama, unten in Tennessee, brachten und es dort ließen? Sie hatte mit Miss Amy über den ersten Plan gesprochen, und dann über den zweiten, in der Hoffnung, so herauszufinden, was genau die Tollivers dachten. Aber Miss Amy hatte sie immer hingehalten. »Wir reden später darüber, Emmaline, wenn Mr. James sich entschieden hat, was das Beste ist«, sagte sie, oder: »Ich muß noch mal mit Mr. James darüber sprechen.« Tag für Tag hatte Emmaline sich gefragt, wieviel schon darüber gesprochen und was gesagt worden war. Aus irgendeinem Grund hatte es so ausgesehen, als hänge alles von Mr. James ab.

Und jetzt wußte sie, warum. Mr. James hatte gewartet, um sie *hiermit* zu überraschen. Es würde in Ordnung sein mit dem Baby, wenn sie und Bert diesen alten Großpapa übernehmen und sich um ihn kümmern würden, solange sie lebten. Oh, an so etwas hatten sie und Bert nicht gedacht! Sie wußten von dem alten Neger, seit Mr. James ihn aufgegabelt hatte, und Bert hatte ihn ziemlich oft gesehen, hatte aus verschiedenen Anlässen sogar in Mr. James' Büro mit ihm gesprochen. Aber er war ein so schmutziger, beschränkter alter Kerl, daß Bert es vermieden hatte, sich allzu lange mit ihm zu unterhalten oder ihm freundlich zu begegnen. Sowohl Bert als auch Emmaline hatten es sogar vermieden, mit Mr. James *über* ihn zu reden. Sie wollten nicht, daß Mr. James sie in Gedanken mit solch einem schmutzigen alten Ignoranten in Verbindung brachte, nur weil sie zufällig Farbige waren.

Aber jetzt stand der schmutzige, beschränkte alte Neger da, stand genau in dem Zimmer, das Emmaline in Gedanken als das zukünftige Kinderzimmer ihres Babys betrachtete. Er war hierher gekommen — um selbst wie ein Baby versorgt zu werden und eines Tages zweifellos ihr zur Last zu fallen, wenn es ans Sterben ging. Sie betrachtete das Zimmer einen Augenblick lang und machte sich lustig über ihre früheren Vorstellungen von einem zukünftigen Kinderzimmer. Wie unsinnig all ihre Gedanken gewesen waren. Als sie noch nicht einmal *wußte,* ob sie die zwei Zimmer behalten konnte, hatte sie mit einem dritten gerechnet. Sie hatte aus dem Zimmer, in dem das Baby jetzt schlief, eine Art Wohnzimmer machen wollen. Oh, wie viele Schaufensterbummel hatte sie nicht schon gemacht, um sich Wohnzimmermöbel anzusehen! Aus irgendeinem Grund zeigte die Einrichtung eines Kinderzimmers — wenn es dazu gekommen wäre —, an die sie ihr Herz gehängt hatte, das gleiche Rosa wie das alte Kinderzimmer im Haus der Tollivers!

Emmaline betrachtete das Zimmer jetzt realistischer, als sie es je zuvor getan hatte. Es gab keine Verbindungstür zu ihrem und Berts Zimmer wie zwischen ihrer beider Zimmer und dem des Babys. Es gab nur die eine Tür und ein kleines Fenster, und es war handwerklich wirklich nicht so gut ausgebaut wie die beiden anderen Dienstbotenzimmer. Die Wände waren roh verkleidet, nicht verputzt, und es würde schwerer zu heizen sein. In der Nachbarschaft gab es eine deutsche Waschfrau, die schon lange, bevor die Tollivers ihr Anwesen gekauft hatten, für die Leute in der Gegend gewaschen hatte, und die hatte Emmaline erzählt, daß der Kutscher in diesem Zimmer geschlafen habe und daß das feinste Pferdegeschirr immer unter seinem Schutz hier an den Wänden gehangen habe. Die dicken Haken, die offensichtlich das Geschirr gehalten hatten, befanden sich noch an den Wänden und zogen Emmalines Blicke vorübergehend auf sich. Sie gehörten zur Ausstattung eines Schuppens.

Sie und Bert lebten schließlich immer noch in einem Schuppen. Und doch nannte sie diesen Raum Kinderzimmer. Es war der Putz an den Wänden ihrer eigenen beiden Zimmer, der sie getäuscht hatte. Das wurde ihr jetzt klar, und ihr wurde auch klar, daß diese Zimmer für sie vielleicht nie wieder wie früher aussehen würden, ebenso wie ihr Leben hier mit Bert und dem Baby kaum das gleiche sein würde, solange dieser alte Landstreicher aus Tennessee anwesend und Teil davon sein würde — mit ihnen im Haus essen würde (es war schlimm genug, mit der nörglerischen, jammernden, überbezahlten Köchin, Nora Belle, zusammen zu essen), ihr Badezimmer benutzen würde (er müßte durch ihr eigenes Schlafzimmer gehen, um zum Badezimmer zu gelangen; sie beschloß auf der Stelle, ihn aufzufordern, einen Nachttopf zu benutzen und ihm zu verbieten, ihn öfter als einmal täglich zu leeren). Das mangelhaft möblierte Zimmer und der alte Mann, der in der Mitte des Raums stand und jetzt sein Bündel auf die klumpige Matratze fallen ließ, erinnerten sie an das Niggerleben und an all die Armut, die sie als Mädchen in Tennessee gekannt hatte, bevor die Tollivers sie hatten holen lassen. Und dieser ungewaschene und zerlumpte alte Mann war wie die alten Onkel und Vettern, die zu achten ihr als kleines Mädchen beigebracht worden war, doch die zu verachten sie gelernt hatte, bevor sie überhaupt von zu Hause wegging. Während sie ihn musterte, nahm der alte Mann seinen Hut mindestens drei- oder viermal ab und setzte ihn wieder auf. Schließlich hängte er ihn auf einen der dicken Geschirrhaken.

Der Hut, der dort an der Wand hing, schien Emmaline ein allzu vertrauter Anblick, und der unbedeckte Kopf und die ganze Gestalt des Mannes erschienen ebenso aufreizend vertraut. Vielleicht hatte sie gedacht, sie würde nie wieder ein so energielos und mies aussehendes

Geschöpf zu Gesicht bekommen. Ganz gewiß hatte sie gedacht, sie müsse nie wieder so einen mit sich selbst und mit dem Haus, in dem sie lebte, in Verbindung bringen. Sein ungeschnittenes und ungekämmtes weißes Haar sah aus wie ein dreckiger Mop, der weggeworfen werden sollte. Selbst das Weiße seiner Augen sah schmutzig aus. Seine Haut war weder braun noch schwarz, sondern eher (jedenfalls in diesem Licht) vom gleichen abgenutzten Grau wie sein Mantel. Obwohl es ein Abend zu Anfang des Herbstes war, und warm für die Jahreszeit, trug der alte Bursche einen dicken Mantel, der ihm fast bis zu den Knöcheln reichte. Eine der aufgesetzten Manteltaschen war abgerissen; die andere war eingerissen, wurde aber mit Sicherheitsnadeln zusammengehalten und war vollgestopft mit irgend etwas — wahrscheinlich sein zweites Paar Socken und vielleicht sein in Zeitungspapier eingewickelter Rasierapparat oder ein Stück von einem verdreckten alten Handtuch. Gott weiß was noch. Der Mantel hatte keine Knöpfe und hing offen, so daß man die noch schäbigeren Sachen sah, die er darunter trug. Einen Augenblick lang fragte Emmaline sich, ob es wirklich glaubhaft war, daß Mr. James den alten Burschen in diesem Aufzug zwei oder drei Jahre lang in seinem Büro hatte herumhängen lassen. Dann überlegte sie sich, daß das eine Tatsache war, und typisch für Mr. James.

Aber jetzt gehörte der alte Neger ihr, ihr und Bert. Miss Amy würde nicht einmal wissen, daß er überhaupt vorhanden war. Es war Miss Amys Taktik, von der Existenz von Hauswarten und Gartenarbeitern nichts zu wissen. Und Mr. James — er war jetzt auch aus der Sache raus. Das letzte Geräusch seiner Schritte auf der Treppe schien ihr in den Ohren widerzuhallen. Der alte Mann gehörte allein ihr und Bert.

Das Baby schrie weiter monoton vor sich hin, jetzt eher leidenschaftslos, als wollte es seine Lunge trainieren. Plötzlich sagte Emmaline zu dem alten Mann: »Das ist *mein* Baby, was du da drinnen schreien hörst.« Der alte Mann hatte immer noch kein Wort gesprochen. Emmaline wandte sich abrupt von ihm ab. Sie ging zuerst zu der Tür des Zimmers, in dem sie und Bert schliefen, und dann zu der des Babyzimmers. Sie öffnete beide Türen ein wenig, zog die Schlüssel ungeschickt von der Innenseite heraus und schloß und verschloß dann die Türen von der Speicherseite. Als sie beide Türen abgeschlossen und sie geräuschvoll ausprobiert und die Schlüssel abgezogen hatte, und während das Baby weiter schrie, entfernte Emmaline sich. Sie ging die Treppe hinunter, durch die Garage und über den Hof auf das Haus zu. Kurz bevor sie zur hinteren Veranda kam, beschleunigte sie die Schritte. Bert würde sich fragen, wo sie so lange blieb, und sie konnte kaum erwarten, es ihm zu erzählen.

Es war neun Uhr. Emmaline war ein halbes Dutzend Male zurückgelaufen, um nach dem Baby zu sehen. Um halb acht hatte sie dem Baby die Brust gegeben, und es hatte einige Minuten lang durstig gesaugt und war dann eingeschlafen. Es war nichts Ungewöhnliches, daß Emmaline den Weg so oft machte, wenn das Baby unruhig war, nur konnte sie gewöhnlich Bert dazu überreden, mindestens ein- oder zweimal an ihrer Stelle an den Fuß der Treppe zu gehen und zu lauschen. An diesem Abend jedoch schien Bert unfähig, auch nur ihren Berichten über das Schreien des Babys zuzuhören—ob es »wimmerte wie ein junger Hund« oder »sich die Lunge aus dem Hals schrie«. Als sie zum erstenmal von der Garage ins Haus kam, hatte er sie auf seine übliche sorglose, gutmütige Weise gefragt, »ob das süße alte kleine Baby Zicken mache«. Doch als sie ihm von dem alten Neger da draußen erzählte, schien all die sonst übliche gute Laune und all seine Lebhaftigkeit Bert für eine Weile zu verlassen. Im Eßzimmer war er genauso lebhaft und redete genausoviel dummes Zeug wie immer, wenn einer der Jungen etwas zu ihm sagte, aber in der Geschirrkammer hörte er nur geistesabwesend zu, als sie von dem alten Burschen sprach, und überhaupt nicht, als sie von dem Baby berichtete. Und sobald das Dinner beendet und das Geschirr abgetragen war, zog er die weiße Jacke aus und verschwand, um das Tafelgeschirr im Spülstein des Wirtschaftsraumes abzuwaschen, ohne eine Pause für sein eigenes Abendbrot zu machen.

Um neun Uhr gingen die beiden die Treppe zum Speicher hinauf. Es war kein Ton vom Baby zu hören. Sie gingen in der Dunkelheit hinüber zu der Tür ihres Schlafzimmers. Emmaline drehte den Schlüssel im Schloß, als die Tür zum Zimmer des alten Mannes sich öffnete. In Unterhemd und mit Hosenträgern stand er barfuß da. Nach einiger Zeit gab er ein Geräusch wie »Psst« von sich und winkte mit einer Hand. Bert ging zu ihm hinüber. Nach einem kurzen, geflüsterten Wortwechsel zwischen ihnen kehrte Bert zu Emmaline zurück. Er sagte ihr, daß der Alte die Toilette benutzen wolle. Emmaline trat in das Zimmer und schaltete das Licht an. Mit dem Finger noch auf dem Schalter sah sie Bert fragend in die Augen. Aber seine Augen sagten ihr nichts. Sie würde ein wenig länger warten müssen, um zu erfahren, was genau in ihm vorging.

Dann, als sie die nackten Füße des alten Mannes über den Boden des Speichers tappen hörte, trat Emmaline an die Tür, die ihr Zimmer mit dem des Babys verband, öffnete sie leise, ging hinein und wartete in der Dunkelheit, dem Atmen des Babys lauschend. Sie tat das nicht aus Zartgefühl, sondern weil sie glaubte, sie könne es nicht ertragen, den schmutzigen alten Mann in dieser Nacht noch einmal zu sehen. Als er in der Toilette gewesen war und sie ihn wieder weggehen hörte, kehrte Emmaline in ihr Schlafzimmer zurück. Bert saß auf dem Bett, hatte einen Schuh bereits ausgezogen und löste gleichmütig das Schnürband des anderen.

»Ist das alles, was dich das kümmert?« fragte sie streitlustig. Er schien sich auf das Bett vorzubereiten, als habe sich nichts Außergewöhnliches ereignet.

»Wie meinst du das, ›kümmert‹?« entgegnete Bert flüsternd.

Emmalines Augen weiteten sich. Wenn Bert flüsterte, war es nicht wegen des Babys oder irgend jemand sonst, sondern weil er etwas übelnahm, das eine weiße Person gesagt oder getan hatte. Es erfüllte sie mit Befriedigung zu wissen, daß er wütend war, doch gleichzeitig reizte es sie immer, wenn er flüsterte bei Anlässen, da sie lieber gebrüllt hätte.

Bert flüsterte, selbst wenn der nächste Weiße zwölf Blocks entfernt war, und in Gedanken versuchte er immer, sich aus seiner Wut herauszuwinden. Emmaline musterte ihn einen Augenblick lang nachdenklich. Dann tat sie so, als wechsle sie das Thema. »Hat der Alte dich nicht nach was zu essen gefragt?« sagte sie. »Ich dachte, er rechnet damit, daß du ihm was bringst.« Sie zwang sich dazu, ganz gleichgültig zu sprechen. Dann ging sie zur Tür zum Speicher, öffnete sie, zog den Schlüssel draußen ab und steckte ihn von innen ins Schloß.

»Hat keinen Zweck nicht, die Tür abzuschließen«, sagte Bert, immer noch flüsternd. »Der Alte sagt, er muß zwei- oder dreimal auf die Toilette, bevor es Morgen wird, und er hat keinen Nachttopf.«

Emmaline drehte sich langsam um. »Du scheinst ja richtig wütend zu sein über alles, Bert«, sagte sie mit vorgetäuschter Ruhe.

»Wie meinst du das, ›wütend‹?« fragte Bert und räusperte sich.

Er begann zu lächeln, aber lange bevor er wirklich lächelte, sah Emmaline, daß er nicht mehr wütend war, daß er in Wirklichkeit schon nicht mehr wütend gewesen war, als sie das Haus noch gar nicht verlassen hatten, daß sein Flüstern nur so etwas wie ein von der Wut übriggebliebener Frosch im Hals war, die er verspürt hatte, als sie es ihm erzählte.

Er machte sich jetzt daran, den zweiten Schuh auszuziehen. Er stellte die beiden auf Hochglanz polierten schwarzen Schuhe nebeneinander und schob sie dann mit der Ferse des rechten Fußes vorsichtig unter das Bett. Und da Bert mit einwärts gerichteten Fußspitzen ging, saß er jetzt da, die bestrumpften Fersen fast einen Fuß weit auseinander, während seine großen Zehen sich beinahe berührten. Bevor sie das Haus verließen, hatte er die weiße Jacke wieder übergezogen, als Schutz gegen die mild-kühle Nachtluft, denn Bert dachte immer an die Gefahren, denen seine Gesundheit durch Kälte ausgesetzt war. Er dachte vielleicht sogar noch mehr an die Gefahren von Unsauberkeit. Die Socken an seinen Füßen, die Whipcordhosen mit den scharfen Bügelfalten, das gestärkte Hemd unter der weißen Jacke — alles zeugte von einer persönlichen

Sauberkeit, die das symbolische Weiß der Jacke eines Butlers niemals suggerieren konnte. »Gut, ich sag's dir«, sagte er schließlich mit seiner von Natur aus lauten und fröhlichen Stimme. »Ich *war* wütend, Emmaline, aber ich bin's nicht mehr.«

»*War* wütend?« sagte sie und trat einen Schritt auf ihn zu. Die Betonung seines »nicht mehr« machte sie ärgerlich. »Ich sage dir, ich *bin* wütend«, sagte sie. »Und ich hab vor, wütend zu bleiben, Bert. Ich werd's nicht zulassen.«

»Hat doch keinen Sinn nicht, wütend zu sein«, sagte Bert. Er senkte die Blicke auf die Füße und sah wieder auf. »Hat keinen Sinn, wenn ich wütend bin, und hat keinen Sinn nicht, wenn du diesen wilden Blick in die Augen kriegst. Die ganze Zeit, wo du wegen dem Supper im Haus warst, Emmaline, hast du dich ehrlich wie eine richtige Verrückte aufgespielt.« Er lachte tief in der Kehle. Dann erhob er sich vom Bett. »Ungefähr so«, sagte er. Er stapfte wie ein Clown im Zimmer umher und beugte sich aus der Taille vor, dabei sprangen seine Augen fast aus den Höhlen. »So bist du rumgelaufen.« Er konnte Emmaline fast immer zum Lachen bringen, wenn er sie nachahmte und sagte, sie sei eine Verrückte. »Du bist rumgelaufen wie die Bekloppte Mag.«

Aber Emmaline weigerte sich zu lachen. »So ist es nicht, Bert«, sagte sie. »Du weißt, daß es nicht so ist.« Sie wollte seiner entschlossenen Fröhlichkeit nicht nachgeben. Zu Zeiten wie dieser empfand sie seine Fröhlichkeit als seelische Kraftprobe.

»Aber ja, du warst heut abend noch mehr wie die Bekloppte Mag als sonst«, sagte er. Er ging zu ihr und tat so, als plappere er wild auf sie ein. Die Bekloppte Mag, auf die er Bezug nahm, war eine arme geistesgestörte alte Negerin gewesen, die durch die Straßen von Berts und Emmalines Heimatstadt wanderte, als sie Kinder waren; sie hatte jeden angeplappert und war von keinem verstanden worden, aber alle hatten ihr einen wilden Haß auf die weiße Rasse nachgesagt.

»Nicht ich«, sagte Emmaline sehr ernsthaft und wich zurück. »Du bist hier die Bekloppte Mag.« Er erschien ihr ganz und gar widernatürlich, daß er zu solch einem Zeitpunkt Späße machte, aber es war typisch für ihn. Wann immer ihm etwas die gute Laune verdarb, wann immer er mit ihr stritt — gewöhnlich, weil sie gelegentlich vergaß, ihre Zimmer aufzuräumen oder seine Kleidung in Ordnung und sauber zu halten —, oder wenn er sich über eine besonders schmutzige Arbeit beklagte, die Miss Amy ihm aufgetragen hatte, sah er sich am Ende bestimmt immer genötigt, die Angelegenheit in einem erfreulichen, beruhigenden Licht zu sehen. Er konnte ebensowenig andauernden Trübsinn wegen irgendeiner Sache ertragen, bei sich selbst oder bei jemand anders, wie er es aushielt, sich länger als eine Stunde nicht die Hände zu waschen. Das heißt, natürlich nicht mitten in der Nacht, außer er wurde geweckt. Dann war Bert nicht er selbst. Im Augenblick konnte Emmaline seinem Verhalten entnehmen, daß er die Situation entweder für zu hoffnungslos hielt, als daß man sie ernstnehmen könnte, oder bereits entschieden hatte, was zu tun war. Jedenfalls hatte er sich eine Möglichkeit ausgedacht, die Sache von der heiteren Seite zu betrachten.

Aber Emmaline war noch nicht bereit, eine heitere Betrachtungsweise zu akzeptieren. Sie tat so, als nehme sie es ihm übel, daß er sie Bekloppte Mag nannte. »Wer bist *du* denn, daß du irgendwen Bekloppte Mag nennst? Zu *meiner* Zeit war sie wirrköpfig und dumm wie du, nicht glotzäugig verrückt.« Emmaline war fast sechs Jahre älter als Bert, und eigentlich hatten sie sich in Thornton nur flüchtig gekannt und sich erst ineinander verliebt und geheiratet, nachdem sie hierher gekommen waren und für die Tollivers arbeiteten. »Zu *meiner* Zeit«, sagte Emmaline, »war sie einfach dumm, nicht ehrlich bescheuert.«

»Na! Na!« sagte Bert zutiefst erstaunt. »Wie kannst du so was sagen?« Ihr Widerspruch zu dem Bild der alten Negerin, das Bert mit sich herum trug, brachte ihn unsinnigerweise aus der Fassung. »Wie kannst du so was sagen, Emmaline, wo ich doch einmal gesehen habe, wie sie auf der Straße gegen einen Hund gekämpft hat?«

»Oh, ich weiß nicht, ob du das wirklich gesehen hast«, sagte Emmaline, als spräche sie mit einem Kind.

»Du weißt, daß ich es gesehen hab!« sagte Bert. »Auf allen vieren, mitten im Pferdemist, hat sie sich mit dem alten gefleckten Hund von Miss Patty Beans gerauft und gekratzt. Und bloß, weil sie Miss Patty und all diese Beans so gehaßt hat.«

»Jedenfalls nicht zu meiner Zeit«, sagte Emmaline, eigensinnig und zielbewußt. Sie schaute Bert direkt in die Augen. »Zu meiner Zeit gab sie sich nicht mit Menschen und nicht mit Hunden ab. Sie murmelte und murrte und hielt sich ganz für sich.« Emmaline wußte offensichtlich genau, welche Wirkung ihr Widerspruch auf Bert hatte. Wie die Namen von anderen Gestalten aus Thornton führten sie den Namen der Bekloppten Mag fast täglich im Mund, und es war längst nicht mehr ein bloßer Name für sie und Bert. Es war zu einem Wort geworden, dessen Bedeutung sie beide nicht hätten definieren können, obwohl es zu einem festen Begriff zwischen ihnen geworden war — eine Bedeutung, die keine anderen Begriffe ihres Wortschatzes ausdrücken konnten.

Bert sah Emmaline vorwurfsvoll an. Er konnte kaum glauben, daß sie die Bedeutung eines einzigen ihres Vorrats an Worten aus Thornton so verfälschte, oder auch nur so tat. Er fühlte sich, wie er sich gefühlt hätte, wenn sie gedroht hätte, ihn mit Hilfe irgendeines Zaubers seines Seh- oder Hörvermögens zu berauben. Sie konnte dieses Wort so mühelos seinem Wortschatz entreißen und ihn noch unfähiger machen, als er es war, seine Gefühle über Dinge in dieser Welt auszudrücken. Er sah, wenn er ihr Einhalt gebieten wollte, mußte er ihr sofort mitteilen, wie leicht es sein würde, den alten Mann loszuwerden. Noch immer auf dem Bett sitzend, streckte er die Hand aus und ergriff Emmaline am Arm, eben über dem Handgelenk. »Komm und setz dich aufs Bett«, drängte er. »Ich hab vor, mit dir über den alten Mann zu sprechen.«

Emmaline machte zwei Schritte und setzte sich neben ihn. Seine Hand lag immer noch auf ihrem Unterarm, und er spürte, wie angespannt ihre Muskeln waren. Sie *war* heute abend noch mehr als sonst wie die Bekloppte Mag. Er sagte oft im Scherz zu ihr, daß sie wie die alte Mag sei, aber in Wirklichkeit war es gar kein Scherz. Er wußte, daß

Emmaline schon manchesmal aus dem Dienst bei den Tollivers ausgeschieden wäre oder etwas Ausgefallenes zu einer der alten Tanten gesagt hätte, wenn er nicht gewesen wäre. Emmaline war eine gute, hart arbeitende, clevere Frau — cleverer als die meisten ihr zutrauten, aber jeden Augenblick konnte ein so klapsmühlenwilder Ausdruck in ihr Gesicht treten, daß du das Gefühl hattest, du müßtest ganz schön schnell reden, wenn du sie ruhig halten wolltest. Berts Mutter hatte auch zu dieser Art Frau gehört. Eigentlich hatte er sogar das Gefühl, daß die meisten Frauen, mit denen er jemals viel zu tun hatte, von dieser Art gewesen waren; er hatte das Gefühl, daß er einen nicht geringen Teil seines Lebens damit verbracht hatte, Negerinnen davon abzuhalten, mit ihrem Groll gegen die Weißen herauszuplatzen. Mit Emmaline war leichter umzugehen als mit manchen anderen, aber das war, weil sie mit mehr Verstand an die Frage heranging, was sie vom Leben erwartete, als die meisten. Wie er hatte sie nicht die Illusion, daß sie eines Tages aufhören könnten, im Haushalt zu arbeiten. Sie akzeptierte die Vorstellung, ihr Leben in den Diensten einer Familie wie die Tollivers zu verbringen, vorausgesetzt, sie mußte nicht in einem der windschiefen Schuppen mit undichtem Dach leben, in denen sie aufgewachsen war, und vorausgesetzt, daß sie in ihrer gemütlichen Unterkunft auch eine eigene Familie haben konnte. Darin waren sie und Bert sich völlig einig. Emmaline war clever, und sie war nicht häßlich. Sie war groß, und obwohl sie sich ein wenig krumm hielt, war sie schlank und hatte eine gute Figur, und die Linien ihres Kopfes und ihres wohlgeformten Halses waren ausgesprochen anmutig. Doch wenn sie sich aufregte, wie sie es an diesem Abend getan hatte, schienen ihre Augen fast aus den Höhlen zu quellen, ihre Nüstern weiteten sich, bis ihre Nase völlig flachgedrückt aussah, und ihre volle Unterlippe schob sich vor die Oberlippe; bei solchen Anlässen schienen ihre Schultern gebeugter als üblich, ihre Arme länger, ihre braune Haut dunkler.

»Hör zu«, sagte Bert, »wir wimmeln den alten Mann ab. Das weißt du doch, oder?«

»Was meinst du, wimmeln ihn ab?« fragte Emmaline. Ihre Stimme klang zänkisch, ihre Augen aber zeigten schon Befriedigung über das, was er gesagt hatte.

»Ich meine, er kann nicht hier bei uns bleiben.«

»Wer sagt, daß er das nicht kann, Bert?«

»Du und ich lassen ihn nicht.«

»Was haben wir damit zu tun, Bert? Ich weiß bloß, daß wir nicht bleiben, wenn er's tut. Meinst du das?«

»Nein!« rief Bert aus, so laut, daß das Baby sich in seinem Bett im Zimmer nebenan bewegte. »Das mein ich nicht. Du denkst, wir ziehen hier aus wegen *ihm*? Geben das Beste auf, was ich oder du je gehabt haben oder kriegen werden?«

Emmaline sagte: »Es gibt andere Leute in dieser Gegend hier, wo wir arbeiten könnten — mächtig gute Stellen, Bert.«

»Und Baby mitbringen?« Weil sie dem Baby noch keinen Namen gegeben hatten, benutzte Bert »Baby« als Namen. »Und du weißt, es wär nicht so, wie wenn wir für Leute aus Thornton arbeiten.«

Emmalines Augen schienen wieder hervorzuquellen. Sie bat ihn, bettelte fast, daß er ihr sagte, was er vorhatte. »Was solln wir denn machen, Bert? Er ist ekelhaft und beschränkt und wohnt grade nebenan. Ich sag dir eins — so sicher wie Mr. James ein Weißer aus Thornton ist, ist der alte Bursche ein Thornton-Nigger. Wo der eine ist, muß vielleicht auch der andre sein.«

»Wir jagen ihn weg«, sagte Bert. Er hatte ihren Arm losgelassen, aber er ergriff ihn wieder und begann gleichzeitig zu lachen. »Wir jagen ihn weg.« Er sagte es sorglos-begeistert, als spielte er ein Spiel, sagte es mit lauter Stimme, als wollte er es den alten Mann hören lassen: »Aber ja, wir jagen ihn weg, wir sagen ihm einfach, daß wir ihn nicht haben wollen. Er wird schon wissen, was wir meinen. Er wird denken, wir meinen's schlimmer als wir's tun, und er wird verschwinden. Und's wird allen egal sein.«

»Mr. James nicht«, sagte Emmaline warnend.

»Keinem wird's soviel ausmachen, daß er uns in die Quere kommt. Ich hab mir's überlegt, als ich abgewaschen hab«, sagte Bert. »Mr. James hat ungefähr alles getan, was er vorhat für den alten Mann zu tun. Er denkt, er hat es so geregelt, daß wir Angst haben, uns *nicht* um den alten Mann zu kümmern und für ihn zu sorgen. Aber Mr. James tut sicher nicht noch mehr als das. Ich weiß das, weil du mir erzählt hast, wie er übern Speicher wegmarschiert ist. Mr. James ist ganz und gar fertig mit'm alten Mann. Er kann sich jetzt vormachen, er hat getan, was er konnte. Aber er und Miss Amy halten beide 'n Haufen mehr von uns und daß wir sie bedienen, als daß sie uns laufen lassen, weil wir einen wie den weggejagt habn! O Lord, wir werdn ihn schon wegjagen.«

Emmaline war völlig beruhigt, und ihre Augen schienen wieder in die Augenhöhlen zurückgesunken zu sein. Aber sie fragte leise: »Wie?« Sie hörte den alten Mann in seinem Zimmer schnarchen, und sie hörte, wie das Baby zu wimmern begann. Aber bevor sie sich erhob, um zu dem Baby zu gehen, wiederholte sie: »Wie?«

Bert lachte im Flüsterton. »Wir sagen ihm einfach, er soll verschwinden, dann verschwindet er auch.«

»Wann, Bert?«

»Na ja, morgen«, sagte Bert nachdenklich. »Und nicht erst übermorgen. Wir verscheuchen ihn, solange wir noch neu für ihn sind, und er wird denken, wir sind schlimmer, als wir sind. Er hat 'n hartes Leben gehabt, unter härteren Leuten wie du und ich, Emmaline.«

Als Emmaline wenige Minuten später das Baby an ihre Schulter gelehnt hereinbrachte, sah sie wieder gelassen aus, und Bert summte leise vor sich hin. Er hatte die weiße Jacke und das Hemd ausgezogen und sie auf Bügeln in dem großen Schrank neben dem Bett aufgehängt. Beim Anblick des Babys begann er, in einer Babysprache zu sprechen, die selbst Emmaline unverständlich war. Aber sie strahlte und ließ es zu, daß er ihr das Baby in vorgetäuschter Grobheit entriß. Unter einem ununterbrochenen Schwall von fast konsonantenloser Babysprache warf er das kleine Mädchen zuerst ein paar Zentimeter weit hoch und tanzte dann mit ihm durch das Zimmer — auf Strümpfen, in seinen Whipcordhosen und dem strahlendweißen Unterhemd. Endlich entspannte sich das dunkle, verzogene kleine Gesicht zu einem allerliebsten Lächeln.

»Weck sie nicht mehr auf als nötig, Bert«, protestierte Emmaline schwach. »Sie hat den ganzen Tag lang nicht genug geschlafen.«

Bert ließ sich rückwärts auf das Bett fallen, das Baby auf Armlänge über sich haltend. Dann ließ er es mit seinen muskulösen braunen Armen bis zu seinem Gesicht herunterkommen und hob es wieder in die Höhe wie ein Gewicht. Jedesmal wenn das lachende kleine Gesicht sein eigenes berührte, sagte Bert: »Kümmi-wo-fo! Kümmi-wo-fo!« Und die Bedeutung dieser Worte verstand Emmaline, aus hinreichendem Grund. Es war Berts Babysprache für »Küß mich sofort«.

Später, als Emmaline das Baby gestillt und an ihrer Schulter in den Schlaf gesungen hatte, wurde es in dem dunklen Zimmer in sein eigenes Bett gelegt. Bald darauf gingen auch Bert und Emmaline zu Bett. Nachdem sie das Licht ausgemacht hatten, redeten sie noch eine Weile miteinander, erwähnten aber nicht ein einziges Mal den alten Mann, dessen zeitweilig aussetzendes Schnarchen sie aus dem Nebenzimmer hörten. Wie so oft, schliefen sie ein über der Erörterung der Frage, wie sie das Baby nennen sollten. Sie stimmten nie überein (wahrscheinlich würde das Baby sein ganzes Leben lang Baby heißen), waren aber auch nie völlig unterschiedlicher Meinung, was die Eignung aller möglichen Namen betraf. Während sie einander leise einige davon nannten, Amy Amelia, Shirley Elizabeth, Easter May, Rebecca Jane, schliefen sie ein.

Ein schrecklicher schriller Schrei weckte sie — ein so wildes Geräusch, daß es fast nicht menschlich klang, und doch unverkennbar menschlichen Ursprungs war. Emmaline sprang aus dem Bett und rannte durch die Dunkelheit zum Kinderbettchen. Ihre Schritte waren so schnell und sicher, daß sie glaubte, Bert sei vielleicht noch nicht ganz wach, als sie mit beiden Händen in das Bettchen griff. Sie murmelte sogar vor sich hin: »Ich bete zu Gott, daß er's nicht ist.« Doch im nächsten schrecklichen Augenblick, als sie das Baby hochnehmen wollte — nur fand sie im Bettchen kein Baby —, schien die Vorstellung, daß Bert immer noch schlafen könnte, der schlimmste, letzte Schrecken, der je über sie kommen könnte. Während sie das leere Bettchen mit den Händen durchwühlte, kreischte sie Berts Namen. Ihre Stimme war so schrill und laut, daß sie ihr in den eigenen Ohren wehtat.

Und Bert, der während der ganzen Zeit nur wenige Fingerbreit von ihr entfernt im Dunkeln stand, das Baby in den Armen, herrschte sie aus der Dunkelheit zornig an: »Mein Gott, Frau! Verdammt noch mal, Frau! Willst du dein Baby taub machen? Brüll mich noch mal so an, Frau, und ich schlag dich zusammen!« Es war Bert in seiner schlimmsten Mitternachtslaune.

Er hatte sich schneller bewegt als Emmaline. Er mußte sogar noch die Tür zwischen den beiden Zimmern öffnen, und doch war er so lange vor Emmaline da, daß er das Baby schon in den Armen hielt, als sie begann, mit den Händen das Bettchen zu durchwühlen. Vielleicht war er einen Augenblick vor ihr wach geworden. Es kam ihnen beiden so vor, als seien sie schon wach gewesen, als das Baby aufschrie, und zuerst hatten sie beide nicht glauben können, daß es *ihr* Baby war, das so ein Geräusch von sich gab. Sie waren spontan aufgesprungen, einfach um sich wegen ihres Babys zu vergewissern. All dies eröffneten sie einander viel später; im Augenblick standen sie im Dunkeln und beschimpften sich.

»Du schlägst *wen* zusammen?« rief Emmaline mit einer Stimme, die nur eine Spur weniger schrill und laut war als die, mit der sie Berts Namen geschrien hatte. »Gib mir mein Baby her!« forderte sie. Sie tastete nach dem Lichtschalter. Als sie ihn gefunden hatte, fragte sie: »Du schlägst wen zusammen, du Bastard von einem schwarzen Sohn Hams?« Doch als das Licht anging, veränderten sich ihre Stimme und ihre Worte, und zweifellos auch ihr ganzes Gesicht. Sie sah Bert im makellosen weißen Pyjama, das winzige, wollköpfige Baby in dem weißen Baumwollnachthemd an die Schulter gedrückt. Auf Berts brauner Stirn standen Schweißperlen. Seine breiten braunen Hände hielten den kleinen Körper, der sich an seiner Schulter unablässig hin- und herwand, mit festem Griff. Und als das Licht aufflammte, sah Emmaline, wie Bert den Kopf zurücklehnte, um dem Baby ins Gesicht zu sehen.

Emmaline ging mit ausgestreckten Armen auf Bert zu. »Schatz«, sagte sie mit verwandelter Stimme, »gib mir mein Baby. Gib sie mir, Bert.«

Bert ließ sie das Baby nehmen. Auch er schien sich in dem Licht verändert zu haben. »Da stimmt was nicht mit ihr«, sagte er. »Sie hat noch keinen Ton nicht von sich gegeben, seit ich sie hochgenommen hab.« Seine Blicke waren jetzt auf das kleine Gesicht geheftet. »Kuck dir mal ihre Augen an, Emmaline!« Die schwarzen Augen quollen dem Baby fast aus dem Kopf, und es rang unter Tränen nach Atem. »Ich glaub, dein Baby stirbt, Emmaline«, sagte Bert.

Emmaline griff das Baby und begann, ihm sanft die Wirbelsäule abzuklopfen. Dies ließ das Baby bald etwas zu Atem kommen, und es begann, wieder loszukreischen. Emmaline ging von einem Zimmer ins andere und wieder zurück. Sie ging hin und her und sprach leise zu dem Baby, klopfte ihm zwischen die Schulterblätter und streichelte den kleinen Körper immer wieder. Bert folgte Emmaline auf den Fersen und versuchte, über ihre Schulter hinweg das Gesicht des Babys zu sehen. Endlich hörte es auf zu kreischen und weinte auf etwas normalere Weise.

Als diese Veränderung eintrat, ging Bert ins Badezimmer und wusch sich Gesicht und Hände in kaltem Wasser. Als er zurückkam, fragte er ungeduldig: »Was hat sie?«

»Sie ist irgendwie krank, Bert«, sagte Emmaline. Obwohl das Baby nicht mehr kreischte, weinte es immer noch heftig und ohne die Spur eines Abflauens.

»Vielleicht hat sie Hunger«, schlug Bert mit wachsender Ungeduld vor.

»Ich hab grad versucht, sie anzulegen, als du im Badezimmer warst, und sie wollte nicht«, sagte Emmaline. Und dann sagte sie: »O lieber Gott!«, womit sie andeuten wollte, daß es schlimm genug war, sich Sorgen wegen des Babys zu machen, auch ohne daß Bert einen von seinen echten Anfällen von Mitternachtswut bekam. Sie dachte an Geschichten, die sie als Mädchen gehört hatte, von Männern, die ihre Babys schlugen, wenn sie nachts weinten, sie manchmal zu Tode schlugen. »Das soll er bloß versuchen!« dachte sie, aber das brachte ihre Ängste nicht zum Schweigen. Zudem meinte sie, Geräusche aus dem Zimmer des alten Mannes zu hören. Sie hatte bis jetzt seine Anwesenheit vergessen. Was würde geschehen, wenn er diesen Augenblick wählte, um auf die Toilette zu gehen?... Bert würde ihn umbringen.

Plötzlich wußte sie mit Sicherheit, daß der alte Mann hereinkommen *würde*. Oh, Bert würde ihn umbringen, wenn er käme! Oder es gäbe eine so schreckliche Schlägerei, daß jemand aus dem Haus sie hörte, und Mr. James würde herauskommen und Bert vielleicht mit der kleinen Pistole erschießen, die er auf dem Bord in seinem Wandschrank aufbewahrte. Sie sah nur noch Blut überall. Und während der ganzen Zeit ging sie auf und ab, vom Babyzimmer, wo das Licht brannte, in ihr und Berts Zimmer, wo es dunkel war, mit Ausnahme des Lichtes, das durch die offene Tür kam.

»Irgendwie mußt du sie dazu bringen, daß sie aufhört«, sagte Bert und hielt sich die Ohren zu. Er wachte fast jedesmal auf, wenn das Baby nachts weinte, aber so hatte das Weinen noch nie geklungen, hatte noch nie so plötzlich begonnen oder mit so durchdringenden Schreien.

»Ich versuch's ja, Bert, aber ich schaff's nicht«, sagte Emmaline, völlig außer sich. »Geh du wieder zurück ins Bett, Bert.«

Er setzte sich auf die Bettkante und sah zu, wie Emmaline auf und ab ging, und hörte dem Weinen des Babys zu. Einmal stand er auf und ging zur Kommode und schaute auf das Zifferblatt des Weckers. Es war Viertel vor eins. »Ach, sie hat bloß Hunger und weiß es nicht«, sagte er nach einer Weile. »Sorg dafür, daß sie was trinkt. Wird Zeit, daß sie was kriegt.«

Emmaline setzte sich in den großen Korbschaukelstuhl im Zimmer des Babys, streifte den Träger ihres Nachthemdes ab und versuchte, dem Baby die Brust zu geben. Aber das Baby stemmte sich zurück und warf sich weiter hin und her, drehte den Kopf zurück und rollte auf beängstigende Weise mit den Augen. Jetzt begann Emmaline zu schluchzen. »Das Baby ist krank, Bert«, sagte sie. »Sie glüht vor Fieber, wirklich.«

»Laß mich ein bißchen mit ihr rumgehen«, sagte Bert und kam in das erleuchtete Zimmer.

»Oh, tu ihr nicht weh, Bert«, flehte Emmaline. »Tu ihr nicht weh.«

»Ich tu doch keinem kleinen Baby nicht weh«, sagte Bert stirnrunzelnd. »Ich tu doch Baby nicht weh. Das weißt du, Emmaline.« Als er das Baby in die Arme nahm, sah Emmaline seinen besorgten Blick. Er war nicht mehr in seiner Mitternachtslaune, jedenfalls nicht im Augenblick. Oder er hatte zumindest den tiefsten Punkt überwunden.

Aber Emmaline saß schluchzend im Schaukelstuhl, während Bert mit dem Baby von einem Zimmer ins andere ging. Schließlich blieb er vor ihr stehen und sagte: »Hör jetzt auf mit dem Geheul — ich glaub nicht, daß sie viel Fieber hat. Irgendwas ist nicht in Ordnung mit ihr, und sie ist sicher krank, aber daß du so'n Theater machst, hilft niemand nicht.«

In dem anderen Zimmer hörte Emmaline den alten Mann herumtapsen, als bewegte er sich im Dunkeln. Er sucht nach dem Lichtschalter, dachte sie. Und sie dachte, Bert kann ihn auch hören. Plötzlich jammerte sie: »Wenn das Baby krank ist, Bert, warum gehst du nicht zum Haus und fragst jemand, ob . . .«

»Und fragst jemand?« schrie Bert sie an. »Was zum Teufel meinst du?«

»Und fragst jemand, ob er einen Doktor anruft, Bert.«

»Mr. James wecken, damit er einen Doktor anruft?« Das Baby

begann wieder, so laut zu schreien wie am Anfang, aber Bert brüllte noch lauter. »Nachdem er uns schon den Alten geschickt hat . . .«

»Dann geh und such uns einen Doktor. Zieh dich an und geh los und such uns irgendwo einen Doktor.« Sie war aufgesprungen und riß das Baby an sich.

Bert stand da und nickte, fast lächelnd, in plötzlicher Verwirrung. Dann ging er ins andere Zimmer und nahm sein Hemd vom Bügel. Er beugte sich über die Kommode, um saubere Wäsche aus der Schublade zu nehmen, als Emmaline das unverkennbare Geräusch hörte, mit dem ihre Tür zum Speicher sich öffnete. Das Geräusch ertönte in einem Augenblick, als das Baby wieder völlig außer Atem war. »Oh, Gott! O mein Herrgott!« schrie Emmaline und schaukelte das Baby heftig hin und her. Sie stand in der Türöffnung zwischen den beiden Zimmern. Bert sah über die Schulter zurück. Sie dachte zuerst, daß er sie ansah, aber dann merkte sie, daß er auf die schattenhafte Gestalt in der anderen Türöffnung blickte.

Jetzt forderte des Babys Ringen um Atem wieder Emmalines Aufmerksamkeit. Aber dennoch ging ihr flüchtig eine Frage durch den Sinn: Bewahrte Bert sein Messer in der Schublade mit seiner Unterwäsche auf? Es war jedoch eine überflüssige Frage, die sie sich da stellte.

Sie sah, daß Bert den alten Mann anlächelte. »Unser Baby ist krank.« Aber in dem Augenblick hatten die Wörter keine Bedeutung für sie. Hier, in ihren Armen, schien das Baby ersticken zu wollen. Und dann spürte Emmaline, wie ihr Baby ihr entrissen wurde. Es geschah so schnell, daß sie nicht einmal versuchen konnte, sich zu widersetzen. Sie sah Bert aufspringen. Dann sah sie den schmutzigen alten Mann das Baby verkehrt herum an den Füßen halten, wie er ein Huhn halten würde. Unter den Schatten im Zimmer war er fast wie ein weiterer Schatten. Barfuß und ohne Hemd erweckte er den Anschein, völlig nackt zu sein, von den fast neu aussehenden Hosenträgern abgesehen, die seine dunklen Hosen hielten. Eine nackt aussehende, graue Gestalt, so stand er da, hielt das Baby an den Füßen und schüttelte es, bis dem

Kind das Nachthemdchen fast über den Kopf rutschte und die weiße Windel und der schwarze, sich hebende und senkende kleine Bauch sichtbar wurden.

Emmaline spürte, wie alle Kraft ihren Körper verließ, und es kam ihr so vor, als torkelte sie blind umher oder fiele hin. Undeutlich, wie aus großer Entfernung, hörte sie die Stimmen der beiden Männer. Die Stimme des alten Mannes war sehr tief und — sie widersetzte sich einem solchen Gedanken — voller Güte. Endlich kam Emmaline zum Bewußtsein, daß Bert neben ihr stand, den Arm um ihre Taille, und das Baby weinte leise in den Armen des alten Mannes.

»Aber irgendwas *muß* ihr doch fehlen«, sagte Bert leise. Er sprach über das Baby und schien nicht bemerkt zu haben, daß Emmaline, obwohl sie auf den Füßen geblieben war, für einen Augenblick das Bewußtsein verloren hatte. »Sie schreit sonst nicht so, und sie schrie schon wie am Spieß, wie sie aufwachte«, sagte Bert.

Der alte Mann lächelte. Er hatte Zahnlücken, und die wenigen noch vorhandenen Zähne waren gelbbraun. »Schlechte Träume«, sagte er. »Schlechte Träume, das ist alles. Hat gedacht, der böse Mann ist hinter ihm her, schätze ich.«

Bert lachte gutmütig. »So ist es wohl«, sagte er und sah Emmaline an. Er fragte sie, ob alles okay sei, und sie nickte. »Wieso sind wir nicht drauf gekommen, daß es bloß schlechte Träume warn?« fragte er lächelnd. »Ist uns einfach nicht in den Sinn gekommen, schätze ich. Aber von was könnte so'n kleines Baby träumen?« Er lachte wieder und versuchte, sich vorzustellen, von was das Baby träumen könnte.

Emmaline sah Bert überrascht an. Irgendwann war er ganz aufgewacht und wieder er selbst geworden, so wie er tagsüber war. Für einen Augenblick hatte sie das Gefühl eines schrecklichen Verlustes, und der nächste Augenblick war voller Furcht.

Was wäre gewesen, wenn Bert sich aufgerichtet und sich mit dem Messer in der Hand von der Kommode umgedreht hätte? Doch war es nicht diese Frage, die sie ängstigte. Es war etwas anderes. Warum hatte sie versucht, Bert auf die Suche nach einem Doktor zu schicken? Sie war sich nicht sicher, und sie wußte, daß sie sich nie sicher sein würde, ob es wirklich war, um einen Doktor zu holen, oder um ihn wegzuschikken, bevor der alte Mann ins Zimmer kam, oder um ihn zu der Schublade mit dem Messer zu schicken, bevor der alte Mann reinkam. Jetzt sagte sie mit zitternder Stimme: »Laß mich das Baby halten.«

Das Baby hatte ganz aufgehört zu weinen. Alle Anzeichen von Hysterie waren verschwunden. Es schniefte hin und wieder und rang noch um Atem, aber es hatte seinen Alptraum vergessen, vergessen, wie verängstigt und zänkisch die Stimmen seiner Eltern vor kurzem geklungen hatten. In dem halbdunklen Zimmer waren seine Augen auf eine der Schnallen an den Hosenträgern des alten Mannes gerichtet.

Emmaline trat vor und nahm das Baby, das, obwohl es den alten Mann ungern zu verlassen schien, jetzt in so fröhlicher Stimmung war, daß es nicht den leisesten Widerspruch ertönen ließ. An Emmalines Schulter gab es sogar leise kleine gurrende Laute von sich.

Während dieser Zeit, als das Baby in den Armen seiner Mutter gurrte, musterten Bert und Emmaline und der alte Mann einander schweigend, alle drei offensichtlich eigenen Gedanken nachhängend. Das dauerte nur kurze Zeit, denn bald fragte der alte Mann, ob er das Baby wieder halten dürfe. Emmaline fand, daß sie ihm das nicht abschlagen könne. Sie erklärte ihm, daß das Baby nicht ein Junge, sondern ein Mädchen sei, daß sie ihr noch keinen Namen gegeben hätten, Bert sie aber gewöhnlich einfach nur Baby nenne, und dann ließ sie den alten Mann das Baby nehmen. Was sonst sie und Bert auch denken mochten — sie waren beide so glücklich, daß das Baby überhaupt kein bißchen krank war, daß sie bereitwillig für eine Weile dort standen und über die gute Stimmung nachsannen, in die der alte Mann das Baby versetzt hatte. Das Baby wurde mehrere Male von Hand zu Hand gereicht, zuerst zu Bert, dann zu Emmaline und dann wieder zurück zum alten Mann. Schließlich begann es zu greinen.

»Jetzt hat sie Hunger«, sagte der alte Mann bestimmt.

Es konnte keinen Zweifel geben, daß es das war, was diese Art von Greinen bedeutete. Emmaline ging wie selbstverständlich zu ihm und nahm ihm das Baby ab. Sie ging in das erleuchtete Zimmer, wo das Bettchen stand, und schloß die Tür hinter sich. Als sie sich in den Korbschaukelstuhl setzte und dem Baby die Brust gab, hörte sie, wie der alte Mann sich im Nebenzimmer noch immer mit Bert unterhielt. Es fiel ihr ein, daß während der ganzen Zeit, als sie das Baby hin und her gereicht hatten und über seine gute Stimmung entzückt waren, der alte Mann geredet und geredet hatte, als wüßte er nicht, wie er aufhören sollte, nachdem er einmal angefangen hatte. Emmaline hatte nicht zugehört, aber als sie jetzt seine Baßstimme hinter der geschlossenen Tür weiterbrummen hörte, begann sie sich an das, was er gesagt hatte, zu erinnern. Über seine Lippen waren all die naheliegenden Dinge geströmt, all die überflüssigen Dinge, all die langweiligen Dinge — alles, was ungesagt hätte bleiben können: Ja, er habe wohl ein Händchen für Kinder, sie kämen in Scharen zu ihm, da, wo er wohne, und er passe auf sie auf und kümmere sich um sie. Neben der Güte war etwas in seiner Stimme, das einen schließlich die Güte vergessen lassen konnte, wie echt sie auch sein mochte. Nein, er habe nichts dagegen, nach den Kindern zu sehen; ihre Leute sollten sich mal einen guten Tag machen, bevor sie wurden wie er, »ein altersschwaches und einsames altes Wrack auf dem Strand der Zeit«. Was Bert und Emmaline brauchten, seien ein paar von ihren alten Leuten aus Tennessee — oder ihresgleichen —, die ihnen zeigten, wie man Kinder aufzieht, damit sie sich nicht zu Tode ängstigten und Sorgen machten, wo's gar nicht nötig war. Tränen des Mitleids traten Emmaline in die Augen — Mitleid für sich selbst. So würde es von jetzt an sein. Sie hörte die Stimme des alten Mannes immer weiterreden im Nebenzimmer, selbst nachdem sie gehört hatte, wie Bert sich auf dem Bett niederließ. Sie meinte sogar, den alten Mann sagen zu hören, wenn sie nicht wollten, daß er bleibe, würde er sie morgen verlassen. Das würde er natürlich ohnehin sagen. Er würde es wieder und wieder sagen, Jahr für Jahr, weil er wußte, daß

Bert es nicht übers Herz bringen würde, ebensowenig wie sie, ihn nach dieser Nacht davonzujagen.

Sie stand auf und schaltete das Licht ab und tastete sich dann mit dem Baby in den Armen zum Schaukelstuhl vor. Sie saß dort und schaukelte weiter, lange nachdem der alte Mann sich für diesmal leergeredet und, ohne die Badezimmertür zu schließen, die Toilette benutzt hatte und schließlich in sein eigenes Zimmer getapst war. Sie schaukelte weiter, auch als sie wußte, daß das Baby schon lange schlief und vor morgen nicht aufwachen würde. Während sie und Bert und der alte Mann schweigend in dem dämmrigen Zimmer gestanden hatten, jeder in seine eigenen Gedanken versunken, war ihr eingefallen, daß das Kreischen des Babys sie aus ihrem eigenen Alptraum geweckt hatte. Sie hatte sich in dem Augenblick nicht daran erinnern können, aber jetzt tat sie es. Es war nicht viel dran an dem Traum. Sie stand auf dem Marktplatz in Thornton. Über den Hof des Gerichtsgebäudes hinweg hatte sie die Bekloppte Mag entdeckt, die sich ihr näherte. Die alte Frau hielt drei oder vier Straßenköter an der Leine, und sie ging zwischen zwei weißen Damen aus Thornton, die Emmaline erkannte. Als die Gruppe sich Emmaline näherte, hatte sie spontan den Wunsch, ihnen entgegenzulaufen, die alte Mag zu umarmen und ihr zu sagen, wie sehr sie ihre heitere gelassene Art bewundere. Aber als sie zu laufen begann, sah sie, wie die alte Mag die Hunde losließ, und die Hunde liefen knurrend auf Emmaline zu und entblößten ihre gelben, nikotinverfärbten Zähne. Emmaline versuchte zu schreien und konnte es nicht. Und dann konnte sie es doch. Aber es war natürlich das Baby, das schrie, und sie war aus ihrem Alptraum erwacht.

Während sie mit ihrem schlafenden Baby in der Dunkelheit schaukelte, schüttelte sie den Kopf und versuchte, den Traum, an den sie sich gerade erinnert hatte, zu vergessen. Das Leben schien schlimm genug, auch ohne dumme Träume, die es noch schlimmer machten. Statt dessen würde sie über den alten Mann nachdenken, und wie sie ihn dazu bringen müßte, sich sauber zu halten, und wie sie ihm beibringen müßte, nach dem Baby zu sehen, wenn das Baby älter wurde. Sie versuchte sogar, freundliche Gedanken zu hegen, und brachte es fertig, sich an Augenblicke der Zärtlichkeit mit ihrem alten Großvater und ihren Onkeln in Thornton zu erinnern, aber während sie das tat, brannten ihr Tränen der Erbitterung in den Augen — Erbitterung darüber, daß aus der Vergangenheit, so schien es, dieser alte Mann gekommen war, um ihr glückliches Leben in St. Louis zu stören und zu ruinieren.

Im Nebenzimmer lag Bert in seinem weißen Pyjama auf dem Bett und lauschte dem Geräusch, das der Schaukelstuhl machte. Es ging »kwatt-platt, kwatt-platt«, wie jeder andere alte Schaukelstuhl auf dem Lande. Er wußte, daß das Baby inzwischen eingeschlafen sein mußte, aber er wollte noch nicht, daß Emmaline zurück ins Bett kam. Denn während er und Emmaline und der alte Mann in dem kurzen Schweigen zusammengestanden hatten, war auch ihm, Bert, klar geworden, daß das Baby *ihn* aus einem Alptraum geweckt hatte. Er hatte gedacht, er sei wieder ein kleiner Junge in der Schule, in der alten Einzimmer-Grundschule für Neger in Thornton. Er saß hinten im Zimmer, weit weg vom Ofen, und ihm war kalt. Er schien vergessen zu haben, auf den Abort zu gehen, bevor er von zu Hause wegging, wie er es so oft vergaß, aber er brachte es nicht fertig, die Hand zu heben und darum zu bitten, daß er jetzt gehen dürfe. Und dann forderte der Lehrer ihn auch noch auf zu lesen, und er konnte die Stelle auf der Seite nicht finden. Es war ein Traum, den Bert oft hatte. Er konnte eines von mehreren Enden haben — alle gleich schrecklich für ihn. Manchmal sagte der Lehrer: »Warum kannst du nicht lernen, Junge?« und begann, ihn zu schlagen. Manchmal lief er am Lehrer vorbei (der manchmal ein Weißer war) zur Tür und fand die Tür verschlossen. Manchmal konnte er entwischen und lief hinunter zum Abort der Schule, wo ihn unbeschreibliche Schrecken erwarteten.

Während er in dieser Nacht im Bett lag, konnte oder wollte er sich nicht erinnern, wie der Traum diesmal geendet hatte. Und er wollte nicht wieder einschlafen, aus Furcht, der Traum würde zurückkommen. Es hatte Nächte gegeben, in denen er den Traum wieder und wieder geträumt hatte, in allen Variationen. Warum sollte er jetzt wieder einschlafen und diesen schrecklichen Traum haben, wenn er wachbleiben und an angenehme Dinge denken konnte? Oder an die angenehmeren der Pflichten, die ihn morgen erwarteten, das Silberputzen, den Fliesenboden in der Anrichte scheuern, vielleicht Miss Amys Wagen waschen, wenn sie am Nachmittag nicht ausging. Er blieb lange wach, doch ohne ein einziges Mal an den alten Mann zu denken, sogar ohne sich zu fragen, was Emmaline so lange im Nebenzimmer aufhalten könne.

Und während Bert dort lag, sorgsam darauf bedacht, nicht an seinen schlechten Traum zu denken, und nicht an den alten Mann zu denken — war es nicht wahrscheinlich, daß der alte Mann selbst noch wach war, in dem dunklen Zimmer mit der dreibeinigen Kommode, den unverputzten Wänden und den alten Haken für Pferdegeschirr? Wenn das so war, konnte es möglich sein, daß auch er in dieser Nacht von einem schlechten Traum geweckt worden war? Wer würde es jemals wissen? Bert und Emmaline würden einander am Morgen von ihren Träumen erzählen — ihre Einsamkeit war nur vorübergehend —, und wenn Baby groß wurde, würden sie ihr von sich selbst und von ihren schlechten Träumen erzählen. Aber wen gab es, der von *seinen* erfahren würde? Wen gibt es, der sich die Dinge vorstellen kann, die ein so schmutziger, beschränkter alter Landstreicher von einem Neger denkt, wenn er nachts allein ist, oder von denen er träumt, wenn er schläft? Mitleiderregende alte Landstreicher wie dieser scheinen sich irgendwie außerhalb der Reichweite menschlicher Vorstellungskraft begeben zu haben. Sie gleichen uns zu wenig, in ihrer Einsamkeit und Beschränktheit, ihrem Alter und ihrem Schmutz, als daß wir auch nur Mutmaßungen über sie als Menschen anstellen könnten. Es mag sich für uns als notwendig erweisen, wenn wir ihnen im Leben begegnen oder in einer Geschichte auf sie stoßen, sie nicht als Menschen zu behandeln, sondern als Symbole von etwas, das wir mögen oder nicht mögen. Oder ist es zum Beispiel möglich, daß ihre schlechten Träume doch — bis zum allerletzten Ende des Lebens und unter den hoffnungslosesten Umständen — nur so sind wie Berts und Emmalines? Ist es möglich, daß dieser alte Mann in der Nacht aufgewacht war von einem elenden Traum aus seiner eigenen Kindheit in irgendeiner kleinen Stadt oder auf einer Farm in dem unbestimmten Gebiet, das die Tollivers West-Tennessee nannten? Vielleicht setzte er sich im Bett auf, als er von der Toilette zurückkehrte, weil er wußte, daß er in seinem Alter wahrscheinlich nicht so bald wieder einschlafen würde, und dachte an einen Alptraum, an den er sich erinnert hatte, als er in dem dämmerigen Zimmer zusammen mit Bert und Emmaline gestanden hatte. Es könnte sogar sein, daß der alte Mann in sich hineinlachte und den Gedanken tröstlich fand, daß vor ihm jedenfalls nicht mehr so viele Alpträume lagen wie vor Bert und vor Emmaline, und ganz gewiß nicht so viele wie vor ihrem kleinen wollköpfigen Baby, das noch keinen Namen hatte.

EIN FREUND UND BESCHÜTZER

Freunde der Familie sagten immer, wie treu ergeben Jesse Munroe meinem Onkel sei. Und Jesse selbst erklärte mir manchmal, was er mit jedem anstellen würde, der ein Haar auf »dem Kopf dieses weißen Gentlemans« krümme. Der arme Bursche hatte viel zuwenig Sinn für Humor und lebte viel zuviel in der Vergangenheit — oder einer anderen Entrücktheit von der Gegenwart —, um darüber nachzudenken, daß Onkel Andrew kein Haar mehr auf dem Kopf hatte, das man krümmen könnte. Während er mir die Dinge erklärte, die er tun würde, lachte ich oft laut auf bei dem bloßen Gedanken an den kahlen Kopf meines Onkels. Oder ich sagte mir, dies sei es, worüber ich lachte. Jedenfalls störten meine Ausbrüche Jesse nicht. Er beschrieb weiter, was er dem Angreifer Onkel Andrews antun würde. Und während ich seine obszönen Gesten sah und an all die Klemmen dachte, in denen er schon gesteckt hatte, und an die ernsthaften Schwierigkeiten, aus denen mein Onkel ihn vor zwanzig Jahren herausgeholt hatte, konnte ich ihm fast glauben, daß er die Dinge tun würde, die er beschrieb. Mehr als einmal wurden seine Darstellungen so echt und überzeugend, daß es meines lautesten Lachens bedurfte, um die Schauder zu verbergen, die er in mir erweckte.

Er war ein von Natur aus grimmig aussehender kleiner Mann mit violett-schwarzer Haut und dichtem drahtigem Haar, das er nicht, wie die meisten Neger, kurzgeschnitten trug, sondern lang und zu einem Schopf hochgekämmt. Es sollte ihm zusätzliche Größe verleihen, nahm ich immer an. Doch statt dessen erhöhte es eine allgemein düstere Wirkung, ebenso wie seine langen, schmalen Koteletten. Mein Onkel Andrew bestand darauf, daß dies auch die Wirkung sei, die Jesse anstrebte. Er war in Wirklichkeit gar nicht so klein. Er war mittelgroß.

Wir, meine Tante und ich, betrachteten ihn nur als klein, weil er so gebückt ging und weil er so oft neben meinem Onkel Andrew gesehen wurde. Aber er ging wirklich außerordentlich gebückt, und sein Hals war so kurz, daß die Läppchen seiner übergroßen Ohren fast den Kragen der weißen Leinenjacke zu berühren schienen. Wahrscheinlich war es diese Eigenheit, zusammen mit seinem Haarschopf und den ständig blutunterlaufenen Augen, die mich anfangs veranlaßte zu sagen, er sehe von Natur aus grimmig aus.

Er sah nicht *von Natur aus* grimmig aus. Damit hatte mein Onkel Andrew recht. Es war etwas, das er sich angeeignet hatte. Und laut meinem Onkel besagten die Klemmen, in die er immer hineingeriet, eigentlich nicht viel. Meine Tante Margaret jedoch – meine »Blutsverwandte«, verheiratet mit Onkel Andrew –, schüttelte oft erbittert den Kopf und sagte, Neger könnten sich bei Onkel Andrew alles erlauben, und daß seine Vorstellungen von »viel« sich sehr von ihren unterschieden. »Jesse Munroe kann im Inneren der Beale Street untertauchen«, sagte sie in Jesses Anwesenheit, »und wenn er wieder auftaucht, weiß er, daß alles, was er dort getan hat, für ›Mr. Andrew‹ erledigt und vergessen sein wird.« Jesse räumte vielleicht den Tisch ab oder machte das Feuer im Kamin des Wohnzimmers an, und während solche Gespräche geführt wurden, hielt er die Augen gesenkt und warf nur dann und wann einen raschen Blick auf meine Tante.

Ich war ein Junge von fünfzehn Jahren, als ich diese Beobachtungen machte. Ich lebte bei meinem Onkel und meiner Tante in Memphis, nachdem meine Mutter vor kurzem gestorben war. Die Dinge, die Tante Margaret in Jesses Anwesenheit sagte, waren mir sehr peinlich. Und es sah ihr gar nicht ähnlich. Ich wünschte mir immer, Jesse würde Onkel Andrew statt ihrer ansehen und sich den Anblick ihres Gesichtsausdrucks in solchen Augenblicken ersparen.

Aber es war töricht, mein Mitgefühl an Jesse Munroe zu verschwenden, und selbst damals wußte ich das. Schon weil er mich trotz all der Abende, an denen wir uns während der zwei Jahre, die ich dort lebte, hinten im Anrichteraum unterhielten, als Person nie wirklich zur Kenntnis zu nehmen schien. Jedesmal, wenn wir uns unterhielten, war es, als sei es beinahe das erste Mal. Man kam ihm einfach nicht näher. Zwei Jahre später, als ich die High School beendet hatte und nicht mehr so gut wie am Anfang mit meinem Onkel und meiner Tante auskam, wohnte ich nicht mehr bei ihnen. Aber manchmal sah ich Jesse im Büro meines Onkels an der Front Street, wo ich damals einen Job hatte und wo Jesse kurze Zeit später als Spezialhandlanger meines Onkels zu arbeiten begann. Onkel Andrew war Baumwollmakler, und es war nicht ungewöhnlich für einen im Baumwollgeschäft so erfolgreichen Mann wie ihn, ein Faktotum wie Jesse im Büro zu beschäftigen. Ich sah Jesse dort gelegentlich, und er machte sich nicht einmal die Mühe, mit mir zu sprechen. Ich bin überzeugt, wenn er heute in der Lage ist, sich an irgend jemanden zu erinnern, dann nicht an mich. Ich erschien zu spät auf der Szene. Als ich auftauchte, liefen Jesses Eskapaden und die Reaktionen meines Onkels und meiner Tante darauf schon nach einem bestimmten Muster ab. Es war zu fest gefügt, seit zu vielen Jahren, als daß meine Anwesenheit oder meine Sympathie in die eine oder andere Richtung irgendeinen Unterschied gemacht hätten. Es war die zentrale und vielleicht die einzige Realität in Jesses Leben. Das war schon so, als ich noch nicht geboren war, und würde so weitergehen, eine Zeitlang zumindest, nachdem ich das Haus verlassen hatte.

Mein Onkel und meine Tante hatten Jesse mit nach Memphis gebracht, als Onkel Andrew sein Geschäft von Braxton, der Provinzstadt, aus der unsere Familie stammt, dorthin verlegte. Er war der einzige Neger, den sie aus Braxton mitbrachten, und da dies unmittelbar geschah, nachdem Jesse eine Strafe mit Bewährung wegen angeblicher Beteiligung an der Ermordung des Ehemanns von der Waschfrau Tante Margarets erhalten hatte, wurde in Braxton angenommen, daß es zu einer Art Übereinkunft zwischen Andrew Nelson und dem vorsitzenden Richter gekommen war. Jesses Strafe wurde zur Bewährung ausgesetzt; Onkel Andrew holte ihn aus Braxton raus und sorgte dafür, daß er draußen blieb . . . Wie dem auch sei, Jesse kam mit ihnen nach Memphis, und während des ersten Jahres verließ er ihr Haus und den Garten kaum einmal.

Er war im ganzen zu treu ergeben und zu fleißig, als daß die Taugenichtse von Dienstboten, die Tante Margaret in Memphis auftreiben konnte, ihn hingenommen hätten. Eine Zeitlang war es ihr nicht möglich, eine Köchin für längere Zeit zu behalten. Dann tauchte schließlich eine auf, die herausfand, wie man Jesse in Harnisch bringen konnte, und diese blieb die übliche Zeit für eine Köchin in Memphis — das heißt vier oder fünf Jahre. Vermutlich war sie Jesses Ruin. Sie entdeckte das Geheimnis, wie Jesse in Harnisch zu bringen war, und sie gab es weiter an das Hausmädchen, den Heizungsmann und den Teilzeit-Chauffeur, den Onkel Andrew eingestellt hatte. Und die gaben es weiter an die, die nach ihnen kamen. Sie quälten ihn erbarmungslos, machten ihm das Leben zur Hölle. Sie sagten zu ihm, daß er ein Junge vom Land in der Stadt sei, der Angst habe, auf die Straße zu gehen. Nun gibt es eine Geschichte, offensichtlich allen farbigen Bürgern von Memphis bekannt, von einem Jungen vom Land aus Mississippi, der seine alte Großmutter beraubt und in die Stadt kommt, um das Leben zu genießen. Er nimmt sich ein Zimmer in einem Hotel und sitzt am Fenster und schaut auf die Menge hinunter. Aber er bringt es nicht fertig, hinunterzugehen und sich »unter sie zu mischen«. Es gibt mehrere Versionen der Geschichte, aber gewöhnlich endet sie damit, daß der Junge in seinem Zimmer verhungert, weil er Angst hat, hinunterzugehen und es auf einen Versuch in der Beale Street ankommen zu lassen. Und so stellten sie Jesse dar. Sie gingen sogar so weit, ihn vor meiner Tante und meinem Onkel auf diese Weise zu verspotten.

In jenen Tagen kann Jesse eigentlich nicht viel mehr als ein Junge gewesen sein. Und vielleicht war er wirklich schüchtern. Was immer es noch an Gründen für sein Verhalten gegeben haben mag, wahrscheinlich war es teilweise darauf zurückzuführen, daß er ein schüchterner Junge vom Land war. Es war auch immer etwas Puritanisches in seinem

Wesen. Ich sah das bereits, als ich erst fünfzehn war. Ich habe ihn niemals eine Gotteslästerung ausstoßen hören, oder überhaupt derbe Sprache benutzen, außer wenn er zu verstehen gab, was er dem imaginären Angreifer meines Onkels antun würde — und dann war es eher eine Angelegenheit von Gesten denn von Worten. Wenn die Köchin, die meine Tante hatte, während ich dort wohnte, manchmal anzügliche Bemerkungen über die Verabredungen machte, mit denen ich damals anfing, und über meine häufig späte Heimkehr gegen Ende meines Aufenthalts, sagte Jesse: »Du solltest nicht so reden vor diesem weißen Jungen.« Schien ich manchmal Gefallen an den Neckereien der Köchin zu finden, stachelte sie sogar ein wenig an, so stand er auf und verließ das Zimmer. Das Altmodischste und Ländlichste an ihm war vielleicht, daß er noch immer das ganze Jahr über lange Unterwäsche trug. An Montagen, an denen er meistens einen schrecklichen Kater hatte und sich langsam vom Wochenende erholte, arbeitete er den ganzen Tag im Garten. Ich sah ihn manchmal da draußen, selbst an den heißesten Julitagen zwar ohne Oberhemd, doch immer noch im langärmeligen Unterhemd. Die anderen Dienstboten betrachteten seine lange Unterwäsche als ein weiteres Zeichen für seine Prüderie, und jedesmal wenn sie davon sprachen, daß er das Licht in seinem Zimmer die ganze Nacht brennen ließ, sagten sie, daß er es nie ausschaltete außer einmal die Woche, wenn er ein Bad nahm und seine langen Unterhosen wechselte.

Doch gleichgültig, wie sehr sie sich über ihn lustig machten, wenn er dabei war — wenn Jesse nicht anwesend war, gaben die anderen Dienstboten zu, daß sie äußerst ungern auf ihn stoßen würden, wenn er auf einer seiner Zechtouren war, und sie versicherten mir, daß *sie* sich nicht in Lokalen von der Art herumtrieben, wie er sie aufsuchte. Und obwohl sie über ihn lachten, respektierten sie ihn für die Menge Arbeit, die er leisten konnte, und wegen der Qualität dieser Arbeit. Im Haus und im Garten war er ein Perfektionist in seiner Arbeit, und besonders im Gemüsegarten meines Onkels.

Man sollte der Köchin, die herausfand, wie man Jesse in Harnisch bringen konnte, keine allzu großen Vorwürfe machen. Sie konnte nicht wissen, welchen Schaden sie anrichtete. Und sicherlich hätte Jesse nicht ewig so weitermachen können — nie das Haus verlassen. Der Zeitpunkt mußte kommen. Und nachdem der Spott einmal angefangen hatte, mußte Jesse es ihnen *zeigen*. Er sagte niemandem, wann er begann auszugehen. Die anderen Dienstboten wohnten nicht regelmäßig im Haus, und mein Onkel entdeckte Jesses Abwesenheit nur durch Zufall spät eines Abends, als er ihn für irgendeine Kleinigkeit brauchte. Er ging hinaus auf den Hof und rief zu Jesses Zimmer über der Garage hinauf. Das Licht brannte, aber niemand antwortete. Onkel Andrew kletterte die wacklige Außentreppe hinauf und schlug gegen die Tür, um ihn zu wecken. Dann kam er die Treppe wieder herunter und ging ins Haus und beriet sich mit Tante Margaret. Sie machten sich Sorgen, weil sie dachten, Jesse sei etwas passiert, darum ging Onkel Andrew wieder hinauf und brach das Schloß an der Tür zu Jesses Zimmer auf.

Das Licht brannte — eine kleine 20-Watt-Birne an einer Schnur, die mitten im Zimmer hing —, und das Zimmer war wie aus dem Ei gepellt. Aber es war kein Jesse da. Meine Tante, die sich immer an jede Einzelheit bei Augenblicken wie diesem erinnern kann, sagte, daß sie von der Hintertür Onkel Andrews Schritte da draußen in dem Zimmer über der Garage hören konnte. Eine Zeitlang war das alles, was sie hörte. Doch schließlich hörte sie Onkel Andrew in eine Art Gelächter ausbrechen, das typisch für ihn war. Es drückte die ganze Gutmütigkeit seines Wesens aus und gleichzeitig auch eine gewisse Boshaftigkeit. Nach ihrer Beschreibung bin ich mir sicher, daß es genauso war wie sein Lachen, wenn er einen beim Karten- oder beim Damespiel überrumpelte oder wenn er sah, daß er dich geschlagen hatte, und anfing, seine Karten hinzuwerfen oder die Damen durch die Gegend zu schieben.

Schließlich kam er auf die Plattform am oberen Ende der Treppe und rief, noch immer in sich hineinlachend, Tante Margaret zu: »Unser Küken hat das Nest verlassen.« Dann schloß er die Tür, zog sein Taschenmesser hervor und schraubte das Schloß wieder an. Als er zu

Tante Margaret an die Küchentür trat, sagte er, sie solle den Vorfall Jesse gegenüber nicht erwähnen, und daß es nicht ihrer beider Sache sei, wenn er hin und wieder abends ausgehen wolle.

Tante Margaret brachte Jesse nie dazu, ihr mitzuteilen, daß er abends ausgehen wolle, und später, als er sich gelegentlich den Sonntag frei nahm, teilte er ihr auch das nicht im voraus mit. Der Sonntagmorgen kam, und Jesse war eben einfach nicht da. Als ich dort einzog, war es immer noch das gleiche. Wenn er einen Sonntag abwesend gewesen war, ohne frei bekommen zu haben, arbeitete Jesse den ganzen Montag im Garten meines Onkels. Es war ein großer ländlicher Gemüsegarten, direkt an der Belvedere Street in Memphis. Ich habe meine Tante an manchem Montagmorgen lange Zeit an einem der oberen Fenster stehen und Jesse unten bei der Arbeit beobachten sehen, ohne daß sie sich von der Stelle rührte, bis er zu ihr hinaufschaute. Dann schüttelte sie traurig den Kopf — in einer so übertriebenen Weise, daß er es nicht übersehen konnte — und wandte dem Fenster den Rücken zu. Wenn mein Onkel an einem solchen Montag abends nach Hause kam, ging er direkt in den Garten und rief bewundernd aus, wie großartig der Garten durchgejätet und -gehackt sei. Später, im Haus, sagte er, es sei die Sache wert, wenn Jesse sich hin und wieder auf französisch empfehle, wenn er dafür am nächsten Tag so gute Arbeit im Garten leiste.

Seine wirklichen Eskapaden und die Klemmen, in die er geriet, waren etwas ganz anderes als seine gelegentlichen Wochenenden. Erst einmal dauerten die länger. Wenn er schon drei oder vier Tage oder sogar eine Woche verschwunden war, kam eines Tages spät am Abend oder früh am Morgen ein Telefonanruf. Gewöhnlich war es ein anonymer Anruf, manchmal die Stimme eines Mannes, manchmal die einer Frau. Wenn ein Name genannt wurde, war es einer, der Onkel Andrew nichts sagte, und wenn Jesse befreit worden war, behauptete er ausnahmslos, er habe den Namen des Anrufers noch nie gehört. Er sagte, er wünsche nur, er wüßte, wer es gewesen sei, und betonte immer mit Nachdruck, er habe nicht gewollt, daß man Onkel Andrew belästigte.

Der Anruf lief gewöhnlich etwa so ab: »Mr. Andrew Nelson, Belvedere Street 212?«

»Ja.«

»Ihr Freund Jesse ist in'n Gefängnis un braucht Ihre Hilfe.«

Dann legte der Anrufer auf oder nannte, wenn Onkel Andrew rechtzeitig genug fragte, Namen wie »Henry White« oder »Mary Jones« und eine Adresse in einer Straße, von der noch nie jemand gehört hatte. In einem Fall sagte die Stimme nur: »Ihrn Freund Jesse ham se vergift. Er iss in Zimmer 9 im New Charleston Hotel.« Onkel Andrew war mit einem Polizisten ins New Charleston gegangen, und sie fanden Jesse ernstlich erkrankt und nicht bei Sinnen vor — wahrscheinlich war er an schlechten Whisky geraten. Sie brachten ihn ins John Gaston Hospital, wo er fast eine Woche bleiben mußte.

Gewöhnlich jedoch handelte es sich nicht nur um eine Sauferei. Nach Berichten meiner Tante geriet er in schreckliche Streitereien, in denen er mit einem Messer auf andere Neger einstach und selbst verletzt wurde, obwohl ich nie eine seiner Narben sah. Wahrscheinlich waren sie alle unter seiner langen Unterwäsche versteckt. Außerdem hätten es zu dem Zeitpunkt, als ich auftauchte, alte Narben sein müssen, denn da handelte es sich bei Jesse schon seit langem um andere Klemmen. Es gab eine Reihe von Jahren, in denen es bei all seinen Schwierigkeiten um Frauen ging. Es gab Frauen, die um ihn kämpften, Frauen, die *gegen* ihn kämpften, Frauen, die ihn ins Gefängnis brachten, weil er sie belästigt hatte, und Frauen, die ihn ins Gefängnis brachten, weil er keinen Unterhalt für ihre Kinder zahlte. Nach dieser Phase war er mehrere Jahre lang immer wieder in den Schwindel mit Zahlenwetten und die damit verbundenen Bandenkämpfe verwickelt. Onkel Andrew mußte oft die Polizei holen und ihn aus irgendeinem Zimmer über einem Spielsalon befreien, wo die gegnerische Bande ihn in die Enge getrieben hatte.

Meine Darstellung von all dem stammte natürlich von meiner Tante, da mein Onkel die Art von Jesses Schwierigkeiten nie jemandem anders als Tante Margaret enthüllte. Sie quetschte es aus ihm heraus, weil sie meinte, sie habe ein Recht darauf, informiert zu werden. Sie mag mir gegenüber alles übertrieben dargestellt haben. Aber zwei ihrer Argumente fand ich gut. Sie wies darauf hin, daß Jesses Eskapaden immer schlimmer wurden, so daß es jedesmal schwieriger für Onkel Andrew wurde, einzuschreiten. Und sie äußerte den Verdacht, daß dies Jesse mit beträchtlicher Genugtuung erfüllte. Sie sagte auch, daß von Anfang an all die erniedrigenden Abenteuer Jesses eines gemein hätten: Er war nie fähig oder bereit, sich aus eigener Kraft aus einem Schlamassel zu befreien. Er ließ jede schwierige Situation so lange weiterlaufen, bis es keine andere Möglichkeit gab, ihn herauszuholen, als Onkel Andrews Eingreifen. »Alles, was er zu wollen scheint«, sagte Tante Margaret, »ist, noch schlimmer als das letzte Mal in der Patsche zu sitzen, damit sein ›Mr. Andrew‹ ihn befreit und es dann als Nichtigkeit abtut.«

Ich fand das damals sehr zutreffend, und es bedeutete für mich gewissermaßen Übereinstimmung mit Onkel Andrew, daß Jesse Munroes Klemmen von sich aus nicht sehr wichtig seien und in dem Sinn nicht »viel bedeuteten«. Die Feststellung meiner Tante schien so offensichtlich den Kern zu treffen, daß es einem Mühe machte, in Jesse etwas anderes als ein verzogenes Kind zu sehen, und so sah Onkel Andrew ihn vermutlich auch.

Der Mord, in den Jesse damals in Braxton verwickelt wurde, war eine Geschichte, wie man sie sich scheußlicher nicht vorstellen kann. Onkel Andrew hätte niemals einen Weißen, der etwas mit einer solchen Geschichte zu tun hatte, über seiner Garage wohnen lassen. Als *ich* schließlich auszog und ins YMCA übersiedelte, geschah das mehr wegen *seiner* Mißbilligung meiner Freunde (und meines späten Nachhausekommens) denn wegen der meiner Tante. Und obwohl ich als Junge keine Menschenseele kannte, der ich das hätte sagen können, wünschte ich mir oft, mein Onkel wäre gegenüber meinem Vater, der schwach war und in alle möglichen Schwierigkeiten geriet, nur halb so tolerant gewesen, wie er es gegenüber Jesse war. Mein Vater kam bei einem Autounfall ums Leben, als ich noch ein kleiner Junge war, aber schon mehrere Jahre lang davor hatte Onkel Andrew es abgelehnt, persönlich etwas mit ihm zu tun zu haben, wenn er ihm auch immer Arbeitsplätze beschaffte, solange sie nicht in Braxton waren, und immer unter der Bedingung, daß meine Mutter und ich weiter bei meinen Großeltern in Braxton lebten. Ich wurde dazu angehalten zu glauben, daß Onkel Andrew in all dem recht hatte, und in gewisser Weise glaube ich es immer noch. Jesse hatte schließlich nicht die Vorteile, die mein Vater gehabt hatte, und er mag ein Opfer der Verhältnisse gewesen sein. Aber mein Vater war auch ein Opfer der Verhältnisse, denke ich — und wer ist es eigentlich nicht? Selbst Onkel Andrew und Tante Margaret waren es in gewisser Weise.

Bei jenem Mord an dem Ehemann von Tante Margarets Waschfrau wurde Jesse, glaube ich, wegen Begünstigung angeklagt. Ich glaube nicht, daß jemand ihn beschuldigte, etwas mit dem Mord selbst zu tun zu haben. Die Waschfrau und ein Freund von ihr namens Cleveland Blakemore hatten den Ehemann ohne jemandes Hilfe umgebracht. Sie taten es in einem Waldstück hinter einem Rasthaus am Stadtrand, wo der Ehemann sie zusammen überraschte. Bei der Verhandlung wurde, glaube ich, der übliche stumpfe Gegenstand als die Mordwaffe vorgeführt. Sie hatten die Leiche ins Haus der Waschfrau transportiert, sie zerstückelt und versucht, die Teile im Kamin zu verbrennen. Aber es war eine regnerische Nacht, und der Rauchfang zog nicht. Es endete damit, daß sie die verkohlten Reste in einem Baumwollfeld hinter dem Haus der Waschfrau vergruben, nicht in einem Grab, sondern in mehreren, über das Baumwollfeld verteilten Gräbern. (Man mag sich fragen, warum ich diese schrecklichen Einzelheiten des Mordes erwähne, und ich frage mich das selbst. Ich erwähne sie aus einer Art innerem Zwang, und weil ich sie kenne, seit ich ein kleines Kind in Braxton war. Ich hätte die Geschichte nicht erzählen können, ohne diese Einzelheiten irgendwie mit einzubeziehen. Ich stelle fest, daß ich nur auf den richtigen Augenblick gewartet habe. Und es kommt mir jetzt so vor, als hätte ich nie dieses Interesse für Jesse entwickelt, wenn er nicht in Verbindung gebracht worden wäre mit den blutigen Einzelheiten eines Verbrechens, von dem ich gehört hatte, als ich sehr jung war, und das mir im Gedächtnis geblieben war während all der Jahre, in denen ich bei meiner hübschen, sanften Mutter und meinen betagten Großeltern aufwuchs.) An einem regnerischen Wintermorgen jedenfalls, nur wenige Wochen nach dem Mord, benutzte eine junge Negerin auf dem Weg zur Arbeit eine Abkürzung durch dieses Baumwollfeld. In ihrer Eile stolperte sie und fiel in ein Loch, wo die Schweine ausgegraben hatten, was noch übrig war vom linken Unterarm und der Hand des Opfers.

In der Gerichtsverhandlung wurde bewiesen, daß Jesse die Leiche vom Waldstück zum Haus der Waschfrau transportiert hatte. Die Verteidigung behauptete, daß er in jener Nacht nur zufällig beim Rasthaus gewesen sei, als Fahrer eines Beerdigungswagens, den er sich, ohne Erlaubnis, von dem Bestattungsinstitut ausgeliehen hatte, in dem er als Hausmeister und manchmal auch als Fahrer arbeitete. (Man hört förmlich die Stimme der Anklage: »Es war die traurigste Beerdigung, zu der dieses Auto jemals fuhr.«) Er wurde für die Fahrt im voraus bezahlt, und es wurde vor ihm so hingestellt (laut seiner Verteidigung), als sei der Ehemann der Waschfrau nur völlig betrunken gewesen.

Es wurde nie eindeutig bewiesen, daß Jesse etwas mit der Zerstükkelung der Leiche oder den Versuchen, sie zu verbrennen, zu tun hatte. Zeugen, die ausgesagt hatten, sie hätten *zwei* Männer vom Haus zum Baumwollfeld kommen und gehen sehen (in dem heftigen Regen jener Herbstnacht), galten nicht als vertrauenswürdig. Doch die Aussage, daß Jesses ausgeliehener Wagen den längsten Teil der Nacht vor dem Haus gestanden habe, wurde von Negern und Negerinnen untadeligen Rufes gemacht. Selbst Jesses Verteidigung bestritt nie seine Anwesenheit in dem Haus. Daß sie ihn dort, wie seine Verteidigung behauptete, mit vorgehaltenem Messer festhielten oder daß zumindest die Angst, bei einem Fluchtversuch könnte es ihm ergehen wie jenem Ehemann der Waschfrau, zurückhielt, scheint mir ebenso vorstellbar wie seine bereitwillige Beteiligung an dem, was geschah. Mein Onkel war natürlich der Meinung, es gebe da gar keine Frage, daß Jesse ein unschuldiger Junge vom Land sei, der von der Waschfrau und ihrem Freund, Cleveland Blakemore (der zweifellos vermutete, Jesse habe den Wagen ohne Erlaubnis des Bestatters genommen), in die Geschichte hineingezogen worden wäre, und den keine Schuld treffe. Onkel Andrew sagte bei der Verhandlung sogar für die Person Jesses aus, weil er ihn schon vor dem Mord gekannt hatte, als Jesse nicht nur bei dem Bestatter, sondern auch in Onkel Andrews Geschäft Hausmeister war.

Ich habe nie von Onkel Andrew und Tante Margaret selbst etwas über den Mord gehört. Wenn wir allein waren, erzählte Tante Margaret mir von einigen der anderen Schwierigkeiten, in denen Jesse gesteckt hatte, und wie knapp er langen Gefängnisstrafen entgangen war. Nur Onkel Andrews sich immer weiter ausdehnende Verbindungen zu einflußreichen Leuten in Memphis hatten es möglich gemacht, diese Strafen zu verhindern. Meine Tante sagte, Onkel Andrew sei ein so bescheidener Mensch, daß es für ihn ganz natürlich war, Jesses Schwierigkeiten herunterzuspielen, weil er den Dingen, die er tun konnte, um Jesse herauszuholen, nicht zuviel Bedeutung geben wollte.

Aber mein Onkel kannte seine Frau gut genug, um zu wissen, was sie mir vermutlich gesagt hatte. Ohne mir jemals seine Version irgendeines dieser Vorfälle mitzuteilen, sagte er hin und wieder zu mir, daß Tante Margaret viel zu streng sei, und daß sie zu hohe Anforderungen an Jesse stelle. Und ich fand die Art, wie sie mit ihm sprach und wie sie ihn auch nach einem seiner weniger stürmischen Wochenenden ansah, wirklich peinlich. In jenen Tagen, so bald nach dem Tod meiner Mutter, war Tante Margaret immer so liebevoll, nahm soviel Rücksicht auf meine Gefühle und jeden meiner Wünsche, daß es gar nicht ihre Art schien, irgend jemandem gegenüber so hart und streng zu sein. Vor dem Tag jedoch, an dem ich meine Sachen packte und ihr Haus verließ, begann ich mich zu fragen, ob es nicht doch irgendwo ihrer Art entsprach. Wenn ich einen Tag länger geblieben wäre, hätte ich vielleicht noch größere Zweifel gehabt. Ich halte es für einen glücklichen Umstand, daß ich zu dem Zeitpunkt auszog. Unser Streit war nicht besonders bemerkenswert. Es ging darum, daß ich einmal die ganze Nacht wegblieb, ohne danach jemals bereit zu sein, eine Erklärung abzugeben, wo ich gewesen war. Sobald ich etwas älter war und begann, mich an eine geregelte Arbeit zu gewöhnen und mich anständig zu benehmen, versöhnten wir uns wieder. Und heute könnten meine Beziehungen zu ihr und Onkel Andrew nicht besser sein. Wann immer ich zum Essen zu ihnen komme, scheint alles ganz so zu sein, wie es früher war. Selbst über Jesse reden wir fast genauso, wie wir es taten, als er noch anwesend und in Hörweite war.

Wenn sie sich in den alten Zeiten über ihn unterhielten, besonders wenn Besuch da war, ging es immer um seine Loyalität und Ergebenheit gegenüber Onkel Andrew. Ich war mit jedem Wort, das sie zu dem Thema sagten, einverstanden, und wenn jemand zu mir gesagt hätte, daß es Tante Margaret war, von der Jesse am meisten abhängig sei, deren Aufmerksamkeit er am meisten brauchte, hätte ich diese Person für verrückt gehalten. Wie hätte jemand so etwas annehmen können? Und wenn ich eine solche Theorie heute meinem Onkel und meiner Tante oder ihren Freunden gegenüber äußern würde, würden sie denken, daß ich irgendeinen lang vergessenen Groll gegen Onkel Andrew zum Ausdruck bringe. Eine neue Analyse dessen, was mit Jesse geschah, nachdem er die Arbeit im Büro meines Onkels in der Front Street aufgenommen hatte, würde beide nicht interessieren. Sie wären nicht fähig, eine Meinung zu revidieren, die sich auf die Eindrücke all jener Jahre stützte, in denen Jesse bei ihnen gewesen war, die Eindrücke, die entstanden waren, bevor irgendeiner von ihnen Jesse auch nur kannte, Eindrücke, die ererbt waren von ihren eigenen Onkeln und Tanten und Eltern und Großeltern.

Ich beobachtete oft den Ausdruck in seinem schwarzen Gesicht, wenn er Onkel Andrew am Tisch bediente oder ihm in den Mantel half, wenn Onkel Andrew morgens ins Geschäft ging. Die Umsicht, die er meines Onkels Bereitschaft für den zweiten Ärmel widmete, oder der zweiten Portion Gemüse, vermittelten einem das Gefühl, daß er es als ein Privileg betrachtete, all diese kleinen Gefälligkeiten einem Mann zu erweisen, der ihm so viele große Gefälligkeiten erwiesen hatte. Seine Aufmerksamkeit meinem Onkel gegenüber beeindruckte jeden, der in das Haus kam. Wenn Gäste eingeladen waren, konnte er nicht das Zimmer durchqueren, selbst mit einem Tablett voller Gläser, ohne vor Onkel Andrew stehenzubleiben, sich zu verneigen und ehrerbietig zu murmeln: »Mr. Andrew.« Das war in sich ein denkwürdiges Bild und genügte oft, das Gespräch jener zu unterbrechen, die es mit ansahen: Onkel Andrew, so hochgewachsen und aufrecht, so kahl und so glattrasiert, mit einer so kühnen Adlernase und doch einem so gütigen Ausdruck in den grauen Augen, die sich für einen raschen Augenblick auf Jesse richteten. Und Jesse, gebeugt und violett-schwarz, mit seinem Haarschopf und den geröteten Augen, in seiner weißen Kleidung, einem Kniefall nahe, während er das Tablett mit den Gläsern meinem Onkel mit vollkommen sicherer Hand hinhielt. Es dauerte nur eine Sekunde, dann schossen Jesses Augen von einem zum nächsten der Männer, die neben Onkel Andrew standen, als halte er nach einem Cassius unter ihnen Ausschau — einem Judas. (Und vielleicht dachte er die ganze Zeit nur daran, daß die Blicke meiner Tante auf ihm ruhten und ihn nicht nur als Heuchler und Speichellecker anprangerten, sondern auch als einen Mann, der am Jüngsten Tag für seine mannigfachen Sünden würde Rechenschaft geben müssen.) Wenn er mit seinem Tablett weitergegangen war, geschah es manchmal, daß ein Gast, der zum erstenmal da war, eine Bemerkung zu Jesses niederträchtigem Aussehen machte. Mein Onkel lachte dann herzlich und sagte, daß nichts Jesse mehr freuen würde als der Gedanke, dies sei der Eindruck, den er erwecke. »Er richtet sich so her, daß er richtig gemein aussieht, und er hält sich gern für einen Teufel. Aber in Wirklichkeit ist er so harmlos wie der Junge da drüben«, sagte Onkel Andrew und zeigte natürlich auf mich.

Ich lachte meistens befangen; es gefiel mir nicht besonders, wenn auf meine eigene Harmlosigkeit hingewiesen wurde. Und ich fragte mich, ob Jesse, schon am anderen Ende des Zimmers, manchmal mein Lachen hörte und eine gewisse Hohlheit in ihm entdeckte, die auch vorhanden war, wenn er mir die Dinge aufzählte, die er dem imaginären Angreifer meines Onkels antun würde. Denn oft, wenn ich dastand und den Gast musterte, dem wegen Jesses Blick unbehaglich war, mußte ich an diese Dinge denken. In Gedanken sah ich seine Gesten, sah, wie er den anderen an der Kehle packte, mit den Augen rollte, so tat, als wollte er ihm Ohren und Nase abschneiden, und sogar einen noch verstümmelnderen Eingriff andeutete. Es mag seltsam erscheinen, daß ich mir nie vorstellte, diese Drohungen könnten gegen mich persönlich gerichtet sein, da ich der Sohn meines Vaters war und man leicht annehmen könnte, daß ich einen Groll gegen meinen Onkel hege. Aber für mein Gefühl machte Jesse anschaulich klar, daß es ein Neger wie er selbst war, den er als Angreifer meines Onkels im Sinn hatte. Wenn er seine Routinevorstellung gab, geschah das gewöhnlich im Anrichtezimmer, und er stellte sich so neben die mit Spiegeln verkleidete Wand zu Seiten der Pendeltür, daß er, wenn er mit den Augen rollte, sicher sein konnte, das schwarze Gesicht des Mannes zu sehen, den er verstümmelte.

Es war ein weiterer Zufall, ebenso wie ihr Umzug nach Memphis gerade zu dem Zeitpunkt, als Jesse aus Braxton verschwinden mußte, daß meine Tante und mein Onkel beschlossen, das Haus aufzugeben und in eine Wohnung umzuziehen, als es nicht länger durchführbar war, Jesse Munroe in ihrem Haus arbeiten zu lassen. Damals war Onkel Andrew fast siebzig. Er verbrachte weniger Zeit in seinem Geschäft, und er und Tante Margaret wollten ungebunden sein, um zu reisen. Während der zwei Jahre, die ich bei ihnen wohnte, war Jesse dreimal etwa eine Woche abwesend und mußte von meinem Onkel befreit werden. Ich wußte damals nicht genau, was er zu dieser Zeit außerhalb des Hauses trieb. Selbst Tante Margaret zog es vor, mit mir nicht darüber zu sprechen. Sie sagte nur, daß es nach ihrer Einschätzung schlimmer sei als irgend etwas zuvor. Später erfuhr ich, daß er so etwas wie ein Gauner geworden war und daß — wie bei dem Schwindel mit den Zahlenwetten — seine größten Schwierigkeiten von seinen Konkurrenten ausgingen. Eine Zeitlang spezialisierte er sich darauf, Jagd auf grüne Jungs vom Land zu machen, die mit ihren kleinen Geldbündeln nach Memphis gekommen waren. Nachdem ich das Haus verlassen hatte, wandte er sich etwas noch Schlimmerem zu. Er lieferte Mädchen vom Land, die er in der Beale Street aufgelesen hatte, an die Puffmütter der Pontotoc Street aus.

Schließlich begannen die Behörden der angrenzenden Bezirke in West-Tennessee und Mississippi, die Polizei unter Druck zu setzen. Sie drohten damit, so wurde mir erzählt, herüberzukommen und sich selbst um Jesse zu kümmern. Onkel Andrew schaffte ihn in ein kleines Zimmer im obersten Geschoß des baufälligen alten Gebäudes, in dem seine Baumwollfirma sich befand. Jesse wohnte dort oben und hatte eine Art Butler- und Barkeeperfunktion in dem privaten Büro meines Onkels, einer getäfelten Suite mit Klimaanlage weit hinter den Vorführräumen mit den Baumwollmustern und von ganz anderem Zuschnitt. Das Problem war, daß sein »Mr. Andrew« nicht mehr sehr oft im Büro weilte, um sich von Jesse bedienen zu lassen. Und so hielt Jesse sich die meiste Zeit in seinem kleinen Kämmerchen im obersten Geschoß auf, und natürlich gewöhnte er sich an, den Whisky meines Onkels zu trinken. Er verließ nie das Gebäude, ging nie tiefer hinunter als bis zum dritten Geschoß, in dem Onkel Andrews Büroräume lagen, und sprach nie mit den anderen Negern, die dort arbeiteten. Ich traf ihn manchmal im Flur und sprach ihn an, aber er sah mich nicht einmal an. Am Ende drehte er natürlich durch dort oben im Büro meines Onkels. Vielleicht lag es zum Teil daran, daß er so viel Whisky trank, aber diesmal wußten wir zumindest, daß es kein schlechter Whisky war... Als die Büroangestellten an jenem Morgen kamen und aufschlossen, fanden sie ihn in Onkel Andrews klimatisiertem, schalldichtem Privatbüro vor, und sie konnten durch die Glastüren sehen, wie er alles dort drinnen zertrümmert hatte. Er hatte die Vorhänge zerfetzt und die Polsterung der Stühle aufgeschlitzt. Die Wände zeigten große Flecke und tiefe Risse, wo er Gegenstände hingeschleudert hatte, hauptsächlich Whisky- und Ginflaschen, die natürlich zerbrochen und über den ganzen Boden zerstreut waren. Er hatte die Bar, die Aktenschränke, den Kühlschrank, den elektrischen Wasserkühler und sogar das Aggregat der Klimaanlage umgeworfen. Eine Zeitlang konnte niemand sagen, wo Jesse selbst war. Erst kurz bevor ich dort eintraf, hatten sie ihn entdeckt, zusammengekauert unter Onkel Andrews Mahagonischreibtisch. Doch von Anfang an hatten sie ihn stöhnen und beten und hin und wieder um Hilfe rufen hören. Und schon bevor ich eintraf, hatte jemand festgestellt, daß er nicht nach Onkel Andrew, sondern nach Tante Margaret rief.

Ich parkte gerade meinen Wagen unten in der Gasse ein, als eine der Sekretärinnen, die schon oben gewesen war, zu mir gelaufen kam und mir berichtete, was geschehen war. Ich lief zur Straßenseite des Gebäudes und hastete die Treppe so schnell hinauf, daß ich zwei- oder dreimal stolperte, bevor ich das dritte Geschoß erreichte. Sie machten mir Platz an der Glastür und erklärten mir, wenn ich mich hinunterbeuge, könne ich ihn im inneren Büro unter dem Schreibtisch kauern sehen. Ich sah ihn dort, und als erstes fiel mir auf, daß er weder seine weiße Jacke noch sein Oberhemd trug, sondern noch immer sein langärmliges Winterunterhemd.

Glücklicherweise befanden Onkel Andrew und Tante Margaret sich zu der Zeit nicht auf einer ihrer Reisen. Alle im Büro wußten das, und sie hüteten sich, die Polizei zu rufen. Sie hätten sich sogar noch mehr gehütet, wenn Onkel Andrew nicht in der Stadt gewesen wäre. Sie warteten darauf, daß ich auftauchte und Onkel Andrew anrief. Ich ging hinauf in den vorderen Vorführraum und nahm den Hörer auf. Es war erst halb neun, und ich wußte, daß Onkel Andrew wahrscheinlich noch im Bett liegen würde. Er hörte sich ziemlich verschlafen an, als er sich meldete. Ich platzte heraus: »Onkel Andrew, Jesse hat ziemlich schlimm durchgedreht hier im Büro und sich in deinen Zimmern eingeschlossen.«

»Ja«, sagte Onkel Andrew zurückhaltend.

»Er hat alles auf den Kopf gestellt und versteckt sich unter deinem Schreibtisch. Ich vermute, daß er ein Messer hat. Und er ruft ständig nach Tante Margaret. Glaubst du, ihr könntet herkommen, oder...«

»Wer spricht dort?« fragte Onkel Andrew, als ob irgend jemand sonst im Büro ihn jemals »Onkel« nannte. Er tat es aus Gewohnheit. Aber ich empfand es als unangenehm. Ich hätte am liebsten einen Namen wie »Henry White« genannt und aufgelegt, aber ich sagte gar nichts. Ich wartete einfach. Onkel Andrew schwieg einen Augenblick. Dann hörte ich, wie er sich räusperte, und er fragte: »Glaubst du, er wird okay sein, bis ich dort sein kann?«

»Ich denke ja«, sagte ich. »Ich weiß es nicht.«

»Ich hole Fred Morley und bin in einer Viertelstunde dort«, sagte er.

Ich weiß nicht warum, aber ich sagte noch einmal: »Er ruft ständig nach Tante Margaret.«

»Ich habe gehört, was du gesagt hast«, sagte Onkel Andrew. Dann sagte er: »Wir sind in einer Viertelstunde dort.«

Ich weiß nicht, ob er mit »wir« sich selbst und Fred Morley meinte, der der Hausarzt war, oder ob das Tante Margaret einbezog. Ich weiß immer noch nicht, was er meinte. Aber als er und Dr. Morley eintrafen, war meine Tante bei ihnen, und ich glaube, ich war noch nie so erleichtert, jemanden zu sehen. Ich küßte sie, als sie hereinkam.

Ich war nahe daran, Onkel Andrew ebenfalls zu küssen. Ich war bewegt, als ich sah, wie alt er aussah, als er die Treppe heraufkam — er und Tante Margaret und Dr. Morley ebenfalls — wie alt und doch wie wenig verändert. Und es bewegte mich, daß es keinem der drei eingefallen war, nicht zu kommen. Wie richtig oder falsch ihre Gefühle gegenüber Jesse auch sein mochten — es waren die gleichen Gefühle, die sie vor dreißig Jahren gehabt haben mußten. In gewisser Weise kam mir das ziemlich großartig vor. Jedenfalls in dem Augenblick. Ich dachte an den Ausdruck, den meine Tante so gern für Menschen benutzte: »waschecht«.

Die Angestellten des Büros, und inzwischen auch zwei der Partner, drängten sich immer noch um die Glastür und beobachteten Jesse und versuchten zu verstehen, was er sagte. Ich stand oben an der Treppe und sah zu, wie die drei alten Leute die Stufen heraufgestiegen kamen, über die ich eine halbe Stunde früher heraufgestolpert war — zwei geradläufige Treppen, die vom Erdgeschoß ohne Biegung oder einen Absatz zwischen den Stockwerken heraufführten. Ich dachte, wie absurd es sei, daß in diesen Gebäuden an der Front Street, in denen so viel des Geldes von Memphis verdient wurde, Fahrstühle unbekannt waren. Mit Ausnahme des Anbaus der kleinen klimatisierten Büroräume am hinteren Ende des Gebäudes war es keinem gestattet, etwas zu unternehmen, was den altmodischen, maskulinen Charakter der Welt des Baumwollmannes veränderte. Diese Reihe von Gebäuden, kaum zwei Blocks lang, mit ihren Stuckfassaden und ihrer ungebrochenen Linie von Fenstern, die über den braunen Mississippi blickten, war eine Art letzter Freistatt — im allgemeinen außer der Reichweite der Damen und praktisch außer der Reichweite des Gesetzes.

Als sie am oberen Ende der Treppe waren, küßte ich meine Tante auf die gepuderte Wange. Sie nahm meinen Arm und blieb einen Augenblick stehen, um wieder zu Atem zu kommen, bevor wir den Flur verließen. Ich hatte den Eindruck, daß sie an diesem Morgen mehr Puder aufgelegt hatte als sonst. Zweifellos hatte sie sich sehr hastig angekleidet und kaum in den Spiegel geschaut. Aber ich stellte fest, daß vom Treppensteigen ihr Gesicht unter dem Puder gerötet war, und ihre porzellanblauen Augen leuchteten. Jetzt erschien sie mir nicht mehr älter, sondern jünger und hübscher und weiblicher als jemals zuvor. Es lag wohl einfach daran, daß ich sie zum erstenmal in einem Büro in der Front Street sah . . . Aber ich erinnere mich noch immer an den zarten Druck ihrer Hand, als sie sich auf meinen Arm stützte.

Onkel Andrew ging direkt zur Tür seines Büros und scheuchte alle anderen zur Seite. Ich weiß nicht, ob ich das sah oder nicht, aber ich weiß, daß es so gewesen sein muß. Irgendwann fand ich mich im mittleren Ausstellungsraum wieder; ich stand neben Tante Margaret, und Dr. Morley sagte scherzhaft zu ihr, daß die Baumwollkontore sich in ihrem Erscheinungsbild doch nie änderten. Er habe seit über einem Jahrzehnt keines betreten, und er frage sich, wie lange es bei ihr her sei. Inzwischen mußte Onkel Andrew, um sicher zu sein, daß Jesse ihn durch die Glastür hindurch und über sein Stöhnen hinweg hörte, so laut sprechen, daß man es im ganzen dritten Geschoß des Gebäudes hören konnte. Doch schien er nicht zu schreien, und er brachte es fertig, seine Stimme so beruhigend und verzeihend klingen zu lassen wie vermutlich bei ihren privaten Gesprächen während all der vergangenen Jahre. Es war, als würde eine rührselige Rundfunkserie in einem Drugstoreradio oder sonstwo unerträglich laut gestellt. »Komm schon, mach die Tür auf, Jesse. Du weißt, daß ich dein Freund bin. Habe ich dich nicht immer anständig behandelt? Es macht nichts, daß du da drinnen alles durcheinandergebracht hast. Meine Versicherung wird alles ersetzen, und ich werde es nicht zulassen, daß jemand dir Schaden zufügt.«

Aber es nützte nichts. Selbst vom mittleren Zimmer aus hörten wir Jesse rufen — hartnäckiger jetzt — und Tante Margaret um Hilfe bitten. Doch Tante Margaret schien immer noch Dr. Morley zuzuhören. Ich verstand das nicht. Am liebsten hätte ich mich eingemischt und sie gefragt, ob sie Jesse nicht höre. Warum war sie gekommen, wenn sie nicht einmal hineinging und ihn durch die Glastür anschaute? Hatte sie kein Mitleid mit dem armen Burschen? Sicherlich würde sie uns plötzlich den Rücken zuwenden und hineingehen. So würde sie es wahrscheinlich machen.

Dann wurde für einen Augenblick meine Aufmerksamkeit von Tante

Margaret auf mich selbst gelenkt; ich fragte mich, wie sehr es mich berührte, ob sie zu ihm ging oder nicht, wie sehr mir Jesses Leiden naheging, und sein Bedürfnis, meine Tante kommen und ihn anschauen zu sehen! Ich löste meine Blicke von Tante Margaret und versuchte entschlossen, festzustellen, wie ein Front Street Baumwollkontor wirklich aussah, da spürte ich wieder ihre Hand auf meinem Arm. Ich schaute sie an und sah, daß ihre Farbe unter dem Puder immer noch recht lebhaft war. Während Dr. Morley weiterredete, sah sie mich an, mit feuchten Augen, die sie noch hübscher als vorher aussehen ließen. Und jetzt begriff ich, daß sie die ganze Zeit beabsichtigt hatte, zu Jesse zu gehen und das arme Geschöpf zu trösten, so gut sie konnte. Aber ich sah auch, daß es Schwierigkeiten für sie gab, die ich nicht bedacht hatte. Plötzlich handelte sie, wie sie handeln mußte. Ohne ein Wort wandte sie uns den Rücken zu und ging zurück und zeigte sich in der Glastür.

Das war eigentlich alles. Oder jedenfalls für Jesse. Es schien alles an echter Hilfe zu sein, was Jesse brauchte oder akzeptieren konnte. Er kam nicht hervor und öffnete die Tür, aber von da an war er verhältnismäßig ruhig, auch nachdem Tante Margaret schließlich von Onkel Andrew und Dr. Morley fortgeführt wurde, und selbst nachdem die beiden Männer von Dr. Morley kamen und das Glas in der Tür einschlugen und hineingingen, um ihn zu holen. Als Tante Margaret weggeführt worden war, schien ich wieder an der Reihe zu sein, und so ging ich hin und stand an der Tür und beobachtete ihn, bis die Männer kamen. Hin und wieder begann er, unter dem Tisch hervorzukriechen, aber jedesmal schreckte er plötzlich zurück und versuchte, sich wieder zu verstekken, und die tierischen Grunz- und Ächzlaute fingen von neuem an. Offensichtlich sah er immer noch die Dinge, von denen er während der Nacht gedacht hatte, daß sie hinter ihm her seien. Aber obwohl er ein paar zaghafte Versuche machte, sich zu wehren, war er, glaube ich, soweit wieder zur Vernunft gekommen, daß er froh war, als Dr. Morleys Männer endlich kamen und ihn abholten.

Das war das Ende der Geschichte für Jesse. Und hier würde ich gern aufhören. Es ist der nächste Teil, den zu erzählen mir am schwersten fällt. Aber die ganze Wahrheit ist, daß meine Tante mehr tat, als sich Jesse nur durch die Glastür zu zeigen. Während sie dort stand, war ihr Verhalten so, daß ich zum erstenmal verstand, daß dies nicht lediglich die Geschichte des zerstörten Lebens jenes violett-schwarzen, wirrköpfigen Jesse Munroe war. Es ist die Geschichte des bemitleidenswert unzerstörten Lebens meiner Tante, und auch meines Onkels, und sogar meines eigenen. Ich will sagen, in diesem Augenblick verstand ich, daß Jesses außerhäusliche Aktivitäten nicht nur *seine,* sondern auch *unsere* waren. Mein Onkel Andrew mit seinem doppelten Maßstab oder dreifachen Maßstab — welcher auch immer — hatte Jesse mit Sicherheit in seine Vernichtung hineingetrieben, und Tante Margaret hatte mit ihren strafenden Worten und Blicken die völlige Vernichtung möglich und sogar von ihm ersehnt gemacht. Aber sie taten es, weil sie es tun mußten, weil sie so unzufrieden mit der farblosen *Un*zerstörung ihres eigenen Lebens waren. Sie taten es, weil irgend etwas nicht zuließ, daß sie ihr eigenes Leben zerstörten, wie zu tun sie das Bedürfnis hatten und sich wünschten — wie auch ich selbst oft das Bedürfnis gehabt habe. Und wer hat das Bedürfnis nicht manchmal? Ich denke, Tante Margaret wollte, ohne es selbst zu wissen, Jesse so sehen, wie er an diesem Morgen war. Und jetzt kommt mir in den Sinn, daß Dr. Morley das damals verstand.

Sobald sie uns verließ, um zu Jesse zu gehen, verstummte der alte Arzt. Wir standen einander an den beiden Enden einer Baumwollkiste gegenüber und befühlten Muster, die wir herausgenommen hatten. Dr. Morley war sorgsam darauf bedacht, der Szene, die sich im Zimmer nebenan abspielen würde, den Rücken zuzuwenden. Ich mußte einfach hinschauen.

Ich glaube, ich hatte meine Tante noch nie zuvor in Eile gesehen. Sobald sie in den hinteren Vorführraum kam, begann sie, auf den Zehenspitzen zu laufen. Onkel Andrew hörte ihre leichten Schritte. Als er sich umwandte, müssen ihre Blicke sich getroffen haben. Ich sah

Onkels Gesicht und sah den Ausdruck in seinen grauen Augen, oder bildete mir ein, daß ich ihn sah — einen Ausdruck tiefster Bestürzung. Doch glaube ich nicht, daß dies etwas mit Tante Margaret zu tun hatte. Es war der Gedanke an Jesse, der ihn beschäftigte. Er konnte nicht glauben, daß es ihm nicht gelungen war, Jesse zur Vernunft zu bringen. Ich habe den Verdacht, als Tante Margaret ihm in die Augen blickte, gewann sie den Eindruck, daß in diesem Augenblick ihr Ehemann nicht wußte, wer um alles in der Welt sie war. Vielleicht hätte in diesem Augenblick *sie* nicht sagen können, wer *er* war. Ich stelle mir vor, daß ihre Blicke sich trafen wie die Blicke von Fremden, vielleicht zwei Weiße, die in irgendeiner trostlosen Seitenstraße im schlimmsten Teil der Niggertown aneinander vorübergehen und sich beide fragen, welche schrecklichen Umstände eine so nett aussehende Person wie diese in eine so unwahrscheinliche Umgebung geführt haben könnten . . . Endlich, als Tante Margaret sich der Glastür näherte, trat Onkel Andrew zur Seite und verließ damit mein Gesichtsfeld.

Eine Zeitlang stand sie schweigend vor der Glasfüllung. Sie spähte in die beiden Räume hinter der Tür, Jesse suchend. Endlich, und ohne überhaupt gesehen zu haben, wo er sich versteckte, vermute ich, begann sie, zu ihm zu sprechen. Ich konnte ihre Worte nicht hören, und fast mit Sicherheit konnte Jesse sie nicht hören, der noch eine Weile weiter stöhnte und betete, wenn er auch, nachdem er gesehen hatte, daß sie da war, nicht fortfuhr, nach ihr zu rufen. Die Stimme, mit der sie zu ihm sprach, war unaussprechlich lieblich und schön. Ich meine, zeitweise zitierte sie aus der Bibel — einen des Psalme, glaube ich. Instinktiv näherte ich mich der Tür, die das Zimmer, in dem ich war, mit dem verband, in dem sie stand. Es war die Stimme der gleichen Tante Margaret, die in den Tagen unmittelbar nach dem Tod meiner Mutter mit so viel Güte, Verständnis und Liebe zu mir gesprochen hatte. Ich brachte es kaum fertig, nicht in Tränen auszubrechen — Tränen der Freude und der Erhebung.

Wie ich schon sagte, Jesse kam nicht hervor und öffnete die Tür.

Aber zu irgendeinem Zeitpunkt, der mir nicht auffiel, wurde er ruhiger. Jetzt gab es nur gelegentlich Schluchzen und Stöhnen. Nach einer Weile verstummte meine Tante. Sie suchte von neuem nach seinem Versteck dort drinnen. Dann tauchte Onkel Andrew wieder auf. Er trat zu ihr und wies darauf hin, wenn sie sich bücke, könne sie Jesse unter dem Schreibtisch sehen. Er beobachtete sie sehr aufmerksam, während sie sich ungeschickt vor die Tür kauerte.

Wenn es mir ungewöhnlich erschienen war, sie laufen zu sehen, einige Minuten vorher, so erschien es jetzt fast unglaublich, sie so dort auf dem Boden kauern zu sehen. Ich beobachtete sie und dachte, daß es ihr so gar nicht ähnlich sehe. Ich glaube, ich weiß genau, wann sie ihren Freund Jesse entdeckte. Ich merkte, daß ihr Körper plötzlich völlig erstarrte. Sie glich keiner Frau, die ich je gesehen hatte, sondern einem scheußlich kantigen Stück moderner Skulptur. Und dann schlug sie die Hände vor das Gesicht und verlor dabei das Gleichgewicht. Mein Onkel war schnell und faßte sie, bevor sie fiel. Er half ihr sofort auf die Beine und rief gleichzeitig nach Unterstützung, nicht von mir, sondern von Dr. Morley. Dr. Morley folgte der Aufforderung und eilte an mir vorbei durch die Tür.

Selbst nachdem sie wieder auf den Beinen stand, konnte Tante Margaret eine Zeitlang nicht die Hände vom Gesicht nehmen. Als sie es schließlich fertigbrachte, waren ihre frische Farbe und das Strahlen in den Augen völlig verschwunden. Als sie sie hinausführten, fiel es mir schwer, in ihr die gleiche Frau zu sehen, die erst vor kurzer Zeit ihre Hand auf meinen Arm gelegt hatte. Hatte sie Jesse wirklich so sehen wollen, wie er an diesem Morgen aussah? Ich glaube ja. Aber ich glaube, der Anblick der Kreatur, die dort unter dem Schreibtisch meines Onkels kauerte — und sie von da aus wahrscheinlich anstarrte —, war mehr gewesen, als zu sehen sie wirklich bereit war. Als sie von ihrem Ehemann und ihrem Arzt davongeleitet wurde, war ich überzeugt, daß Tante Margaret einen Schock erlitten hatte, von dem sie sich nie wieder erholen würde.

Aber wie sehr ich mich hinsichtlich ihrer Erholung geirrt hatte, wurde bald deutlich. Ich hing in der Nähe herum und wartete, bis Dr. Morleys Männer kamen, und ich sah zu, wie sie hineingingen und Jesse abholten. Dann wanderte ich durch die anderen Vorführräume hinauf zum vorderen Büro, wo die meiste wirkliche Schreibarbeit der Firma erledigt wurde und wo mein eigener Schreibtisch stand. Das vordere Büro war eigentlich ein Teil des vorderen Vorführraumes, nur durch ein kleines Geländer und eine Pendeltür von ihm abgetrennt. Ich wußte, daß ich meine Tante dort oben finden würde, und ich vermutete, daß ich sie auf der alten Ledercouch gleich hinter dem Geländer liegend antreffen würde. Ich stellte mir sogar vor, wie Dr. Morley und mein Onkel, und wahrscheinlich eines der Büromädchen, sich in der Nähe herumdrücken und sich ihrer annehmen würden. Doch ich stieß auf eine andere Szene. Dr. Morley saß an meinem Schreibtisch und notierte sich Auskünfte, die er, so sagte er, über Jesse haben müsse. Er notierte sie sich auf der Rückseite eines Briefumschlags. Tante Margaret saß in einem Sessel, der neben ihm stand. Sie schien wieder völlig sie selbst zu sein. Onkel, der an der anderen Seite des Arztes stand, versuchte, die erwünschten Auskünfte zu geben. Aber Tante Margaret korrigierte die meisten Angaben, die Onkel Andrew machte. Während Dr. Morley mit unerschütterlicher Geduld zuhörte, stritten die beiden sich um unsinnige Fragen wie Jesses mutmaßliches Alter und die korrekte Schreibweise seines Nachnamens, ob er »Munroe« oder »Monroe« hieß, und wie der Mädchenname seiner Mutter gelautet hatte . . . Man konnte sich kaum vorstellen, daß weder Tante Margaret noch Onkel Andrew ahnten oder ein Gefühl dafür hatten, was in eben diesem Augenblick mit Jesse geschah.

Dr. Morley ließ Jesse in die staatliche Anstalt in Bolivar einweisen. Sie sperrten ihn für eine Weile ein, dann wurde er zum Kalfakter ernannt. Dr. Morley sagt, daß er sich sehr wohlzufühlen scheint und sich so nützlich gemacht hat, daß sie ihn fast mit Sicherheit niemals gehen lassen werden. Ich bin natürlich noch nie dort gewesen, um ihn zu besuchen, und Tante Margaret oder Onkel Andrew auch nicht. Aber manchmal träume ich von Jesse — absurde, wilde Träume, mit nichts zu vergleichen, was je geschehen ist. Als ich kürzlich bei meinem Onkel und meiner Tante zu einer Dinnerparty in ihrer Wohnung eingeladen war und jemand sich an Jesses Ergebenheit gegenüber meinem Onkel erinnerte, versuchte ich, einen dieser Träume zu erzählen. Aber ich hörte mitten in der Geschichte auf und gab vor, daß das alles sei, weil ich sah, daß meine Tante, am anderen Ende des Tisches, so bleich war, als habe sie einen Geist gesehen, oder als hätte ich einen Traum erzählt, den *sie* gehabt hatte. Sobald ich aufhörte, kehrte die Unterhaltung zu den üblichen Themen zurück, und mit meiner Tante schien wieder alles in Ordnung zu sein. Aber als unsere Augen sich wenige Minuten später trafen, warf sie mir den gleichen raschen, mißbilligenden Blick zu, den meine Mutter mir immer am Tisch meines Großvaters zugeworfen hatte, wenn ich von einem meiner kindlichen Alpträume berichtete. »Langweile die Leute nicht mit dem, was du träumst«, sagte meine Mutter dann, nachdem wir den Tisch verlassen hatten und allein waren. »Wenn du nichts Besseres als das beizutragen hast, überlaß das Reden anderen.« Tante Margarets unhöflicher Blick teilte mir genau das gleiche mit. Aber ich muß hinzufügen, als wir das Eßzimmer verließen, legte meine Tante ihre Hand ziemlich fest und doch zärtlich auf meinen Arm, als wollte sie mich trösten und mir Mut zusprechen. Sie war von Natur aus ein so gütiger und sanfter Mensch, daß sie die Vorstellung nicht ertragen konnte, jemanden verletzt zu haben, den sie liebte.

EIN UMMAUERTER GARTEN

Nein, in Memphis gibt es im Herbst keine moosbewachsenen Eichen wie in Natchez. Und wir haben, mein lieber junger Mann, auch kein so exotisches, wirklich exotisches, orangefarbenes, gelbes und rostbraunes Laub wie die Ahornbäume in Rye oder Saratoga. Wenn unser fünf Monate langer Sommer sich ausbrennt, bleibt dem Laub ein trostloses Braun. Sehen Sie den Catawba dort hinter der Mauer; und die Blätter unter Ihren Füßen hier auf der Terrasse sind senf- und khakifarben. Und die Luft, die Atmosphäre (wer würde es wagen, tief Atem zu holen!) ist praktisch ein Meer aus Staub. Aber wir tun, was wir können. Wir haben uns hier eingemauert mit diesem Immergrün und Buchs und Jasmin. Sie müssen selbst wissen, junger Mann, daß die einzige Schönheit bei uns das frische Grün des Frühsommers ist. Und es ist, als hätte ich meinen Finger nehmen müssen, gerade so, und Frances hinweisen müssen auf den Mangel an Harmonie, der in dem Klima und in der erodierten Landschaft dieser Region herrscht. Ich mußte diesen Garten anlegen und sagen: »Sieh nur, mein Kind, wie hübsch und harmonisch alles sein kann.« Aber jetzt sieht sie es so wie ich, Sie verstehen. Sehn Sie, meine Tochter lebt endlich mit mir in diesem kleinen Stück Garten, und im Lauf der Jahre ist ihr klargeworden, wie wenig sonst in dieser Gegend damit zu vergleichen ist.

Und Sie, Sie verstehen nichts von Blumen? Ein junger Mann, der eine Zinnie nicht von einer Aster unterscheiden kann? Wie merkwürdig, daß Sie und meine Tochter sich angefreundet haben. Ich weiß nicht, unter welchen Umständen ihr euch kennengelernt haben mögt. Bei ihrer Liga-Arbeit, zweifellos. Sie *stürzt* sich so in jede Aufgabe, die sie übernimmt. Ach ja? Natürlich, das hätte ich mir denken können. Sie hat sich einfach *verausgabt* bei dem Wohltätigkeitsbasar in diesem Jahr... Aber die meisten dauerhaften Freundschaften hat meine Tochter unter den Blumenliebhabern. Sie freundet sich heute mit so wenigen Leuten außerhalb unseres kleinen Kreises an, sieht wirklich so wenig Menschen außerhalb unseres eigenen Gartens hier; es kommt mir ganz ungewöhnlich vor, daß da jemand ist, der sich mit Blumen nicht auskennt.

Nein, nichts, zu der Überzeugung sind wir gekommen, nichts ist wirklich so schön, so wunderschön, ich meine in diesem Teil des Landes, wie dieser Garten, und Sie können sich sicher vorstellen, wie selbst diese kleine Hutschachtel von einem Garten einmal aussah. Ich habe ihn praktisch aus einem Chaos von Hinterhof geschaffen — Frannys Spielplatz, könnte ich sagen. Drei Jahre lang habe ich die kleine Magnolie dort gehegt, einen ganzen Sommer lang tat ich nichts anderes als den Efeu an der Ostwand des Hauses begießen; wenn Sie nur die kümmerliche Hecke und die unansehnlichen Dienstbotenunterkünfte unserer Nachbarn jenseits meiner geschwungenen Mauer hätten sehen können (ich nehme jedenfalls an, daß sie noch dort sind). In jenen Tagen war alles ganz anders, verstehen Sie, Frances' Vater war noch im Haus, und Frances war ein Kind. Aber jetzt haben wir hier im Frühling einen wahrhaft lieblichen Garten, nach dem Vorbild des Gartens meiner Mutter in Rye; im März sind unsere Hyazinthen drei Wochen lang eine Inspiration für Frances und mich und für alle, die uns regelmäßig besuchen; der Rittersporn und die Ringelblumen dort drüben neben den Rosen sind im Mai himmlisch.

Aber Sie können eine Zinnie nicht von einer Aster unterscheiden, junger Mann? Wie merkwürdig, daß ihr beide euch angefreundet habt. Und jetzt warten Sie ungeduldig auf sie, und das sollten Sie nicht. Ich möchte nicht zu nachsichtig sein, aber sie wird bald kommen. Erst seit kurzem gibt sie sich wieder unglaubliche Mühe mit ihrer Kleidung. Während der letzten Jahre dagegen hat sie sich nicht ein bißchen um die Modetorheiten gekümmert. Gärten und Blumenmuster haben sie interessiert — unter der Anleitung, die ich ihr geben konnte —, sind eigentlich so ziemlich ihr Leben gewesen. In früheren Zeiten, gebe ich zu, bevor uns ihr Vater genommen wurde — ich habe Mr. Harris in dem schrecklich heißen Sommer von '48 verloren (den Leuten ist im allgemeinen nicht klar, was für ein schreckliches Jahr das war, das schlimmste Jahr seit dem furchtbaren dreißiger, für winterfeste und einjährige Pflanzen gleichermaßen. In jenem Jahr starben Gewächse, von denen ich dachte, sie würden *nie* sterben. Ein schrecklicher Sommer) — also damals lief sie mit allen möglichen Leuten durch die Gegend, so schien es. Ich erlegte ihr keinerlei Beschränkungen auf, müssen Sie wissen. Wie oft habe ich zu meiner Franny gesagt: »Du mußt dir dein Leben so einrichten, mein Kind, wie du möchtest.« Ja, in jenen Tagen lief sie mit allen möglichen, den unterschiedlichsten Leuten durch die Gegend, so schien es mir. Wo, sagten Sie, haben Sie sich kennengelernt? Denn sie geht so selten noch zu Orten, die wirklich *außerhalb* sind. Aber Mr. Harris duldete es nicht, daß ich ihr irgendwelche Beschränkungen auferlegte. Ich erinnere mich noch an ihre Dickköpfigkeit in ihren Teenagerjahren, die bezwungen werden mußte, und an ihr gereiztes Wesen, als sie näher an zwanzig als an dreißig war. Und Sie hätten sie als einen Knirps von zwölf sehen sollen, als sie genau an dieser Stelle Purzelbäume schlug und sich auf dem Boden wälzte. Ehrlich, ich sehe das Kind noch vor mir, den Schmutz auf ihrer Matrosenbluse und das glatte blonde Haar in den Augen.

Wenn ich nach einem Besuch bei meiner Familie in Rye zurückkam, knirschte sie mit den Zähnen, wenn sie mich sah, und hielt sich an die schwarze Köchin. Ich mußte feststellen, daß mein eigenes Kind ein wildes kleines Tier geworden war. Durch diese Tür hier zur Glasveranda kam ich, an einem Septembernachmittag — gerade so ein Nachmittag wie dieser, junger Mann — und trug noch meine Reisekleidung und rief meinem Kind über den Hof zu, es solle herkommen und mich begrüßen. Ich war die beiden elenden Sommermonate weggewesen, um mich um meine kranke Mutter zu kümmern, aber bei meinem

Anblick machte die kleine Indianerin kehrt und rannte mit lautem Gebrüll fort und versteckte sich in der dürren Ligusterhecke am anderen Ende des Gartens. Ich forderte sie zweimal auf, aus diesem scheußlichsten aller Büsche hervorzukommen. »Frances Ann!« Wir nannten sie immer bei ihrem vollen Namen, als ihr Vater noch lebte. Aber sie rührte sich nicht. Sie kauerte bei den Wurzeln der Hecke und beobachtete durch die Blätter hindurch ihre von der Reise erschöpfte Mutter.

Zuerst bat ich sie sehr nachsichtig und freundlich und beschrieb ihr das neue Rüschenkleid und die Ausschneidefiguren, die ich von ihrer Großmutter aus Rye mitgebracht hatte. (Mutter hatte nicht mehr lange zu leben, und ich wußte es, und es war bitter, zu Hause in eine solche Szene zu geraten.) Schließlich drohte ich, meine Geschenke bis Thanksgiving oder Weihnachten zurückzuhalten. Die Köchin mochte in der Küche eine Veränderung in meiner Stimme gehört haben, denn sie kam an die Küchentür, drüben hinter dem Gitterwerk, das wir dort inzwischen errichtet haben, und schaute heraus, erst auf mich und dann auf das Kind. Während ich drohte, kauerte meine Tochter im Schmutz und begann, Dinge vor sich hin zu murmeln, die ich nicht verstehen konnte, und die Laute, die sie von sich gab, waren wie die einer bösen kleinen Katze. Es muß wohl ein wärmerer Nachmittag gewesen sein als dieser — aber mein Garten täuscht —, und ich lief immer noch in meiner schweren Reisekleidung umher. Verärgert wie ich war, trat ich hinaus in den glühenden Sonnenschein und auf den Hof, den ich so verabscheute, und schrie das Kind mit vollem Namen an: »Frances Ann Harris!« Gerade da trat die schwarze Köchin auf die hintere Veranda, aber ich befahl ihr, in die Küche zurückzugehen. Ich begann, mich über den Hof Frances Ann zu nähern — diesem finsteren kleinen Wesen, das *unglaublicherweise* dieselbe Frances war, die Sie kennengelernt haben —, und im gleichen Augenblick begann sie, an der Hecke entlang auf den Drahtzaun zuzukriechen, der mein Grundstück von dem des Nachbarn trennte.

Ich glaube, es war die ungewöhnliche Hitze, die mich veranlaßte, so außerordentlich schroff und so schnell zu sprechen, daß meine Worte unverständlich wurden. Als ich sah, daß das Kind den Zaun erreicht hatte und hinüberklettern wollte, zerrte ich mir den Hut vom Kopf, wobei der Schleier zerriß, während ich meine Schritte beschleunigte. Ich weiß nicht mehr genau, was ich sagte — wahrscheinlich hätte ich es Ihnen nicht einmal einen Augenblick später sagen können —, und ich spürte nicht einmal einen Schmerz, als ich mir in dem Gully in der Mitte des Hofes den Fuß verstauchte. Aber das Kind richtete die ängstlichen kleinen Augen weiter auf mich, und seine Lippen bewegten sich von Zeit zu Zeit. Jedesmal wenn die Lippen sich bewegten, muß ich, glaube ich, meine Stimme in noch heftigerer Wut und noch größerem Entsetzen über ihre Schändlichkeit erhoben haben. Und so, junger Mann, indem ich geradewegs durch die Hecke lief, war ich bei ihr, bevor sie das obere Ende des Drahtzauns erreicht hatte. Ich glaube, ich packte sie am Arm, über dem Ellbogen, etwa hier, und ich sagte etwas wie: »Ich werde dich bestrafen müssen, Frances Ann.« Ich zerrte sie nicht herunter. Ich zerrte kein bißchen, wie sie es gern wahrgehabt hätte, sondern es war eher so, daß sie in dem Augenblick, als ich sie berührte, den Draht losließ und auf den Boden fiel. Aber sie lag dort — in ihrer Schlauheit — nur den Bruchteil einer Sekunde und sah zu mir auf und an mir vorbei, durch ihr glattes Haar hindurch, das ihr ins Gesicht hing wie eine ungetrimmte Mähne. Ich hatte ihr kaum befohlen aufzustehen, als sie aufsprang und sich mit solcher Schnelligkeit bewegte, daß sie gleich wieder außerhalb meiner Reichweite war. Ich lief hinterher — auf meinen hohen Absätzen —, und diesmal verstauchte ich mir den anderen Fuß im Gully und fiel auf den Boden, in dem Hof dort, diesem Garten. Sie werden es nicht glauben — Verzeihung, ich muß mich setzen ... Ich hoffe, Sie finden es nicht zu sonderbar, daß ich Ihnen dies alles erzähle ... Sie werden es nicht glauben: Ich lag dort im Graben, und sie kam mir nicht zur Hilfe mit kindlichen Entschuldigungen und ähnlichem, sondern kletterte statt dessen gemächlich auf ihre Schaukel an der schmutzigen alten Pappel, die früher hier stand (ich habe sie fällen und die Wurzeln ausgraben lassen), und begann zu schaukeln, nicht hoch und tief, sondern nur sanft, und starrte hinunter auf ihre Mutter, durch ihr langes Haar hindurch, das ich, darauf können Sie sich verlassen, junger Mann, noch am nächsten Tag bei meiner eigenen Friseuse schneiden und in hundert Löckchen kräuseln ließ.

FAMILIENBANDE

»Komm herein.« Und: »Natürlich erinnere ich mich an dich, schon in dem Augenblick, als ich dein breites Amerikanisch am Telefon hörte.«

Die ersten zwei, drei Schritte durch das Zimmer mache ich voller Beklommenheit. Und sozusagen über dem Boden schwebend. Ich fürchte, daß ich ihr nachgeben werde, denn selbst in ihrem Alter ist sie immer noch eine große Schönheit. Und sie verfügt doch über jenen Charme, an den ich in Gedanken lange Zeit nicht glauben wollte.

Als sie nach Tee läutet, stelle ich fest, daß von ihren einfachsten Bewegungen, von ihrem Lächeln, selbst von ihrem Altdamenkleid eine Faszination ausgeht, an die wir, die sie als Kinder kannten, uns als ihre »romantische Eigenschaft« erinnerten. Ich sehe sofort, daß wir uns irrten, wenn wir annahmen, daß ihre romantische Eigenschaft vulgäre Protzerei oder einfach seichte Eitelkeit gewesen sei. Und jetzt, da ich sie vor mir sehe, weiß ich, daß ich mich an sie, sie selbst, überhaupt nicht erinnere.

»Ich kann mich so gut an dich erinnern, mein liebes Kind, in deinem blauroten Spielanzug und natürlich mit diesen schrecklichen schwarzen Strümpfen, die eure Mutter euch tragen ließ.« Jetzt bin ich wieder in der Luft, trete Luft. Ich fühle, wie ich zurückschrecke bei der bloßen Erwähnung einer Frau, der sie einmal schweres Unrecht zufügte, zucke zusammen, als sie ihre Schwester erwähnt, die sie auf so subtile und niederträchtige Weise betrog, daß wir nie die Art des Betrugs erfuhren oder zu erfahren wünschten, und jetzt nie mehr erfahren werden.

Hier in ihrem kleinen Salon, mit ihren auf dem marmornen Kaminsims aufgestellten berühmten Figurinen, dem winzigen Schreibtisch hinter einem Paravent aus Japanlack und einem mattgoldenen Lampenschirm mit aufgeprägten Lilien, fühle ich mich vorübergehend wieder im Schoß einer Familie, die mit Haß auf die Herrin dieses Zimmers aufgewachsen ist. Der Tee wird serviert, aber mir scheinen der Augenblick und das Klappern der Teetassen weniger real zu sein als so manche Stunde, die ich mit den anderen beim Kaffee verbracht habe, über den ererbten Groll gegen diese elegante Londonerin nachdenkend.

»Ich erinnere mich an dich besser als an die anderen, würde ich sagen. Ihr wart alle stille Kinder, wie eure Mutter, aber es gab Gelegenheiten, da du als einziger ebenso geschwätzig wie ich selbst warst. Ich hatte immer gescheite Dinge parat, die du zu mir gesagt hattest — unverschämte Bemerkungen über etwas, das ich anhatte, oder etwas, das ich sagte . . . Aber leider, leider, ich habe ein Alter erreicht, in dem die Ereignisse meiner eigenen Kindheit und Vorfälle meiner Jungmädchenzeit ein ganz klein wenig deutlicher vor mir stehen als die der langweiligen Jahre seither.« (Ich lächle, als sie von »langweiligen Jahren« spricht, aber sie denkt, ich lächle, weil ich nicht weiß, wie alt sie ist.) »Ich bin, vermute ich, ein bißchen älter, als du denkst. Deine Mutter und ich waren nur den Tatsachen nach Schwestern, könnte man sagen. Ich war eine junge Dame in Nashville, als sie geboren wurde. Ich war für sie immer mehr Tante als Schwester. Ich gehöre eher zur Generation deiner Cousine, Ellen Ballenger, die sozusagen eine doppelte leibliche Cousine von uns war. Um genau zu sein, Ellen war eine leibliche Cousine Mamas und eine Nichte zweiten Grades deines Großvaters.«

Sie gießt jetzt den Tee ein und spricht geistesabwesend. Ich höre zu, denke aber die ganze Zeit, wie seltsam es ist, zu hören, wie ihr alte Verwandtschaftsverhältnisse in ihrem eigentlich zu ausgeprägten Englisch so mühelos von den Lippen perlen. Für einen Augenblick scheint sie in die Rolle einer uninteressanten alten Britin gerutscht zu sein, die sich gewisse Familienbande ihrer Leute unten in Devon oder in Dorset ins Gedächtnis ruft. Aber jetzt schaut sie auf, reicht mir meine Tasse und sagt: »Oder sagt man in Tennessee überhaupt noch ›Nichte zweiten Grades‹?«

Sie errötet ein wenig, als unsere Blicke sich treffen. Dann lacht sie und klimpert nervös mit den goldenen Armbändern an ihrem Handgelenk; ich stelle fest, daß das Leben sie mehr hat altern lassen, als ich zuerst wahrnahm. Denn gerade eben war sie völlig in Anspruch genommen von der angenehmen Rekapitulation jener alten Familienbande.

Aber ihr Lachen, das eine Sekunde lang ebenso fern schien wie der Ausdruck in ihren Augen geistesabwesend, ist jetzt wieder da. Ihre Augen strahlen wieder mit einem Glanz, der ausdrucksvoll und aufgeschlossen ist. »Wie gemein von mir, dich so zu behandeln, dich mit langweiligen Dingen anzuöden, die du auswendig kennst. Je länger du hier sitzt, um so besser erinnere ich mich an dich. Es ist eine ziemlich schockierende Verwandlung, das wirst du zugeben, vom roten Spielanzug mit gesticktem Kragen zu dem tristen Oliv. Erst als ich meinen kleinen Brief an dich adressierte, stellte ich mir dich in Uniform vor. Auch wenn wir hier rundherum Krieg haben, hatte ich die Ereignisse nicht miteinander in Verbindung gebracht. Ich wußte nur, daß du in diesem Land bist. (Der gute alte Mr. Gordon schickte mir die Adresse mit meinem letzten Scheck aus Amerika.) Und daher, verstehst du, war es keine Kriegsrührseligkeit, die mich veranlaßte, dich einzuladen. Außerdem lief ich doch Gefahr, mich ziemlich lächerlich zu machen, oder? Ich konnte nicht sicher sein, daß du überhaupt Lust hättest zu kommen.« (Doch hatte sie angenommen, daß ich vermutlich kommen würde. Sie hat gedacht, daß einer von uns seine Meinung geändert haben könnte nach den vielen Jahren.) »Ich konnte nicht sicher sein, daß du überhaupt Lust hättest zu kommen, denn sehr häufig interessieren junge Männer sich nicht für ihre Verwandtschaft. Vielleicht hast du auf etwas verzichtet, das du heute nachmittag gern unternommen hättest, nur um herzukommen . . . Aber ich fange schon wieder an, die alte Dame zu spielen.«

Und jetzt habe ich das Gefühl, ignoriert zu werden, oder daß meine Unhöflichkeit ignoriert wird. Ich fühle mich ausgesprochen beschämt, nicht wegen meiner Unhöflichkeit, sondern wegen meiner ganzen inneren Unsicherheit in Anwesenheit einer so gelassenen Person. Der direkte und aufmerksame Blick ihrer Augen ist bescheiden, in gewisser Weise sogar scheu, doch scheint sie sich der gewinnenden Eigenschaften ihrer Persönlichkeit ebenso bewußt zu sein wie der angenehmen Ausstrahlung dieses kleinen Salons, den sie so eingerichtet hat, daß das Licht durch die Westfenster auf das Muster des Teppichs fällt. Während sie spricht, betrachte ich die burgunderroten Hähne im Teppichmuster und zum zweitenmal die Figurinen Louis Napoleons, Nell Gwyns und John Browns, deren kleine Porzellanrücken der Spiegel über dem Kamin reflektiert. Sie merkt, daß ich »still« wie meine Mutter bin, und macht sich daran, die Unterhaltung allein zu bestreiten. Ich höre ihr zu. Ich hebe die Augenbrauen. Ich nicke zustimmend. Ich runzle die Stirn. Oder ich lächle so ungekünstelt, daß sie für einen Augenblick innehält, um die Befriedigung über ihren Scherz zu genießen. Ich mache sogar eine Bemerkung zur Ironie irgendeiner Sache, aber mein Satz ist in sich abgeschlossen, und sie hat keine Illusionen, daß ich mich doch noch als echter Schwätzer entpuppen könnte. Sie versucht nicht, mich aus der Reserve zu locken. Aber während sie spricht, und während ich zuhöre, denke ich auch, daß ich irgendwann irgend jemanden oder irgend etwas verraten habe oder es irgendwann tun werde.

Ich erinnere mich an kurze Briefe, die meine Mutter immer laut las, Briefe, die unbeantwortet in das Kaminfeuer im Wohnzimmer in Nashville wanderten. Jetzt kann ich mir vorstellen, wie sie an diesem kleinen Schreibtisch im Schutz des Paravents aus Japanlack verfaßt wurden. Ich sehe sie vor mir, wie sie solche Briefchen zur Korrespondenz rechnet, um die sie sich an einem Tag, wenn das Wetter nicht schön ist, »kümmern« muß. Es waren nur höfliche Erkundigungen, wie es uns allen gehe, dazu am Ende ein paar Worte im Plauderton, wie früh es in diesem Jahr in London Frühling geworden sei, oder über einen amüsanten und liebevoll geschilderten Zwischenfall im Haushalt — etwas über ihren alten, jetzt toten, doch einst stets kränkelnden englischen Ehemann oder über ihre über alles geliebten Stiefkinder. Es waren mit ebenmäßiger Schrift geschriebene Briefe ohne jede Bitterkeit oder Reue. Und nie gab es je einen Hinweis darauf, daß meine Mutter nicht antwortete. Ihr Ton gab zu verstehen, daß es lediglich eine Frage des Temperaments sei. Sie war ein Mensch, der Briefe schrieb, meine Mutter ein »stiller« Mensch, der *keine* Briefe schrieb. Aber meine Mutter sagte oft: »Es ist schön, wunderschön. Ihre selbstsüchtigen Ziele hat sie schon längst erreicht. Jetzt entwickelt sie eine Art mystischer, übermenschlicher Unkenntnis dessen, was passiert ist.«

Meine Tante hält sich gerade, und sie ist dünn, wenn auch ihre Kleider so drapiert sind, daß sie diese Dünnheit verbergen. Inmitten ihrer Schilderung von drei Typen von Engländern, denen man aus dem Weg gehen sollte (wenn man Engländer bewundern will), wird mir klar, daß sie mich und meine Unhöflichkeit und sogar mein unschuldiges Schweigen durchaus zur Kenntnis nimmt. Dieses sind Dinge, mit denen sie fertig wird. Nur stehe ich immer noch unter dem Schock der größeren Unkenntnis, auf die sie Anspruch erhebt. Ich frage nicht länger, wie sie es wagen konnte anzunehmen, daß ich ihre Einladung nicht ungeöffnet zurückgehen lassen würde (wie seit dem Tod meiner Mutter alle Briefe zurückgegangen sind). Ich frage nicht länger, wie oder warum, denn ihr Verhalten, ihre äußere Erscheinung, sogar ihr kleiner Salon bezeugen ihr Vertrauen in und ihr Interesse für allein das, was Gegenwart ist. Und was mehr ist, sie drücken ebenso ihren Glauben daran aus, daß die Gegenwart nur die Summe von tausend Zufällen ist.

Und daß unser Zusammentreffen etwas ist, das sie leidenschaftlich ersehnt hat und unbedingt herbeiführen wollte, kann nicht bezweifelt werden. Darüber hinaus bin ich sicher, daß sie gewußt hat, es könne gerade in dieser Form, die ihr genau das Vorrecht einräumen würde, das sie jetzt beansprucht — nämlich das Vorrecht, soviel Unkenntnis vorzutäuschen, wie angebracht erscheint —, nur durch Zufall oder eine Reihe von Zufällen zustande kommen. In einem Winkel ihres Bewußtseins ist ihr die ganze Zeit klar gewesen, daß diese Zufälle rasch aufeinander folgen könnten. Und so muß es ihr durch die Jahre so erschienen sein, daß irgendeine kleine Mitteilung, wie sie sie so leicht hinkritzeln konnte, der letzte, der wirkungsvolle Zufall sein könnte, den der Rest der Welt als Anlaß unseres Treffens betrachten würde.

»Wenn wir normale Zeiten hätten, würde nichts mir mehr Freude machen, als dir meine Dienste als Reiseführerin für England und die Engländer anzubieten. Aber wie müßig, davon auch nur zu sprechen. Du bist zweifellos in irgendeiner schrecklich amtlichen Funktion in London, oder auf einem Urlaub, der so kurz ist, daß er beendet sein wird, bevor du die Hälfte dessen getan hast, was du vorhattest. Vielleicht hast du nicht einmal den Wunsch, dieses Land zu verstehen. Vielleicht willst du nur deine Mission erfüllen und sehen, daß du wieder nach Hause kommst. Während wir hier saßen, habe ich gedacht, daß du dich fragen könntest, wie jemand dazu kommt zu wissen... Ich weiß, wie ihr stillen Menschen seid. Ihr denkt über mehr Dinge nach, als der Rest von uns anzunehmen wagt. Ich fände es abscheulich, wenn ich all die Fragen beantworten müßte, die sich Leute in Gedanken gestellt haben, während sie still dasaßen und ich immer weiterredete. Und wenn ich es versuchte, könnte ich diese Frage am wenigsten beantworten. Meine Antwort ist, ich weiß es nicht. Aber du mußt festgestellt haben, daß jeder die eine oder andere Tante hat, die einfach ausgestiegen ist ... so mir nichts, dir nichts ausgestiegen aus der Familie. Ich bin nur eine von diesen Tanten, die Leute haben. Die Welt ist voll von ihnen.«

Ich denke: Das Ausmaß ihres langen Wartens auf die besondere Art von Zufällen, die unser Treffen natürlich erscheinen lassen würden, geht offen hervor aus dem Vergnügen, das seine Verwirklichung ihr bereitet.

»Und meine eigenen Tanten! Doch du hast die Tanten, die ich meine, nie gekannt — vielleicht nie von ihnen gehört, oder? Aber ich erinnere mich an sie soviel besser als an viele Leute nach ihrer Zeit. Es ist unglaublich, wie lange Menschen schon tot sein können und sich dennoch jemand an ihre Stimmen und sogar an die Leberflecke an ihrem Hals erinnert.«

Ich denke: Das Ausmaß ihres langen Wartens auf dieses Treffen ohne *Bedingungen,* auf dieses ungezwungene Treffen und ihre klare Vorstellung von der Notwendigkeit dieser Ungezwungenheit scheinen mir jetzt durch all die Jahre hindurch verborgen gewesen zu sein in der vernünftigen, beharrlichen Unregelmäßigkeit ihrer Briefe an meine Mutter und später an die einzelnen Kinder. Ich sehe jetzt ein, wie recht meine Mutter hatte, wenn sie behauptete, daß diese Frau alles ertragen könnte, um ihr Ziel zu erreichen. Denn es ist so, als habe sie während ihres Wartens auch gewußt, wie wenig voraussagbar ihre Chancen waren.

Aber ist ihr Ziel lediglich diese moderne Person, diese endgültige, kühne Vortäuschung von Unkenntnis eines alten Unrechts, das sie meiner Mutter zugefügt hat? Wenn das die ganze Bedeutung dieses Gesprächs für sie ist, dann habe ich es schon satt. Wenn das alles ist, dann habe ich meine Neugier auf ihre Erscheinung und ihre Wohnung gestillt und bin bereit, um meinen Hut zu bitten. Doch ich werfe nicht einmal einen flüchtigen Blick in Richtung des kleinen Stuhls, auf dem mein Mantel und meine Mütze liegen. Und ich frage mich, ist dies der Punkt, wo ich Verrat übe?

Oder war es, als ich ihre Einladung öffnete (einen der Briefe öffnete, die zu öffnen unser stummer Pakt uns verboten hatte)? Oder wird es später sein, wenn ich zugehört habe? Sie hat es sich jetzt in ihrem Sessel bequem gemacht. Sie hat eine Zigarette aus meinem Etui akzeptiert. Sie spricht von jenen Großtanten von mir, die vor langer Zeit nach Washington und St. Louis gingen, um dort mit ihren Ehemännern zu leben, Frauen, an die selbst meine Mutter sich kaum erinnert haben kann. Sie spricht ungezwungen, und zuerst scheint sie einfach draufloszureden in einer Mischung aus Ereignissen der jüngsten Zeit und alten Erinnerungen.

Doch dabei scheint sie sich jetzt ganz bewußt zu gestatten, sich auf diese Weise in Dinge zu vertiefen, für die sie sich vorher entschuldigt hatte. Sie spricht über London, und augenzwinkernd erwähnt sie, wie trist es sei, vom Kontinent abgeschnitten zu sein. Was immer ihr Ziel sein mag — ich weiß, daß es über den Wunsch hinausgeht, ihre Rolle bis zum Ende überzeugend zu spielen. Sie scheint sich überhaupt kaum für ihre Rolle zu interessieren. Ich atme tief ein, so laut, daß es hörbar sein muß, weil ich erkenne, daß sie sich noch immer auf Zufälle verläßt, schreckliche Zufälle, die jetzt in meinem Inneren möglich sind, in meinen eigenen Wahrnehmungen. Sie sieht so aus, als habe sie sich ihren Träumen hingegeben. *Schließlich,* denkt sie, *ist die Rolle, die ich spielen kann, um ihm die Augen zu öffnen, zu klein, um sie auf irgendeiner Ebene in Betracht zu ziehen.* Während ich ihre bewußten Gedanken lese, frage ich mich, ob sie, nicht unbewußt, sondern auf einer Bewußtseinsstufe, die zu tiefgründig ist, als daß ein Fremder wie ich sie lesen könnte, der bloßen Wirklichkeit dieses Augenblicks irgendeine magische Stärke zuschreiben kann, der Wirklichkeit eines jeden gegebenen Augenblicks, sogar ihrem Vertrauen in die Stabilität der kostbaren Gegenstände in ihrem Salon, in den Klang ihrer eigenen Stimme. Wenn das so ist, dann muß für sie jeder Augenblick und tatsächlich alles im Leben und in der Materie der Welt in sich einen verborgenen Zauber besitzen, der ausgewertet werden könnte. Ich habe das Gefühl, daß ich mich in Anwesenheit einer neumodischen Art von Geisterbeschwörerin und Götzenanbeterin befinde. Während sie spricht, wird mir in zunehmendem Maß bewußt, daß sie glaubt, es spiele jetzt keine Rolle, von welchem Vorfall oder welcher Altweibergeschichte sie berichtet, daß sie der Ansicht ist, daß sie, welche Worte sie auch benutzt oder wohin ihre Konversation sich auch wenden mag, nur eines sagen *kann,* und daß nicht vorhersehbar ist, welche ihrer Ideen oder Redewendungen der einmalige Zufall sein könnte, der bedeutet, daß ich begreife.

Aber ich höre nur isolierte Sätze und Satzbrocken.

Es gibt Augenblicke, da ich das Gefühl habe, ich sei eingeschlafen.

Doch bin ich keineswegs schläfrig.

Noch weniger langweile ich mich.

Es ist im Gegenteil eine Art buchstäblicher Verzauberung, in der ich gefangen bin, wo die ganze Vergangenheit und die ganze Zukunft und alle Vorgänge der Außenwelt ohne Bedeutung sind. Selbst das, was sie eben gesagt hat, und die Folgerung, zu der sie schließlich kommen wird, sind für mich ohne jedes Interesse, obwohl die tatsächlichen Wörter in jenem Bruchteil einer Sekunde, da sie ihr von den Lippen kommen, meine ganze Aufmerksamkeit in Anspruch nehmen. Manchmal spricht sie von Leuten, die in ihrem Leben eine Rolle spielen oder gespielt haben. »Mr. Williams erinnerte sich immer voller Barmherzigkeit an Merle, glaube ich.« Ich frage mich, ob ich jetzt gelächelt habe, wo ich die Stirn hätte runzeln sollen. Sie erzählt mir, daß jemand anders, den sie kennt, auf Partys bei Fremden immer den Eindruck erwecke, er sei ein ungewöhnlicher Gast, ohne daß seine Gastgeber davon wüßten. Danach, sagt sie, lächelt dieser Herr und erzählt, daß der Fremde ohne jeden Grund freundlich zu ihm war. Es sei so, denkt meine Tante, als wollte er sagen, seiner Meinung nach gäbe es völlig überzeugende Gründe, freundlich zu ihm zu sein, wenn der Fremde nur *wüßte, wer* er ist.

Dieser Mann ist wahrscheinlich jemand hier in London. Aber bald darauf hört es sich so an, als sei es meine eigene Großmutter, die schon seit vierzig Jahren auf einem abgelegenen und vernachlässigten Friedhof in Tennessee liegt, von der sie redet. »Sie war außerordentlich engstirnig und provinzlerisch, aber eines spricht für sie: Wenn sie auch nie irgendwelche Originalität als Hausfrau zeigte, so konnte man ihr andererseits auch nie einen Hang zur Äußerlichkeit anlasten. Alles war immer ungezwungen. Sie wußte, was sie wollte. Es gab nie albernes Getue, wenn Gäste kamen, egal wie vornehm.«

Endlich verstummt ihre Stimme, und ich wünsche, sie wäre nicht verstummt. Es ist, als sei plötzlich ein Möbelstück in dem Zimmer zusammengebrochen, vielleicht sogar der Sessel, in dem ich sitze. Ich stehe auf, ohne zu wissen, warum ich mich erhoben habe. Und sofort erhebt sie sich mit der gleichen Plötzlichkeit. »Vielleicht würdest du ...« Sie zögert. Aber sie hat ihre Fassung wiedergewonnen, fast bevor ich erkenne, daß sie sie verloren hat. Sie dreht sich ganz unbefangen um und deutet auf den Kaminsims, und diesmal werfe ich rasch einen Blick auf meine Sachen auf dem zerbrechlichen Stuhl.

Aber die Mütze und der stumpffarbige Mantel haben jene Eigenschaft verloren, die meinen wahrscheinlichen Aufbruch bedeutete. Sie bedeuten nicht mehr, als daß ich wirklich hier bin. Doch mir ist klar, nur weil ich im Augenblick nicht ans Aufbrechen denke, habe ich gewagt, meine Blicke auf sie zu richten, und ich wollte nur sehen, ob ich in Versuchung geraten würde, oder besser, ich wollte sehen, ob ich jeden Willen zu gehen verloren hatte. Und so kommt mir wieder Verrat in den Sinn, und ich weiß immer noch nicht, ob er eine Möglichkeit oder eine Tatsache ist. Mein Verrat ist wie eine grenzenlose Angst in mir, die eigentlich keinen Anfang gehabt hat und kein Ende haben kann. Dieses Zimmer und diese alte Frau und die Stimme dieser Frau bilden die einzige Gewißheit. Ich habe das sonderbare Gefühl, daß ich bleiben muß, bis ich meine Schuld oder mögliche Schuld mit irgendeinem Augenblick des Besuchs, wenn nicht mit einem Gegenstand im Zimmer oder einem Trick in ihrem Verhalten identifizieren kann. Und so sage ich mir jetzt, daß sie recht gehabt hat, daß jede Erfahrung auf den Zeitraum eines einzigen Augenblicks des Lebens übertragen werden kann, wenn man genügend an die Realität dieses Augenblicks glaubt. »Junger Mann, würdest du die Güte haben, meine Figurinen zu bewundern.« Ihr Lächeln ist voller Ironie. »Man sagt, daß sie weltberühmt seien und von unschätzbarem Wert.«

Ich habe mich beeilt, zu ihr an den Kaminsims zu treten. Ich gestatte ihr festzustellen, daß sie sich zu Recht an meine gelegentlichen Ausbrüche von Geschwätzigkeit erinnert hat, die ihren eigenen gleichen. Ich schwatze über John Brown und lasse mich endlos über die Verschmitztheit des kleinen Niggers aus, der neben ihm steht, John Browns rosa Porzellanhand auf seinem kohlschwarzen Kopf. Ich zeige meinen Hang zur Schulmeisterei, indem ich frage, ob es nicht Nell Gwyn gewesen sei, für die man alle Blumen aus irgendeinem Londoner Park gerupft habe. Ich lache über das Gesicht Louis Napoleons.

Ich stelle plötzlich fest, daß wir gemeinsam lachen über die absurde Würde, die der Künstler getreulich, wenn auch unwissentlich, in der zierlichen Figurine des Bürgerkönigs festgehalten hat. Unsere Augen begegnen sich für einen Moment im Spiegel. Nach und nach sehe ich dort das ganze Zimmer reflektiert. Ich sehe uns beide über die Köpfe der weltberühmten Figurinen schauen. Das Geräusch unseres sich vermischenden Lachens dringt mir ans Ohr.

Dann sehen wir einander wieder an, und sie sagt: »Was wäre, wenn ich dich bitten würde, mich jetzt zu verlassen, dich bitten würde, jetzt zu gehen und an einem anderen Nachmittag wiederzukommen, um deinen Besuch abzuschließen; würdest du mich für unerträglich sonderbar und unhöflich halten? Würdest du?«

Und bevor ich nachgedacht oder überlegt habe, was ich sage: »Aber ich kann nicht noch einmal kommen.«

Zuerst erscheint ihr Gesichtsausdruck erstarrt in einer Strenge, die für mich nach so viel Freundlichkeit völlig überraschend kommt. Ihr Blick ist für einen Augenblick auf irgendeinen Gegenstand in einer anderen Ecke des Zimmers gerichtet. Fast könnten es meine eigene Mütze und mein Mantel sein, doch ich weiß, daß es ihr nicht um einen Gegenstand geht. Vielmehr geht es um das, was ich gerade gesagt habe. Sie denkt mit äußerster Ernsthaftigkeit darüber nach.

Während sie das tut, wird mir klar, welch merkwürdige Wende unser Gespräch genommen hat. In meiner Stimme lag fast ein Flehen, noch bleiben zu dürfen, da ich nicht noch einmal herkommen könnte. Aber es sollte bedeuten: *Ich bin hergekommen und konnte einen flüchtigen Blick werfen auf die einzigartige Kraft und Wahrheit, die du entdeckt oder erschaffen hast, aber jetzt möchte ich bleiben, um das zu widerlegen.* Vielleicht interpretiert sie es so. Oder vielleicht denkt sie, ich sei von dem Gespräch unberührt geblieben und möchte ihr nur soviel Unbehagen wie möglich bereiten, bevor ich gehe.

Doch natürlich sieht sie die Sache schließlich, wie sie ist. Sie sieht, daß ich gesprochen habe, ohne nachzudenken, und lachend hüllt sie sich wieder in ihre großartige Unkenntnis. »Natürlich kannst du wiederkommen, liebes Kind, wenn du willst. Sagen wir auf Wiedersehen und einigen uns auf einen anderen Nachmittag.«

Nachdem ich einmal offen gesprochen habe, fällt es mir leicht, noch einmal offen zu sprechen. »Dann muß ich dich etwas fragen. Ich möchte wissen, warum du so plötzlich willst, daß ich gehe.«

Mit jedem Augenblick, der vorübergeht, erscheint mein Aufbruch mir schwieriger. Ebenso schroff, wie ich gesprochen habe, drehe ich mich um und gehe zu einem der langen Fenster, die auf die stille Straße und den Park blicken.

Im Zimmer ist kein Geräusch zu hören, und ich weiß, daß sie immer noch am Kaminsims steht. Schließlich ertönt ihre Stimme, suchend, doch voller Vertrauen auf ihre Wirkung. »Dann hältst du mich also für unhöflich.«

»Ich verstehe es natürlich nicht.« Aber ich deute an, daß ich für eine Erklärung empfänglich wäre. Ich drehe mich um und sehe sie an. Wir lächeln, wie man auf Fotografien lächelt. »Du hast deinen Neffen zum Tee eingeladen, meine liebe Tante. Vermutlich bin ich nur überrascht, wie überaus kurz so ein Tee bei dir ist. Ich dachte, ihr Engländer nehmt euch Zeit für euren Tee.«

»Weißt du«, sagt sie und kommt auf mich zu, »da gibt es kein großes Geheimnis. Um ehrlich zu sein, ich habe eine Verabredung, die ich vergessen hatte. Ich habe die Tage verwechselt. Aber es ist eine Verabredung, die ich einhalten möchte.«

»Dann muß sie sicher wichtig sein.«

»Ja, sie ist wichtig, im Rahmen der gesellschaftlichen Verpflichtungen einer alten Dame. Aber wenn ich sie dir beschriebe, würdest du lachen.«

»Ich würde lachen. Aber sie ist wichtig?«

Sie senkt die Augen. Und mit noch geschlossenen Lidern — breiten, runzligen, gepuderten Lidern — sagt sie: »Ich habe jemandem versprochen, sie einzuhalten.«

»Oh, es ist dein Wort, nicht die Verabredung, was wichtig ist.«

»Du würdest das verstehen?« fragt sie mit immer noch geschlossenen Augen, und ich kann mir ein Echo auf ihr letztes »das« vorstellen.

Ich antworte mit einem Kopfnicken, als wüßte ich nicht, daß sie mich mit geschlossenen Augen nicht sehen kann. Aber in Wirklichkeit weiß ich natürlich, daß ich ihr noch nicht geantwortet habe, und gleichzeitig erfüllt mich Abscheu vor ihr und der Wunsch, mich auf Zehenspitzen aus ihrer Gegenwart zu entfernen, bevor sie wieder aufsieht, denn sicherlich, *dies* ist es. Wieder denke ich, daß der Bann dieses Zimmers mich losgelassen hat. Fast sehe ich in Gedanken eine reine und selbstgerechte Dunkelheit, in der, habe ich den Verdacht, sie hinter diesen runzligen Lidern wartet. Ich habe das Gefühl, sie hätte einen schrecklichen Krieg ausgelöst und mich um die halbe Welt gebracht, um zu beweisen, daß sie, eine alte Dame in einer Londoner Wohnung, Wort halten kann in irgendeiner Angelegenheit der Etikette. Aber das Schlimme ist nicht, daß es sich nur um eine lächerliche Frage des Anstands handelt. Das Schlimme scheint plötzlich seltsamerweise in ihrem Altruismus zu liegen, in dem bloßen Halten ihres Worts. Es ist, als wäre ihr Leben, das sie so mutwillig gedreht und geformt hat, nur ein riesiger Kreis gewesen, auf dem sie zu den einfachen Wahrheiten zurückgekehrt ist, über die meine Mutter am Anfang verfügte. Ich werde jetzt gehen und das glauben, was ich glauben wollte, und was vorübergehend in Zweifel zu stellen dieses Zimmer und diese Frau mich veranlaßt haben: daß meine Mutter gut war, weil sie einfach und weltfremd war, daß meine Tante schlecht ist, weil sie kompliziert und weltoffen ist.

Dann wird in Sekundenschnelle mein ganzes Siegesbewußtsein wieder davongefegt, nur weil sie ihre großen, schönen, ausdrucksvollen blauen Augen öffnet. Ihre letzte Frage wird jetzt von ihren Augen übersetzt und ausgesprochen. Aber da ist auch die nächste Frage: »Könntest du mehr verstehen?« Und was meine matten Augen auch entgegnen mögen, ihre Lippen öffnen sich, und sie spricht mit neuer Indirektheit.

»Nein. Es ist nicht mein Wort. Es ist etwas viel kleineres.« Ein neuer Ernst steht in ihrem Gesicht. Jetzt ist sie es, die sich von mir zurückgezogen hat. Der letzte Zufall hat nicht stattgefunden. Sie hofft nicht mehr, daß ich verstehe. Ich weiß, daß sie mit »kleineres« »größeres« meint, aber darüber hinaus kann ich mir nicht vorstellen, was in ihr vor sich geht. Sie gibt mir die Hand. Während wir uns verabschieden, höre ich das Klimpern ihrer Armbänder und sehe das kaum wahrnehmbare Zucken ihres Mundwinkels.

Jetzt bin ich außerhalb ihrer Tür und auf der Treppe, meinen Uniformmantel über dem Arm. Ich wundere mich, mit einem schalen Lächeln auf den Lippen, über meine eigene Brutalität. War ich ein Soldat, der eine alte Dame beim Tee in Furcht versetzt? Aber während ich die Treppe hinuntergehe, steht ihr Gesicht vor mir, wie es am Fenster aussah, als sie die breiten, runzligen Lider öffnete und das Blau ihrer Augen aufstrahlte. Ich höre wieder das Klimpern ihrer Armbänder. Und in diesem Augenblick, als ich mich erinnere, wie die harten Ringe aus Gold auf der alten, straff über das unschöne Handgelenk gespannten Haut ruhten, erfüllen mich Scheu und eine Art Furcht, wie über ein Schicksal, das mich von ihrer Hand hätte heimsuchen können. Ich habe das Gefühl, ich hätte mich in Anwesenheit einer verhutzelten Angehörigen eines Stammes von Wilden befunden, ihr auf Gedeih und Verderb ausgeliefert. Aber als ich schließlich die Vorhalle durchquert habe und auf dem Gehweg bin und dankbar die freie Luft der leergefegten Großstadtstraße einatme, fühle ich mich nicht befreit. Während ich im abendlichen Zwielicht über die breiten Straßen und großen Plätze dieses fremden Ortes wandere, erscheint mir alles plötzlich so vertraut wie das Wohnzimer meiner Mutter, und obwohl mich Zweifel an der

Realität aller Dinge plagen und ich eine Weile gequält werde von einem undenkbaren Mißtrauen gegenüber der Logik und den feinsinnigen Ansichten meiner toten Mutter, fühle ich mich immer noch als Gefangener in ihrem Wohnzimmer in Nashville mit den hohen geschlossenen Schiebetüren und den aus dem Kamin zuckenden gezackten kleinen Flammen.

INHALT

Verlagsgemeinschaft Ernst Klett Verlag –
J. G. Cotta'sche Buchhandlung
Die Originalausgabe erschien unter dem Titel
»The Old Forest and Other Stories«

Printed in Germany
Umschlag: Klett-Cotta-Design
Im Filmsatz gesetzt aus 10 Punkt Times
Auf säurefreiem und holzfreiem Werkdruckpapier
der Cartiere del Garda im Offset gedruckt
Gesamtherstellung: Kösel Kempten

CIP-Titelaufnahme der Deutschen Bibliothek
Taylor, Peter:
Aussicht auf Regen : Erzählungen / Peter Taylor.
Aus d. Amerikan. übers. von Karin Polz. –
Stuttgart : Klett-Cotta, 1989
Einheitssacht.: The old forest and other stories ⟨dt.⟩
ISBN 3-608-95519-4